KB078523

미더라 장편 소설

즐거운 인생 2

미더라 장편 소설

초판 1쇄 찍은 날 § 2014년 9월 25일
초판 1쇄 펴낸 날 § 2014년 10월 2일

지은이 § 미더라
펴낸이 § 서경석

편집부장 § 권태완
편집책임 § 박용서
편집 § 정수경

펴낸곳 § 도서출판 청어람
등록번호 § 제387-1999-000006호
등록일자 § 1999. 5. 31
어람번호 § 제1-1950호

주소 § 경기도 부천시 원미구 부일로 483번길 40 서경B/D 3F (우) 420-822
전화 § 032-656-4452 팩스 § 032-656-4453
http://www.chungeoram.com
E-mail § chungeorambook@daum.net

© 미더라, 2014

ISBN 979-11-316-9222-6 04810
ISBN 979-11-316-9220-2 (세트)

※ 파본은 구입하신 서점에서 교환하여 드립니다.
※ 저자와 협의하여 인지를 붙이지 않습니다.
※ 이 책은 도서출판 청어람과 저작자의 계약에 의해 출판된 것이므로,
무단 전재 및 유포 · 공유를 금합니다.

쥴라인생 2

FUSION FANTASTIC STORY

A Bittersweet Life

미더라 장편 소설

도서출판 청어람

CONTENTS

CHAPTER **07**

학교생활

"어이, 김 교수."

수업이 끝나고 강의안을 챙겨서 나오던 30대 초반의 남자는 익숙한 목소리에 뒤를 돌아보았다.

같은 시간대에 바로 옆 강의실에서 수업하는 동료 강사였다.

"교수는 개뿔. 시간 강사가 교수면 파리가 새다."

남자는 피식 웃으면서 대답했다. 동료 강사가 다가와 남자의 표정을 보면서 물었다.

"요즘 뭐 좋은 일 있어? 여자라도 생긴 거야?"

"뭔 소리야, 그게?"

"항상 싱글벙글하잖아. 여자지? 여자 생긴 거지, 그치?"

동료 강사는 음흉한 웃음을 흘리면서 다그쳤다. 이 시간대 수업을 마치고 나올 때 항상 웃고 있으니 동료가 오해할 법하다고 생각했다.

다른 날은 서로 강의 시간이 다르거나, 다른 학교에서 강의가 있으니까 마주칠 일이 없다.

동료 강사와 자신이 만나는 건 일주일에 딱 한 번, 바로 이 수업 전후이니 항상 그런 표정으로 다닌다고 생각했을 수도 있을 터였다.

"여자는 무슨. 수업 분위기가 좋아서 그래."

"뻥치시네. 야, 내가 강사 짓을 지금 몇 년째 하고 있는데 그런 말을 믿을 것 같아? 어디서 여드레 삶은 호박에 젓가락 안 들어갈 소리를 하고 있어."

하기야 자신도 동료와 같은 입장이었다면 믿지 않았을 것이다. 하지만 사실이 그랬다. 남자는 일주일 내내 이 수업이 기다려졌다. 수업을 하는 자체가 너무나도 즐거웠기 때문이다.

자신은 똑같은 수업을 여러 차례 한다.

반마다 약간의 차이는 있지만 수업 분위기는 거기서 거기다. 교양 수업 분위기가 뭐 그리 차이 나겠는가. 그렇지만 이 수업 분위기는 특별했다.

처음에는 다른 반과 엇비슷했다. 그런데 점점 분위기가 바뀌었다. 자신은 다른 반과 분위기를 비교할 수 있으니 더욱 확실하게 차이를 알 수 있었다.

이유는 한 명의 학생 때문이었다. 그 학생은 항상 앞쪽 중앙에 앉아 있었다. 교재를 보다가 고개를 들면 가장 먼저 눈에 들어왔다. 처음에는 그냥 수업 태도가 좋은 학생, 신입생치고는 나이가 조금 있는 학생 정도로 생각했었다.

"정말이야. 이 수업 같기만 하면 정말 하루 종일이라도 수업을 할 수 있을 것 같다니까."

"그래? 뭐가 어떤데 그러는 거야?"

동료는 궁금하다는 듯 남자에게 바짝 다가섰다. 호기심이 가득한 동료의 눈동자를 보면서 남자는 쩝쩝 입맛을 다셨다. 뭐라고 설명하기가 모호해서였다.

그걸 리액션이라고 불러도 될지는 모르겠지만, 그 학생은 리액션이 좋았다. 수업 중에 고개를 끄덕이고, 가끔 질문하거나 가벼운 농담을 던지기도 했다. 자신의 수업에 집중하고 반응을 해주니 무척 기분이 좋았다.

그렇게 맞장구를 쳐주고 자신이 하는 말을 잘 이해해 주니 수업을 하는 것이 신이 났다.

흥이 오르니 저절로 의욕이 샘솟았고, 자연스럽게 강의를 재미있고 열정적으로 하게 되었다.

학생들의 반응도 조금씩 달라졌다. 처음에는 조금 관심을 보이더니 점차 호응이 많아졌다. 그래서 지금은 가르치는 자신이나 배우는 학생들이나 아주 즐거운 수업이 되었다.

궁금해서 그 학생이 듣는 다른 수업의 강사에게도 물어보았다. 그랬더니 그 수업도 비슷하단다. 그런 수업만 하면 하나도 힘들지 않을 것 같다면서 활짝 웃었다.

그런데 그것을 설명하려니 딱히 뭐라고 말하기 난감했다. 남자는 물밀 듯이 나오는 학생 중에서 한 명을 손가락으로 가리켰다.

"저 학생 보이지? 키 크고 붉은색 윗도리 입은."

"어, 붉은색. 그래. 그런데 저 학생은 왜?"

"저 학생이 분위기 메이커야. 아주 수업할 맛을 나게 해주지."

"그래? 이름이 뭔데?"

강사들이 자신의 이야기를 한다는 사실을 모른 채, 주혁은 점심을 먹기 위해 걸음을 재촉했다. 옆에는 권중범과 김수정이 있었다. 오리엔테이션에서 친해진 그들은 거의 모든 수업을 같이 들었다.

그들 말고도 이유라와 이정훈도 대부분 수업을 같이 들었는데, 교양 두어 과목은 다른 걸 들었다. 잡담하면서 기다리고 있는데, 어느새 나타났는지 이유라가 혼자서 투덜거리며 다가왔다.

“이거 수업 빼버려야 할까 봐. 재미 드럽게 없어.”

주혁은 수업을 무슨 재미로 듣느냐며 가볍게 면박을 주었는데, 워낙 기분파에 호불호가 뚜렷한 이유라인지라 수업을 빼버릴 듯했다. 그리고 이야기하는 그들의 뒤에서 시원시원한 목소리가 들렸다.

“어이, 아저씨! 밥 먹으러 가셔야죠.”

역시나 오리엔테이션에서 같은 조에 있던 3학년 양선화였다. 그녀는 유일하게 주혁을 아저씨라고 부르는 학생이었다. 누차 오빠라고 부르라고 말했지만, 들은 척도 하지 않았다.

“아저씨라고 하지 말라니까 그러네. 내가 어딜 봐서 아저씨냐? 수정아, 안 그래?”

“제가 보기에는 아저씨 아닌 것 같아요. 그래도 선화 언니가 보는 관점은 다를 수 있으니까요.”

수정은 생글생글 웃으면서 대답했다. 김수정은 아주 여성스럽고 조용했지만, 할 말은 조리 있게 또박또박 다 하는 스타일이었다. 양선화는 그것 보라는 듯 어깨를 으쓱거렸다. 주혁이 뭐라고 이야기를 하려는데 다른 소리 때문에 그러지를 못했다.

“삼촌~!”

정훈이 달려오면서 크게 소리를 질렀다. 양선화는 '거봐, 아저씨 맞네. 조카가 대학생인데' 라고 중얼거렸고, 주혁은 '그래, 맘대로 불러라. 네가 말한다고 들을 녀석이냐' 라며 대꾸했다.

정훈까지 도착하자 일행이 모두 모였다. 주혁이 키가 제일 컸지만, 큰 차이는 아니었다. 주혁이 185cm이고, 둘이 183cm이었으니까.

다만 중범은 좀 덩치가 있는 편인데 정훈은 마른 편이었다. 주혁은 아주 단단한 몸을 가지고 있었는데, 겉으로는 찌지도 마르지도 않은 평범한 몸으로 보였다.

여자 셋 중 가장 큰 사람은 양선화였다. 172cm나 되었으니 여자치고는 큰 키였다. 단발에 밀리터리 룩을 입고 있어서 언뜻 남자 같아 보이기도 했다.

이유라는 165cm의 키에 볼륨이 좀 있는 몸매를 지녔다. 대부분 청바지에 티를 입고 다녔는데, 육감적인 몸매 때문인지 남자들의 시선을 많이 받았다.

김수정은 160cm의 키에 긴 생머리를 하고 있어서 여성스럽고 청순한 아름다움이 있었다. 얼굴도 흰 편이고 옷도 가장 여성스럽게 입었다. 지금도 연한 아이보리색 니트에 하늘색 플레어스커트를 입고 있었다. 주혁은 참 제각각인 사람들이 모였구나 하는 생각이 들었다.

"누나는 왜 자꾸 여기 와요. 동기들하고 드세요, 동기들하고."

중범이 선화에게 툴툴거렸다. 항상 선화가 먹자고 하는 음식을 먹게 되어서 불만이 쌓인 모양이었다.

"선배가 오는 게 그렇게 불만이냐? 나 졸업할 때까지 아주 애로 사항이 꽃피게 해줄까, 엉?"

"아니요. 뭐 꼭 그렇다는 건 아니구요."

중범은 슬그머니 목소리를 낮추었다. 중범도 보통내기는 아니었지만, 여자들의 기가 워낙 강했다. 중범의 의견은 대부분 묵살되었다.

"그래, 뭐 먹으러 갈까?"

"요 앞에 순댓국 잘하는 데 있는데, 오늘은 거기로 가죠."

주혁의 말에 중범이 재빨리 이야기했다. 그가 가장 좋아하는 음식이 바로 순댓국이었다. 하지만 여자들의 인상은 일제히 찌푸려졌다. 양선화가 앞으로 나서면서 타박을 했다.

"순댓국 같은 소리 하고 앉아 있네. 그러니까 너는 여자 친구가 없는 거야. 이 아리따운 여자들을 데리고 순댓국을 먹으러 가고 싶냐? 돼지 창자 같은 놈아."

"순대가 어때서요. 맛도 있고 몸에도 얼마나 좋은데요. 그리고 먹는 거하고 여자 친구가 무슨 상관이에요?"

이번에는 권중범도 지지 않고 목소리를 높였지만, 여자들의 표정은 좋지 않았다. 이유라까지 나서서 양선화를 거들었다.

"난 그거 냄새나서 싫더라. 수정아, 너도 그렇지?"

"응. 가능하면 다른 메뉴로 했으면 좋겠어."

분위기가 불리해지자 권중범은 지금 가려고 하는 집은 냄새도 안 나고, 정말 맛있는 곳이라며 안간힘을 썼다. 하지만 대세를 뒤집기에 그의 힘은 너무나도 미력했다. 이야기를 듣다가 주혁이 입을 열었다.

"저번에 가본 새로 생긴 파스타 집이 먹을 만하더라. 가격도 아주 착하고. 거기로 가자."

주혁의 말에 여자들의 얼굴에 화색이 돌았다. 이유라가 주혁의 팔짱을 끼면서 방긋 웃었다.

"역시 오라버니라니까. 저기 있는 시커먼 녀석하고는 차원이 달라요, 차원이."

"좋아요. 저도 그 가게 얘기 들었는데, 정말 괜찮다고 하더라구요."

유라와 수정이가 동시에 찬성을 표했다. 선화와 정훈도 고개를 끄덕이니 메뉴는 결정된 것과 다름없었다. 권중범은 잔뜩 골이 난 표정으로 웅얼거렸다.

"그 니글거리는 게 뭐가 맛있다고."

"남자 자식이 뭔 말이 그렇게 많아. 분위기 보니까 결정된 것 같은데 그냥 오케이하고 먹으러 가지."

"누나는 그래서 남자 친구가 없는 거예요. 드세게 나오는데 어떤 남자가 좋아하겠어요. 수정이 보세요. 저렇게 여성스러우니까 남자 친구도 있고 그러잖아요."

"오호라, 니가 지금 먹는 거 때문에 잠시 이성을 안드로메다에 보낸 모양인데, 내가 빛의 속도로 이성을 되찾게 만들어주마."

양선화가 저벅저벅 걸어가자 중범은 황급히 주혁의 뒤로 몸을 피했다. 양선화는 무시무시한 얼굴로 당장 이리 나오라고 소리쳤다. 중범은 농담 가지고 왜 이러느냐고 말하면서, 커다란 몸을 잽싸게 움직여 선화의 손을 요리조리 피했다.

"그만하고 먹으러 가자. 애들처럼 뭐 하는 거냐. 그리고 사람들 입맛 고려해서 약간 매콤하게 한 것도 있으니까 중범이도 먹을 만할 거야."

주혁은 둘을 진정시키면서 이야기했다. 선화는 중범에게 '너, 아저씨한테 고마워해라. 생명의 은인이시니까' 라고 나지막이 속삭였고, 중범은 장난스러운 미소를 지으면서 고개를 끄덕였다.

"수정이 남자 친구는 어떤 사람이야?"

주혁이 걸어가면서 물었다. 남자 친구가 있다는 것은 알았지만, 그에 대해서 들은 바가 하나도 없어서였다. 그것은 단

짝인 이유라도 마찬가지였는지 냉큼 주혁의 말을 거들었다.

"맞아. 남자 친구 얘기 좀 해봐. 어떻게 나한테도 말을 안 할 수가 있어?"

수정은 곤란한 표정을 짓더니 우물쭈물 이야기했다.

"그냥 평범한 남자예요. 음… 자상하고 따뜻한 사람이고……."

"나이는 몇인데?"

계속 우물거리자 주혁이 질문을 했다.

"아, 나이는 오빠하고 동갑이에요."

"에? 주혁이 오빠하고 동갑이면 스물여덟?"

수정의 말에 유라가 놀란 듯 소리를 질렀다. 일행 모두 호기심이 가득한 눈초리로 쳐다보았다. 남자 친구가 있다기에 비슷한 연령대인 줄 알았는데, 생각보다 나이 차가 있었기 때문이다. 양선화가 눈을 초승달처럼 하면서 물었다.

"우리 얌전한 수정이가 어디서 남자를 만났을까? 교회 오빠?"

"아니요. 그런 건 아니구요. 봉사 활동 하다가 만났어요."

사람들은 계속해서 질문을 던졌지만, 수정은 난처한 표정을 보이면서 말을 하지 못했다. 그러다 파스타 가게에 도착했고 이야기는 거기서 중단되었다.

"죄송해요. 지금은 좀 말하기가 그래요. 다음에 이야기해

드릴게요."

"그래. 뭔가 사정이 있나 보네. 다음에 같이 한번 만나면 되지, 뭐. 그렇지?"

사람들은 뭔가 아쉽다는 얼굴이었지만, 주혁의 말을 따랐다. 수정은 주혁의 얼굴을 보면서 살며시 미소 지었다.

'고마워요, 주혁 오빠. 오빠랑 아주 비슷한 사람이에요. 나이도 키도 매력도. 하지만 같이 만나기는…….'

생긴 지 얼마 안 된 가게인데도 벌써 입소문을 탔는지 가게 안은 사람들로 가득했다. 다행스럽게도 마침 일어나는 팀이 있어 바로 자리에 앉을 수 있었다.

메뉴판을 보고 각자 주문을 했고, 중범의 것은 주혁이 추천해 주었다. 투덜거리면서 따라온 중범이었지만, 먹어보더니 표정이 돌변했다.

"오, 이거 죽이는데요?"

중범은 순식간에 접시를 비우더니 내일 또 오자고 해서 사람들을 웃겼다.

식사가 끝난 뒤 선화는 수업이 있어서 먼저 갔고, 유라와 수정은 도서관에 있다가 시간 맞춰서 오겠다고 하고는 총총 걸음으로 사라졌다. 주혁도 그녀들과 함께 학교로 돌아가려 했는데 정훈과 중범에게 붙잡혔다.

둘은 은근한 목소리로 그냥 갈 수 있느냐며 눈짓으로 게임방을 가리켰다. 주혁은 피식 웃었다. 그리고 못 이기는 체하며 같이 게임방에 들어갔다. 게임 이름을 말할 필요가 있겠는가. 그들이 한 게임은 바로 스타크래프트.

3대 3으로 세 게임을 했는데, 운이 좋았는지 세 판 모두 이겼다. 주혁이 프로토스로 제 몫을 한 게 큰 영향을 주었다.

주혁은 사람들의 주목을 받고 시선을 끌어당길 수 있는 것을 좋아했기에 게임에는 그다지 흥미를 느끼지 못했다. 그렇다고 게임을 전혀 못 하는 건 아니었고, 사람들과 같이 어울려서 할 만큼은 되었다.

"형, 영화 보기 전까지 뭐할 거예요?"

"교수님하고 면담이 있어서."

"그래요? 아쉽네……. 우리는 땀 좀 빼고 있을게요."

오늘 다 같이 영화를 보기로 했다. 요즘 입소문을 타고 있는 '달콤, 살벌한 연인.' 중범은 강력하게 '음란 서생'을 보자고 했지만, 이미 본 사람이 있어서 달콤, 살벌한 연인으로 결정되었다.

주혁도 눈여겨보고 있던 영화였다. 사람들의 평이 좋고 소개를 봐도 구미를 당기는 요소가 많았다. 무엇보다 배우들의 연기가 기대되었다.

그리고 이런 사소한 즐거움을 누릴 수 있다는 사실이 좋았다. 같이 수업을 듣고 교정을 걸어 다니는 일. 함께 식사와 게임을 하고, 영화를 보자고 약속을 하는 일 자체가 너무나도 소중하게 여겨졌다. 죽음만을 생각하며 의미 없는 시간을 보내던 때에는 꿈조차 꿀 수 없는 모습이었으니까.

갈림길에서 중범과 정훈은 운동장으로 향했고, 주혁은 담당 교수인 구성민 교수의 방으로 가기 전에 어깨동무를 하고 멀어져 가는 두 사람을 조용히 지켜보았다.

'녀석들. 고맙다, 이 자리에 있어 주어서.'

그는 슬며시 웃으면서 걸음을 옮겼다. 구성민 교수의 방까지는 그리 멀지 않았는데, 목적지가 가까워지자 살짝 골치가 아파졌다. 첫 면담에서 있었던 어처구니없는 일이 생각나서였다.

사실 오늘 면담을 하게 된 것은 첫 면담에서의 말 한마디 때문이었다. 분위기는 아주 좋았다. 아무래도 신입생보다야 주혁이 아는 것도 많고, 4년 동안 배울 과목도 줄줄이 꿰차고 있었으니까. 그런데 나올 즈음에 한 말이 문제였다.

별다른 말도 아니었다. 그저 교수가 아주 즐거웠다고 하기에 '저도 정말 즐거웠습니다. 다음에 또 이런 기회가 있었으면 좋겠습니다' 라고 한 것이 전부였다. 그런데 정말 연락을 해왔다. 다음에 보자고 하더니 왜 연락이 없냐면서.

대화할 때도 약간 고지식한 면이 있다는 건 알고 있었지만 설마 이 정도일 줄은 상상조차 하지 못했다. 그래서 오늘은 굉장히 조심해야겠다고 다짐, 또 다짐했다.

방에 들어가니 부스스한 머리를 한 구성민 교수가 반가운 얼굴로 그를 맞이했다. 주혁은 내색하지는 않았지만, 교수의 환대가 그리 달갑지만은 않았다. 교수는 아주 즐거워하는 표정으로 대화를 시작했다.

"자네하고 이야기하면서 꽤 놀랐다네. 보통 신입생이 경영학 전문 용어를 제대로 아는 경우는 드무니까 말이야. 게다가 주식과 옵션 시장에 대해서도 잘 알고 말이지."

하기야 이제 고등학교를 갓 졸업한 신입생이 그런 걸 알고 있을 리가 없지 않은가. 주혁이야 앞으로 배울 내용을 전부 알고 있으니 용어를 아는 것은 당연하였고, 주식과 옵션에 대한 건 사연이 조금 있어서 잘 아는 터였다.

"부끄럽지만, 제가 예전에 옵션을 하다가 크게 손해를 본 적이 있어서요."

주혁은 구성민 교수의 반응을 살폈다. 그는 습관처럼 자신의 말이나 행동이 상대방에게 어떤 영향을 미치는지 관찰했다.

수업을 들을 때도 연기를 하는 것으로 생각했다. 자신의 행동과 말에 교수가 어떻게 반응하는지를 보고, 또 교수의 행동과 말에 학생들이 어떻게 반응하는지 살폈다. 덕분에 주혁이 있는 반은 수업 분위기가 굉장히 좋았다. 신입생들은 대부분 그 사실을 몰랐지만, 교수나 강사들은 주혁이 남다르다는 사실을 알고 있었다.

"예방 주사를 맞았다고 생각하게나. 그리고 너무 도박적인 건 좋지 않다네."

교수의 말에 그는 '예방 주사치고는 아주 큰놈으로 맞았지요. 3,000만 원짜리 주사였으니까' 라고 생각했다. 예전에 사기를 당하고 한 방에 만회하려고 옵션에 무리하게 들어갔다가 홀랑 날린 경험이 생각나서 속이 쓰렸다.

지금도 주식을 하고는 있지만, 아주 안전하게 하고 있었다. 은행 이자보다 더 벌기만 하면 된다는 생각으로 길게 보고 투자했다.

구성민 교수는 이후로도 아주 원론적이고 지겨운 이야기를 굉장히 즐거운 표정으로 이야기했다. 주혁은 이렇게 학구적이고 고지식한 사람은 처음 보았다. 자신 주변에는 예술적인 성향을 가진 사람들이 대부분이었으니까.

하지만 그는 이런 경험도 자신에게는 필요한 영양소라고 생각했다. 맛은 없지만, 몸에는 좋은 약이라고나 할까.

'잘 기억해 뒀다가 나중에 이런 배역을 맡으면 써먹어야겠어.'

만나기 쉽지 않은 캐릭터이니 잘 살펴야겠다고 생각하고

교수의 말투나 몸짓 하나하나도 놓치지 않고 관찰했다. 그러면서도 절대로 인사치레라도 또 오겠다거나 하는 말은 하면 안 된다고 집중하고 또 집중했다.

신경을 바짝 세운 탓에 실수는 하지 않았다. 그렇게 교수와의 면담을 무사히 마칠 수 있었다. 구성민 교수는 다소 아쉬워하는 눈치였지만, 주혁은 다른 말은 하지 않고 예의 바르게 인사를 하고는 밖으로 나왔다.

주혁은 정말 독특한 사람이라는 생각을 하면서 일행과 만나기로 한 벤치로 향했다. 여자 셋이 먼저 도착해 무언가 이야기를 나누고 있었다. 주혁도 자연스럽게 그 대열에 합류했는데, 잠시 후에 정훈과 중범이 도착했다. 그런데 둘 다 인상을 잔뜩 찌푸린 채 씩씩대고 있었다.

"형, 농구 좀 한다고 했죠?"

오리엔테이션에서 중범에게 이런저런 이야기를 하다가 농구 이야기도 했었다. 지나가는 말이었는데 기억하고 있었던 모양이었다.

농구야 가장 자신 있는 운동 중 하나였다. 무엇보다도 경기할 때 주변에서 구경하는 사람들의 시선이 느껴져서 좋았다.

"농구! 물론 좋아라 하지."

"내일 수업 끝나고 같이 한 게임 해요. 아우, 그 둔한 놈은 키만 컸지.”

“맞아요. 삼촌 운동 잘하니까 같이 해요.”

눈치로 짐작하건대 3대 3 경기에서, 같은 편이 좀 실력이 달린 모양이었다. 패배가 즐거운 사람이 어디 있겠는가. 게다가 이제 스물. 사소한 일에도 승부욕을 불태울 나이가 아닌가.

“좋지. 내일 끝나고 오케이. 간만에 몸 좀 풀어보자고.”

농구야 좋아한다. 사실 농구뿐 아니라 야외에서 하는 스포츠는 다 좋아한다. 야구나 축구도 아주 좋아한다. 하지만 그 중에서 현재 자신이 가장 잘할 수 있는 건 농구다. 그리고 이 녀석들이 그렇게 바라는데 그 정도 못하겠는가.

주혁의 말에 중범과 정훈이 주먹을 불끈 쥐었다. 표정만 보면 이미 승리한 사람들의 표정이었다.

“아저씨, 이러다가 시간 늦겠어. 어서 가자고.”

양선화의 말에 확인해 보니 영화 시작까지 30분가량 시간이 남아 있었다. 그리 다급해할 건 아니었지만, 슬슬 일어나는 편이 좋을 듯했다.

“자, 움직이자. 지금 출발하면 적당하겠다.”

주혁은 손뼉을 치면서 자리에서 일어났고, 일행은 천천히 교문 밖으로 걸어가기 시작했다. 가는 내내 중범과 선화는 티격태격했고, 유라와 수정은 뭐가 그리 좋은지 까르르 웃어댔다. 주혁은 정훈과 수업 얘기를 하면서도 그런 모습들을 흐뭇하게 지켜보았다.

거리를 활기차게 걸어가는 여섯 명을 따스한 봄볕이 감싸 안았다.

*　　*　　*

주혁은 어제 본 영화를 골똘히 생각하고 있었다. 영화는 아주 좋았다. 특히 주연 배우들의 연기를 무척 인상 깊었다. 상황을 끌고 가는 자연스러운 힘이 느껴졌다. 만약 자신이 그 배우였다면 어떤 연기를 했을까 상상했다.

눈을 감으니 세상이 온통 붉은색이었다. 따사로운 햇볕이 눈꺼풀을 뒤덮고 있었다. 그 무대 위에서 주혁은 자신이 영화의 주인공이 되어서 마음껏 연기했다. 상상의 나래가 끝도 없이 펼쳐졌다.

그가 정신을 차린 것은 전화벨 소리 때문이었다. 살짝 짜증이 났지만, 핸드폰을 확인했다. 뜻밖에도 안형진의 전화였다. 주혁은 얼른 전화를 받았다.

"안 선생님, 잘 지내셨어요? 이거 제가 먼저 연락을 드렸어야 하는 건데."

—녀석, 괜찮다. 저번에 설에도 인사하고, 합격했다고 연락

도 했는데 무슨 연락을 또 해.

안형진은 허허 하고 웃었다.

"그런데 어쩐 일이십니까."

—아, 다름이 아니라 시간을 좀 내줄 수 있나 해서.

안형진은 자신이 연기 지도를 하는 아이가 있는데, 며칠 동안 상대역을 좀 해줄 수 있느냐고 물었다. 저녁 시간대라서 특별한 일은 없었다. 학기 초라 술자리가 자주 있기는 했는데, 그거야 빠져도 그만이니 신경 쓸 일은 아니었다.

그리고 생활 자체가 연기의 연장이기는 했지만, 직접 대본을 가지고 상대와 연기를 한 것은 학교 다닌 이후로는 없었던지라 구미가 당기기도 했다. 그런 게 아니더라도 안형진 선생님의 부탁이니 다른 일 제쳐놓고 할 생각이었지만.

"예, 알겠습니다. 그럼 이번 주 금요일에 뵙겠습니다."

—그래. 수고 좀 해줘.

대본을 가지고 연습을 할 생각을 하니 가슴이 살짝 설레었다. 오늘이 화요일이니 남은 것은 3일. 주혁은 빨리 시간이 가기를 마음속으로 바랐다. 그가 히죽히죽 웃고 있는데, 중범과 정훈이 후다닥 달려왔다.

"형, 빨리 가요."

둘은 주혁의 팔을 하나씩 잡더니 잡아끌었다. 어제 경기에서 진 것이 어지간히도 분했던 모양이었다. 주혁은 알았다고 하면서 걸음을 재촉했다. 농구 코트까지는 지척이었다.

농구 코트에 도착하니 상당히 많은 사람이 모여 있었다. 주혁은 고개를 갸웃거렸다.

"평소에도 이렇게 사람이 많았었나?"

정훈과 중범은 주혁보다 먼저 도착해서 농구공을 던지고 있어서, 그의 물음에 대답을 한 사람은 없었다. 그의 기억으로는 이곳이 이렇게 사람들로 북적거리는 장소는 아니었다. 그는 주변을 한 바퀴 쭉 둘러보았는데, 눈에 익은 얼굴들이 보였다.

선화, 유라, 수정도 자리를 잡고 앉아 있었다. 셋은 주혁 일행과 눈이 마주치자 손을 흔들었다. 야전 상의를 입은 선화는 벌떡 일어나 주먹을 흔들면서 파이팅이라고 외쳤다.

주혁이 공을 가지고 코트로 가면서 살피니 여학생이 절반은 되는 듯했다. 남학생들이야 운동을 좋아하니 그렇다 쳐도, 여학생이 많은 것은 의외였다.

'농구가 이렇게 인기 있는 종목이었나?'

주혁은 의아한 생각이 들었지만 일단 가볍게 몸을 풀었다. 스트레칭과 드리블을 하면서 코트 안을 달리다가 몸이 더워지자 본격적으로 연습했다.

그는 빠르게 드리블을 하다가 갑자기 멈추었다. 그리고 공중으로 솟아오르면서 슛을 던졌다. 골대에서 3m쯤 떨어진 지

점이었는데, 손에서 떠난 공이 아름다운 포물선을 그렸다.

철썩.

기분 좋은 소리와 함께 깨끗하게 공이 들어갔다. 림도 스치지 않은 클린 슛이었다. 그는 위치를 바꾸어 가면서 계속 슛을 던졌다. 컨디션이 좋은지, 다른 날보다 골이 들어가는 확률이 높았다.

그는 연습하면서 중범과 정훈의 실력이 어느 정도인지 보았다. 둘 다 제법이긴 했는데, 딱 동네 농구 스타일이었다. 중범은 힘 있는 플레이를 선호하는 듯 보였고, 정훈은 슈팅에 자신이 있는 듯 보였다.

둘 다 자신 있어 하는 위치에서의 슛 성공률은 낮지 않아 보였는데, 수비가 붙으면 어떻게 될지 모르는 일이니 두고 볼 일이었다.

'일단 내가 리드하면서 중범이는 골 밑, 정훈이는 외곽에서 던지게 해야겠다.'

주혁은 경기를 진행하면서 상황에 맞추어 풀어나가야겠다고 생각했다. 그렇게 몸을 풀고 있는데 여학생들이 꺄악 하고 소리 지르는 게 들렸다. 고개를 돌려보니 세 명이 걸어오고 있었는데, 가운데 있는 사람은 주혁도 이미 알고 있는 사람이었다.

"안녕하세요."

조형욱이 다가와서 손을 내밀었다. 주혁은 악수를 하고는 짧게 몇 마디 인사를 나누었다. 형욱은 확실히 전과는 달랐다. 일단 말투가 바뀌었다.

전에는 약간 반말 비스름하게 했었는데, 이제는 확실하게 존대를 하고 있었다. 주혁도 형욱이 선배이니 같이 존대했다. 친하게 되면 말을 트겠지만, 몇 번 만나서 얼굴만 겨우 아는 정도이니 그럴 수는 없었다.

주혁은 대화를 마치고 다시 연습했고, 형욱의 일행은 몸을 풀기 시작했다. 하지만 형욱은 잠시 제자리에서 주혁을 바라보았다. 갑자기 운동장에 바람이 불어서 주혁과 형욱 사이에 흙먼지가 휘날렸다. 그리고 그 흙먼지는 쉽게 가라앉지 않았다.

"어제 진 팀이 저 팀이었어?"

"예. 셋 다 실력이 좋아요. 아우, 그래도 그놈만 좀 받쳐 줬더라도 이길 수 있었는데."

주혁은 안타까워하는 중범을 뒤로하고 그들이 연습하는 걸 유심히 살폈다. 중범의 말대로 실력이 제법이었다. 형욱은 슛이 꽤 정확했다. 그리고 같이 플레이하는 멤버의 실력도 좋았다. 하지만 주혁은 지지는 않으리라고 생각했다. 만만치는 않겠지만, 승산은 자신에게 있다고 여겼다.

형욱은 주혁을 만나니 여러 감정이 뒤섞였다. 살아오면서 이렇게 자신의 호승심을 자극하는 사람은 없었다. 내 사람으로 꼭 만들어야겠다는 생각과 더불어 반드시 이기고 싶다는 생각이 동시에 머리에 맴돌았다.

처음에는 학회를 통해서 접근하려 했다. 아무래도 자기가 선배이니 배울 과목에 관해서는 더 잘 알 것이 아닌가. 그래서 두 번인가 신입생들과 같이 보는 자리에서 이야기를 해보았다. 그런데 이게 웬일?

이야기를 해보니 동급생이라고 해도 될 정도였다. 형욱은 도대체 배우지도 않은 과목에 대해서 신입생이 어떻게 그리 잘 알고 있는지 이해가 되지 않았다. 그래서인지 주혁은 학회나 스터디에 관심이 없었다.

생각했던 부분이 막히자 고민이 되었다. 어떻게 하면 주혁과 인연을 만들까 하는 고민이. 그리고 그런 것보다도 주혁을 시원하게 이겨보고 싶다는 열망이 강했다. 그래야 속이 후련할 듯했다.

그런데 이렇게 농구장에서 보니 기분이 좋았다. 자신이 가장 잘하는 것 중 하나가 농구였기 때문이다. 대단한 것은 아니지만, 오늘 환호하는 수많은 관중 앞에서 주혁을 확실하게 이기리라 다짐했다.

삐이익!

심판의 호루라기 소리에 양 팀은 연습을 끝내고 코트 중간으로 이동했다. 가볍게 인사를 하고 나서 드디어 경기가 시작되었다.

"알았지? 패스를 많이 하는 거다. 계속 움직이고."

"알았어요. 자, 오늘은 꼭 이기자구요."

어제의 패배 때문인지 중범과 정훈은 유난히 전의를 불태웠다. 하지만 마음만으로 승리할 수는 없는 법. 경기는 예상대로 만만치 않았다. 상대의 전력이 아주 탄탄했다. 정훈이 형욱을 맡았는데, 번번이 돌파당하거나 슛을 내주었다.

다행인 점은 어제와는 달리 스코어가 엇비슷하다는 거였다. 이쪽도 주혁이 가세하니 공격이 활발했다. 주혁이 전반적인 조율을 했고, 빠르게 패스를 해서 공간을 만들어냈다. 슛은 아무래도 주혁이 많이 던졌다.

"밖으로 움직여."

주혁이 손짓을 하자 중범이 수비를 달고 바깥으로 빠졌다. 주혁이 재빠르게 수비를 제치고 골 밑으로 파고들어 레이업으로 마무리했다. 중범을 따라 골 밑을 비웠던 상대가 허겁지겁 달려왔지만, 공은 이미 주혁의 손을 떠나 림을 통과했다.

경기가 진행될수록 사람들의 환호성은 커졌고, 그 소리를 들은 학생들이 모여 전반전이 끝났을 때는 엄청난 사람들이 코트 주변에 서서 구경을 하고 있었다.

"헤엑, 헤엑."

중범과 정훈은 땀으로 범벅이 된 채 물을 들이켰다. 3대 3 반코트로 진행되는 경기치고는 움직임이 많은 경기였다. 중범은 남은 물을 머리에 부었다. 주혁은 고개를 숙이고 둘에게 나지막한 목소리로 이야기했다.

"상대는 공을 보고 쫓아다니니까 패스를 많이 할수록 더 지칠 거야. 패스는 전반전처럼 계속한다. 공을 많이 돌려. 공은 아무리 많이 돌아다녀도 지치지 않는다."

점수는 23대 22로 한 점 뒤지고 있었다. 하지만 주혁은 여유가 있었다. 이기고 있어서인지 상대의 표정은 밝아 보였지만, 주혁 팀보다 지친 기색은 확연했다. 그들은 붉게 달아오른 얼굴로 가쁜 숨을 몰아쉬고 있었다.

어차피 전반전은 중요하게 생각하지 않았다. 그렇다고 버린 건 아니었고, 크게 뒤지지만 않으면 된다고 여겼다. 전반전은 일종의 탐색전이었다.

"후반에는 정훈이하고 나하고 수비 상대를 바꾼다. 그리고 초반에는 내가 최대한 패스를 찔러줄 테니까 너희 둘이 슛을 때려."

그는 둘에게 스크린을 걸어 슛 찬스를 열어주는 것과 어떻게 움직여야 하는지 일러주었다. 상대의 패턴을 보고 생각해 둔 작전이었다. 농구를 좋아하는 녀석들이라 쉽게 이해했다. 주혁은 이제부터 본격적인 무대가 펼쳐지리라 생각했다.

"자, 이기러 가자."

세 명의 손이 한곳으로 모였다가 하늘 높이 올라갔다. 그 위로 보이는 하늘은 구름 한 점 없이 맑고 푸르렀다.

후반전 초반까지만 해도 아직 경기는 누가 승리할지 알 수 없었다. 구경하는 사람들은 각자 자기가 응원하는 선수나 팀의 플레이에 환호하면서 승리를 기원했다. 사람들은 서로 어디가 이길지 의견을 나누기도 했다.

"아무래도 백작가 도련님 팀이 유리한 것 같은데? 재수는 좀 없지만 실력은 진짜배기잖아."

남학생 한 명이 약간 비아냥거리면서 이야기했다. 형욱은 여자들에게 인기가 좋았다. 외모가 준수했고, 백작 가문의 직계라는 사실이 후광을 더했다. 거기다 성적 또한 과에서 수위를 다툴 정도에 운동까지 잘했으니 여자들이 왕자님처럼 생각하는 것도 무리는 아니었다.

간혹 제멋대로 행동하는 걸 두고 뒤에서 이야기하는 사람들이 있긴 했지만, 호의를 많이 베푸는 데다 크게 문제가 될 만한 일은 하지 않아서 인기에 영향을 미치지는 않았다. 오히려 일부 여자들은 형욱의 흠을 잡는 남자들을 속 좁은 사람으로 취급하기까지 했다.

결정적으로 형욱은 여자관계가 정말 깔끔했다. 그동안 사귄 사람이 없지는 않았지만, 사귀는 동안은 그 사람을 위해서 최선을 다하는 모습을 보여주었다. 그리고 헤어질 때도 상대에게 상처를 주지 않고 이별했다.

여자들은 형욱을 '캔디 캔디'에 나오는 안소니와 비슷하다고 해서 형소니라고 부르기도 했다. 남자들은 유치한 이름이라고 웃었지만, 여대생들 사이에서는 팬클럽까지 있을 정도였다.

"아닐걸? 나 같으면 상대 팀에 걸겠어. 저 팀 리더는 동네 농구 수준이 아니구만. 철부지 도련님이 오늘 임자 만났어."

"그래? 네가 그렇다면 그렇겠지."

농구를 잘 아는 사람이었는지 그의 예상은 적중했다. 주혁이 본격적으로 움직이기 시작하자 격차가 조금씩 벌어지기 시작했다. 형욱은 주혁에게 막혔고, 다른 선수도 눈에 띄게 움직임이 둔해졌다.

주혁의 날카로운 패스는 빈 공간을 가로질러 중범과 정훈의 손에 배달되었고, 노마크에서 던지는 그들의 슛은 성공률이 높았다. 점수는 조금씩 벌어지기 시작했다. 하지만 코트에서 뛰는 여섯 명 모두 굉장히 즐거운 표정이었다.

코트에 땀방울이 쉴 새 없이 떨어졌고, 몸과 몸이 맞부딪치면서 여섯 남자의 강인한 육체는 그들만의 이야기를 써내려가고 있었다. 점수가 몇 점 뒤진다고 패배자가 아니었고, 이기고 있어도 승리감에 도취되지 않았다.

경기하는 순간이 그들에게는 더할 수 없이 진한 만족감, 그 자체였다. 그들의 표정에는 모두 진지한 웃음이 보였고, 구경하는 사람들도 그와 비슷한 표정으로 모두에게 환호를 보내고 있었다.

주혁은 마음껏 사람들의 시선과 환호를 즐겼다. 상대가 뛰어나지 않으면, 주연도 빛날 수 없는 법이다. 그는 자연스럽게 사람들의 시선을 끌어모았다. 의도한 바는 아니었다. 아니, 처음에는 의도했었다.

하지만 지금은 그냥 자연스럽게 움직이고 있었다. 마치 배역에 몰입해서 그 사람이 된 듯이 연기하는 배우처럼. 일부러 사람들의 시선을 끌어야 한다고 생각하고 움직이는 것이 아니라, 그가 움직이면 사람들의 시선이 자연스럽게 그에게 집중되었다.

주혁은 드리블을 하면서 파고들다가 시선을 돌리지 않고 등 뒤로 패스했다. 심판이 계속 시계를 힐끔거리는 것으로 보아 끝날 때가 된 듯했다. 패스를 받은 중범이 점프하면서 백보드를 맞히는 뱅크슛을 했다.

공은 아깝게 림을 맞고 튀어 올랐다. 골 밑에서 공을 잡으려고 자리싸움을 하고 있는데, 갑자기 다른 사람들보다 반 박자 빨리 튀어 오른 공을 향해 솟구쳐 오르는 사람이 있었다.

주혁은 공중에서 공을 한 손으로 잡아 그대로 림에 내리꽂

왔다.

콰앙!

삐이이익.

주혁의 원 핸드 덩크와 동시에 심판의 호루라기 소리가 들렸다. 그렇게 승부는 주혁 팀의 승리로 끝맺음되었다. 점수는 10점 이상 차이가 났는데, 끝날 때까지 박빙의 승부라는 생각이 들었다.

양 팀은 정렬하고 인사를 했다. 그리고 다 같이 손을 들고 하이파이브를 했다. 관중들도 훌륭한 경기를 보여준 양 팀을 위해서 아낌없는 박수를 보냈다.

아무래도 가장 환호를 많이 받은 것은 승리의 주역이라고 할 수 있는 주혁이었다. 형욱은 그런 주혁을 보면서 묘한 감정에 휩싸였다. 항상 저 위치는 자신의 자리였다. 다른 사람들의 환호를 받고 손을 흔들어주는 자리. 하지만 지금 자신은 주인공을 위해서 박수를 치는 조연에 불과했다.

하지만 이상하게도 기분이 나쁘지는 않았다. 자신이라고 살아오면서 항상 1인자였던 건 아니었다. 당연히 패배도 많이 경험했다. 패배는 어떠한 경우라도 기분이 더럽다. 남들은 얌전한 도련님이라고 생각하지만, 누구보다 승부욕이 강한 사람이 형욱이었다.

그런데 오늘은 조금 달랐다. 졌지만 시원한 느낌? 그것은 자기와 같이 뛴 동료들도 마찬가지로 보였다. 녀석들도 지고는 못 사는 녀석들인데, 지금 표정은 분함에 이를 가는 표정이 아니었다.

형욱은 친구들과 상의를 했다. 이대로 마무리하기 너무 아쉬워서였다. 친구들은 3대 3을 또 해봐야 결과는 비슷할 거라고 하면서, 이번에는 제대로 한번 해보자고 이야기했다. 형욱도 똑같은 생각이었다.

"애들 불러야겠지?"

"그래야지. 그럼 정식으로 붙어야겠는데. 걔들은 5대 5 아니면 안 하잖아."

이번에는 반드시 주혁을 이기고 싶었다. 형욱은 굳은 결심을 하고는 주혁 일행을 향해 다가갔다. 그리고 리더인 주혁에게 제안했다.

"내일이나 모레 한 게임 더 하시겠습니까."

"물론이지요. 좋습니다."

형욱의 제안에 주혁은 찬성했다. 같이 경기한 다른 사람들의 반응도 똑같았다. 모두 기대감에 한껏 달아오른 표정이었다.

"이번에는 3대 3 말고 5대 5 정식 게임으로 하죠."

"상관없어요. 그렇지요, 형?"

중범이 대뜸 말을 가로챘다. 오늘 이기더니 자신감이 넘치는 듯했다. 주혁도 크게 상관하지 않고 찬성했다. 하지만 형욱의 말에 긴장해야만 했다.

"단단히 각오하셔야 할 겁니다. 저희 멤버 중에 선출도 한 명 있으니까요. 몇 년 쉬기는 했지만요."

선수 출신. 일반인과는 차원이 다른 경기력을 가진 사람이다. 하지만 여기서 발을 뺄 수는 없는 일. 주혁은 당당한 표정으로 승낙했다. 시간은 목요일 오후 4시로 정해졌다. 서로 수업이 없는 시간이었다.

"좋습니다. 저희도 멤버를 보강하죠. 그쪽 멤버는 모두 여기 학생인가요?"

"그럼요. 다 여기 학생들입니다."

"그럼 저희도 이 캠퍼스에 다니는 학생 중에서 멤버를 보강하죠."

"좋습니다. 그럼 목요일 날 뵙겠습니다."

형욱과 헤어진 주혁 일행은 모레 있을 경기는 잠시 잊고 오늘의 승리를 만끽했다. 그늘에서 쉬면서 여자들이 사온 음료수와 아이스크림을 나누어 먹었다. 따스한 봄볕에 싱그러운 초목의 향기가 몸까지 노곤하게 만들었다.

"형, 큰일 났어요."

"뭐가?"

잠시 사라졌던 중범이 허겁지겁 달려오더니 호들갑을 떨

었다. 형욱이 이야기한 새로운 멤버에 대한 정보였다. 둘 다 굉장한 멤버라는 거였다. 아마추어 대회에 참가해 입상한 적도 있는 실력파라고 했다..

주혁은 당연하지 않겠냐는 반응이었다. 바보가 아닌 이상에야 질 경기를 또 제안했겠는가. 필승의 자신이 있으니 제안을 했을 것이다. 하지만 주혁 역시 생각한 바가 있었다.

"내가 멤버 알아볼 테니까, 너희도 실력 있는 친구 있으면 데리고 와."

열띤 이야기를 하는 중범과 정훈을 남겨놓고 주혁은 자리에서 일어났다. 같이 뛸 멤버를 구하기 위해서였다.

옷을 갈아입은 주혁은 수소문을 하면서 돌아다녔다. 주혁의 질문에 여학생이 한 강의실을 손으로 가리켰다.

주혁은 그 방향으로 움직였고, 자기가 원하는 사람을 발견할 수 있었다. 남자는 손을 들고 손가락을 이리저리 움직이면서 계속해서 뭐라고 중얼거리고 있었다. 주혁은 피식 웃으면서 소리쳤다.

"어이, 똥개!"

"뭐야, 어떤 새끼가… 어라? 주혁이 형님 아니슈."

똥개 이승효는 건들거리면서 주혁에게 다가왔다. 주혁이 손을 들었고 이승효의 손바닥이 맞부딪쳤다. 짝 하는 소리가 복도에 울려 퍼졌다.

"그런데 형님이 여기는 어쩐 일이슈?"

"나? 여기 학생이야. 올해 신입생."

"푸헤헤헤! 그 나이에 대단하슈. 새파란 애기들 틈에서 좋겠수."

주혁은 피식 웃으면서 커피나 한잔하자고 말했다. 둘은 자연스럽게 자판기에서 커피를 뽑아 근처 벤치로 가서 앉았다.

"나도 놀라기는 마찬가지였지. 설마하니 네가 작곡과 학생일 줄을 몰랐다."

"왜요? 토목과나 체육과 학생인 줄 아셨수?"

주혁은 크게 웃으면서 음대생이라고는 상상하지 못했다고 대답했다. 잠시 일상적인 이야기를 하다가 그는 본론을 꺼냈다.

"한 게임 하지. 경기하기로 했는데 선수가 모자라서."

"형님하고 한팀이라. 뭐, 나쁘지 않네요. 형님이 그렇게 원하시니 아주 싸게 해드리죠. 술 한 번 어때요? 쓰러질 때까지."

똥개는 역시나 괴짜였다. 주혁은 입에다 깔때기를 꽂고 술을 퍼부어줄 테니 걱정하지 말라고 했다. 똥개는 낄낄 웃으면서 엄지를 치켜들었다.

"목요일 4시인데 시간 괜찮겠어?"

"클클클, 수업이 있네요. 제가 빵꾸가 좀 많아서 이번 학기에 수업이 아주 빵빵하거든요."

똥개 이승효는 뭐가 좋은지 아주 배를 잡고 웃어댔다. '빵꾸' 와 '빵빵' 이라는 표현을 본인은 아주 재미있다고 생각하는 모양이었다.

"그래? 그럼 곤란한데……."

"곤란할 게 있나요. 수업 한두 번 빼먹는 것도 아니고. 미리 가서 몸 풀고 있을게요. 그런데 상대는 누구예요?"

똥개는 수업 같은 것은 아무런 상관도 없다는 듯 이야기했다. 그것도 얼굴색 하나 변하지 않고 아주 천연덕스럽게. 주혁은 똥개가 지금 자신의 머리카락을 간질이며 지나가는 바람처럼 자유로운 영혼을 가진 녀석이라는 생각이 들었다.

"조형욱 팀이야. 무브 뭐라고 하던데."

"오호라, 무브온 팀. 거기 센터가 꽤 좋은데. 가드도 좋고. 도련님이야 뭐 솔직히 조금 하는 정도지만."

똥개는 조형욱 팀에 대해서 이미 알고 있는 모양이었다. 하기야 워낙 길거리나 아마추어 농구를 많이 한 녀석이었으니 그럴 법도 했다.

"그래서 주원이도 부르려고."

"오호, 강주원이까지. 그놈이 붙으면 진짜 할 만하지요. 그런데 좀 바쁠 텐데. 의대 본과는 만만하지 않거든요. 뭐, 여기도 제가 자체 휴강을 많이 해서 한가한 거긴 하지만요. 푸헤헤헤."

"지금 만나러 갈 건데 같이 갈래?"

"그러죠. 아이고, 간만에 그 녀석 얼굴 보겠네."

주혁과 이승효는 다 먹은 종이 잔을 동그랗게 구겨서 조금 떨어진 쓰레기통에 던졌다. 둘 다 클린 슛이었다. 둘은 킥킥대며 웃다가 걸음을 옮겼다. 그런데 웬 여자가 씩씩거리면서 이승효에게 다가왔다.

"오빠, 승효 오빠! 곡 언제 나와요. 원래는 저번 주에 준다고 했잖아요."

"내가?"

승효는 전혀 모르겠다는 듯 어깨를 으쓱거렸고, 여자는 화를 내면서 잔소리를 기관총처럼 쏘아댔다. 약속을 왜 지키지 않느냐는 둥 우리 사이에 이럴 줄은 몰랐다는 둥.

"야, 저번 주까지 될 수도 있다고 했지, 언제 저번 주까지 준다고 했어. 엉? 그리고 오빠는 징징거리는 여자 딱 질색이라고 그랬지?"

승효가 버럭 화를 내자 여자는 깜짝 놀라서 입을 딱 닫았다.

"다 되면 연락할 테니 기다리고 있어."

"오빠, 그래도… 오빠, 오빠!"

승효는 뒤도 돌아보지 않고 걸음을 옮겼다. 여자는 몇 차례 불렀지만 따라오지는 않았다. 주혁이 누구냐고 묻자 승효는 쩝쩝거리다가 대답했다.

"이번에 가요제 나간다고 작곡을 부탁받았는데요, 하아~"

승효는 고개를 절레절레 흔들었다.

"가사가 너무 구려요. 진부한 사랑 타령인데, 한 열 번쯤 우려먹은 사골 국물 같아요. 이게 영감이 떠올라야 작업을 하는데 걸리는 게 없으니, 원."

그리고 사실 원래는 저번 주까지 주기로 했다고 실토했다. 하지만 뻔뻔하게도 똥개의 표정에는 조금의 미안함도 나타나고 있지 않았다. 전혀 개의치 않는다는 표정이었다. 역시나 똥개다웠다.

주혁은 다시 한 번 똥개의 성격에 혀를 내둘렀다. 마치 똥개의 얼굴에 글자로 '그래서 어쩌라고'라고 쓰여 있는 것 같았다.

그는 똥개의 그런 성격이 너무나도 좋았다. 이런 캐릭터가 영화나 드라마에 있으면 얼마나 매력적일지를 잘 알기 때문이었다.

"영감이 떠오르지 않으면 머리로 작곡해야 하는데, 그럼 귀만 만족하는 게 나오거든요. 마음까지 곡이 닿지를 않아요. 그런데 그런 후진 가사를 가지고 와서는. 컨셉도 구리고."

이승효는 계속해서 툴툴거렸다. 하지만 주혁은 승효의 또 다른 면을 본 것 같아서 기분이 좋았다. 그러는 사이에 둘은 세브란스 의과대학 건물에 도착했다.

주혁과 한팀이었던 강주원이 다니는 학교가 바로 세브란스 의과대학이었다. 세브란스 의과대학은 연희대학교와 재단, 캠퍼스가 같았다. 그래서 다들 같은 학교라고 생각하고 있었다.

강주원은 굉장히 바빠서 한참을 기다리고 나서야 겨우 얼굴을 볼 수 있었다. 무표정한 얼굴로 걸어왔는데, 둘을 발견하고는 얼굴이 활짝 펴졌다.

"그러니까 형님, 똥개하고 한팀이라 이거죠? 아주 신선한 조합인데요."

주혁은 볼 수 있었다. 강주원은 몸이 근질거려서 참을 수 없는 표정이었다. 하지만 쉽게 결정을 내리지 못하고 있었다. 그만큼 시간을 내기가 어려운 상황이라는 방증일 터이다.

"잠시만요, 제가 좀 알아보구요."

그는 급히 뛰어가더니 사람들을 붙잡고 무슨 이야기를 했다. 멀어서 무슨 말인지는 들리지 않았지만, 그가 손짓을 하다가 빙빙 돌리는 걸 보니 뭘 바꿔달라고 하는 듯했다. 하지만 대부분은 고개를 저으며 손사래를 쳤다.

모두 거절당했지만, 계속 사람들을 붙잡고 이야기를 했다.

그러다 바로 거절하지 않고 조금 망설이는 사람이 나타났다. 강주원은 그를 붙잡고 진지한 얼굴로 무어라 이야기를 했다. 상대는 입맛을 다시다가 결국 고개를 끄덕였다.

"목요일 4시라고 했죠? 그때 보죠. 어, 그래. 알았어. 저기 제가 좀 바빠서……."

강주원은 희희낙락하면서 뛰어와서는 경기를 하겠다고 답했다. 얼마나 바쁜지 그 와중에도 그를 부르는 소리가 들렸고, 강주원은 제대로 인사할 틈도 없이 허둥지둥 뛰어갔다. 주혁은 이 멤버라면 어떤 팀과도 붙어볼 만하다고 자신했다.

* * *

목요일 오후 4시, 경기가 시작되었다. 하지만 주혁의 예상과는 달리 상황은 그리 좋은 편이 아니었다. 문제는 바로 센터였다. 강주원이 아직 오지 않아서 굉장히 고전하고 있었다.

"리바운드."

주혁이 점프를 해보았지만, 골 밑에서 자리를 잡고 있는 상대 팀 센터를 이길 수는 없었다. 리바운드의 중요성은 아무리 강조해도 지나치지 않는다. 슈터는 자신의 슛이 들어가지 않아도, 같은 팀이 리바운드할 거라고 생각해야 마음 놓고 슛을 던질 수 있다.

그런데 대부분 상대방이 리바운드하는 상황이 되면, 슛을 던지기가 부담스러워진다. 그러다 보니 찬스가 와도 망설이게 되고 자꾸 패스를 돌렸다. 그나마 점수 차가 많이 벌어지지 않고 꾸준히 10점 이내를 유지할 수 있었던 이유는 똥개와 주혁 때문이었다.

이승효는 기괴한 표정으로 상대의 포인트 가드를 물고 늘어졌다. 언뜻 미친놈처럼 보이기도 했는데, 정말 그 끈질기고 지랄 맞은 수비는 알아줘야 했다. 반칙성 플레이를 하고도 전혀 모르겠다는 아주 뻔뻔한 표정이었다. 오히려 자기가 억울하다며 큰 소리로 항의했다.

그렇게 기세를 올려서 분위기가 가라앉는 걸 막을 수 있었다. 대신 상대 포인트 가드는 잘못하면 울 것 같은 표정이었다. 똥개를 알고는 있었지만, 직접 상대하는 건 처음인 모양이었다. 원래 아는 것과 경험하는 것 사이에는 엄청난 차이가 있는 법이다.

퉁. 퉁.

주혁은 제자리에서 같은 팀원의 위치를 조절하면서 공을 튕겼다. 수비는 조금 떨어져서 낮은 자세로 양팔을 벌리고 자신을 막으려 하고 있었다. 주혁의 돌파가 워낙 빠르고 좋아서 가까이 붙지를 못하고 있었다.

승범과 눈빛을 교환한 주혁은 슬슬 옆으로 움직였다. 승범이 센터의 앞을 막는 사이 주혁이 재빠르게 골 밑으로 돌파를 시도했다. 투두둑 하는 공이 낮게 드리블되는 소리와 함께 주혁이 순간적으로 스피드를 올렸다.

수비는 이를 악물고 그를 막으려 했지만 워낙 빨라서 뒷모습만 보아야 했다. 주혁은 레이업을 하려고 점프를 했는데, 같은 패턴으로 당한 상대 센터는 이미 눈치채고 있었다. 센터는 중범을 뿌리치고 공중에 같이 떠올랐다. 블로킹하겠다는 생각이었을 터이다.

하지만 주혁은 공중에서 공을 다시 잡고 그대로 골 밑을 지나갔다. 그리고 골대를 지나면서 몸을 젖히면서 공을 가볍게 뒤로 던졌다. 골대 위로 올라간 공은 림을 뱅글뱅글 돌더니 쏙 하고 들어갔다. 학생들의 엄청난 탄성이 터졌다.

"우와~!"

"더블 클러치 리버스 레이업?"

농구를 잘 아는 사람들은 믿을 수 없다는 표정이었다. 더블 클러치만 해도 일반인이 구사하기 어려운 기술이다. 긴 체공 시간과 균형 감각이 없다면 흉내도 낼 수 없는 것이 더블 클러치이다. 그런데 더블 클러치로 리버스 레이업을 했으니 사람들의 입이 떡 벌어졌다.

"저 친구 선출이 아니라고?"

고등학교 2학년까지 선수 생활을 했던 센터가 어이없다는 표정으로 물었다. 물론 선수 중에는 주혁보다 더 잘하는 사람도 많다. 하지만 센터가 보기에는 어쭙잖은 후보 선수보다는 잘하는 것으로 보였다.

하지만 아무리 멋진 슛이라고 해도 점수는 2점이다. 센터는 성큼성큼 뛰어가서는 패스를 받고 골 밑에서 가볍게 점프슛으로 득점했다. 중범이 데려온 센터는 도저히 상대가 되지 않았고, 중범까지 가세해서 막아보았지만 역부족이었다.

그런 상황이니 점수는 조금씩 벌어졌고, 2쿼터 중반쯤 되니 한 자리를 넘어 11점까지 벌어졌다. 더욱 좋지 않은 것은 딱히 돌파구가 보이지 않는다는 점이었다. 그 순간 흰 가운을 입고 헐레벌떡 뛰어오는 사람이 보였다.

"늦어서 미안합니다. 교수님이 놔주질 않으셔서."

강주원은 너무 급해서 옷도 벗지 못한 채 급히 뛰어온 듯했다. 사실 강주원은 이곳에 올 만한 처지는 아니었다. 의대 본과 4학년이 농구를 할 시간이 어디 있단 말인가. 강주원이 허락받은 시간은 딱 30분이었다. 그것도 겨우겨우 부탁해서 가능했다. 하지만 주원은 이 경기에 빠지고 싶지 않았다.

주혁은 재빨리 타임을 불렀다. 형욱 팀원 중 하나가 주원을 보고는 수군거렸다. 아마도 주원에 대해서 알고 있는 모양이었다.

이제 온전히 팀이 완성되었다. 포인트 가드 똥개, 슈팅 가드 이정훈, 파워 포워드 권중범, 센터는 강주원, 그리고 주혁은 스몰 포워드의 역할을 맡았다.

"주원이가 센터를 견제하고 중범이하고 내가 골 밑을 집중적으로 공략한다. 그러다 보면 외곽에서 찬스가 많이 날 거야. 정훈이는 수비가 열리면 바로 때리고. 다들 오케이?"

"오케이!"

우렁찬 외침이 코트를 덮었다. 다시 시작된 경기, 주원의 가세는 분위기를 확 바꾸어 놓았다. 처음에는 그동안 농구를 거의 하지 못해서인지 움직임이 조금 어색했지만, 이내 예전 실력을 되찾았다. 주원의 존재감은 경기의 판도를 뒤집었다.

키는 193cm로 상대 센터와 같았다. 상대 센터가 선수 출신이라고는 하지만, 강주원도 센터로서의 역량은 그에 못지않았다. 특히 위치 선정이 좋아서 리바운드에서는 오히려 우위를 보였다.

그리고 중범과 주혁이 계속해서 골 밑을 공격하자 상대 센터는 강주원에게만 집중할 수 없었다. 특히 주혁의 움직임이 좋았는데, 센터가 강주원에게 묶여 있으면 공간을 만들어 슛을 던지고 센터가 주혁을 커버하면 강주원에게 날카로운 패스가 들어갔다.

사실 일대일에서도 그리 밀리지 않았다. 강주원은 호리호리한 편이어서 몸싸움에서는 상대 센터에게 조금 밀렸지만,

대신 키술이 좋았다. 분위기가 결정적으로 바뀐 것은 강주원의 블록슛이 터진 순간이었다.

전에는 상대 센터에게 패스가 들어간다는 건 곧 점수라는 공식이 있었다. 하지만 주원이 들어오고 나서는 어림없는 일이었다. 게다가 블록슛까지 당하자 상대의 얼굴에 있던 여유는 흐르는 땀방울과 함께 바닥으로 떨어졌다.

그렇게 차곡차곡 점수를 따라가서 3쿼터가 끝날 때쯤에는 3점 차까지 점수가 좁혀졌다. 3쿼터 종료까지 시간이 10초도 남지 않은 상황. 형욱 팀은 수비에 집중했다. 특히 골 주위에서 강한 디펜스를 했다. 주혁은 패스를 받아 돌파하는 척하다가 패스를 하면서 외쳤다.

"던져!"

공을 받은 정훈은 라인을 확인하고 곧바로 슛을 던졌다. 모든 선수의 시선이 공을 향했다. 공은 몰려 있는 선수들의 머리 위를 지나 림으로 향했다.

철썩.

주혁 팀 선수들은 일제히 손을 번쩍 들었고, 형욱 팀 선수들은 허리에 손을 얹고 한숨을 쉬었다. 사실상 이 시점이 양 팀의 승패를 보여주는 장면이었다. 4쿼터는 이미 정해진 승부를 확인하는 시간에 불과했다.

원래 역전이 되면, 쫓아가던 팀은 더 기세를 타는 법이고,

쫓기던 팀은 더 초조해지는 법이다. 그리고 그 중압감은 움직임을 둔하게 만든다. 결국 형욱은 씁쓸한 표정으로 주혁에게 축하 인사를 건네야 했다.

어느 때보다 많이 모인 관중들의 시선과 환호는 주혁 일행에게 쏟아졌고, 좋은 승부를 보여준 형욱 일행에게도 많은 박수가 뒤따랐다. 하지만 극명한 차이가 있었다. 주혁은 주연이었고, 형욱은 조연이라는 사실이었다.

사람들을 향해 손을 흔드는 주혁의 머리 뒤쪽으로 태양이 빛나고 있어서, 주혁의 몸이 빛나는 듯한 착각을 불러일으켰다.

CHAPTER **08**

연기 지도

"예? '괴물' 이 칸에 초대될 것 같다구요?"

―아직 확정된 건 아니니까 다른 데 이야기는 하지 마세요.

안형진을 만나러 학교에서 나오는 길에 주혁은 뜻밖의 전화를 받았다. 영화 괴물이 칸 영화제에 초청을 받을 가능성이 있다는 이야기였다. 물론 상을 받는 경쟁 부문은 아니었지만, 상당한 희소식이 아닐 수 없었다.

전 세계에서 칸 영화제에 출품하기 위해서 수많은 작품을 보내지만, 영화제 동안 상영되는 영화가 몇 편이나 되겠는가. 그곳은 가고 싶다고 아무나 갈 수 없는 그런 곳이었다. 조감독은 흥분했는지 굉장히 들뜬 목소리로 이야기했다.

비록 자신은 얼굴도 보이지 않는 단역이었지만, 자신이 출연한 영화가 칸 영화제에 나간다니 뛸 듯이 기뻤다. 그것도 새롭게 인생을 시작하고 나서 첫 영화가 잘되는 듯하니, 앞으로 모든 일이 잘 풀릴 듯한 느낌마저 들었다.

그는 바로 봉 감독에게 전화를 걸었다. 그리고 조심스럽게 축하한다는 이야기를 꺼냈다. 감독은 겸연쩍어 하면서 아직 모르는 일이니 그런 소리 하지 말라고 했다.

“선정되면 좋겠지만, 이야기된다는 사실 자체가 이미 역량을 인정한다는 거 아니겠습니까. 그러니 축하받으셔도 될 것 같습니다.”

—거참, 조감독 그 녀석은 그렇게 이야기하지 말라고 했는데……. 그보다 주혁 씨는 학교는 잘 다녀요? 경영학과라고 했던가?

“예. 아주 잘 다니고 있습니다. 지금도 학교인걸요.”

—아, 학교 다닐 때 생각이 나네. 그래, 우리 종종 연락하고 지내요. 나는 주혁 씨 표정이 아주 좋더라고. 다음 작품 할 때는 인연이 되었으면 좋겠어요.

“예. 감사합니다. 제가 종종 연락드리겠습니다. 예, 예.”

주혁은 통화를 마치고 흥에 겨워서 춤을 추듯 몸을 흔들며 걸어갔다. 지나가는 학생들이 쳐다보았지만 신경 쓰지 않았다. 이 얼마나 즐거운 인생인가. 이제는 남부럽지 않은 학벌에 하는 일에서도 인정받고 있었다.

만약 감독이 학교 후배이니 잘 지내자고 했다면 이렇게 기쁘지 않았을 것이다. 그런데 자신의 능력을 높이 사서 인정해주니 어찌 기쁘지 않을까. 그것도 세계적으로 주목받고 있는 감독의 인정이었으니 기쁨은 더욱 컸다.

앞으로 자신의 미래는 탄탄대로라는 생각이 들어 저절로 미소가 지어졌다. 마음이 즐거우니 보이는 풍경도 모두 아름답게 보였다.

은근하게 내리쬐고 있는 봄의 햇살도 평소보다 친근하고 편안하게 느껴졌다. 심지어는 버스를 타고 가다가 정체되는 구간에 줄지어 서있는 자동차들마저도 사랑스럽게 보였다.

그렇게 즐거움을 만끽하면서 강남역 근처에 도착한 주혁은 안형진이 알려준 장소를 찾아 발걸음을 옮겼다. 대로변에 있는 건물이라 쉽게 찾을 수 있었다. 3층으로 올라가자 안형진의 모습이 보였다.

"선생님."

"어, 그래, 주혁군. 어서 오게."

안형진은 회사 사람들에게 주혁을 소개했다. 한꺼번에 댓명 정도를 소개받았는데, 한두 번은 더 만나야 얼굴과 이름을 확실하게 기억할 듯했다. 그 사람들이 인사를 하자마자 모두 나가 버려서 기억하기가 더욱 어려웠다.

"다들 바쁜가 보네요."

"오늘따라 더 그런 것 같군그래. 그나저나 캐릭터는 설명 들었지?"

"예. 그런데 대본을 봐야 느낌이 더 올 것 같은데요."

이 회사에서는 대본은 주지를 않고 캐릭터에 대한 설명과 해당 배우가 누구인지만 보내왔다.

그래서 배우를 찾아보고, 어떤 캐릭터인지 이미지만 그린 상태였다.

"그러게나 말이야. 아니, 무슨 대단한 비밀이라고. 나 원."

안형진도 탐탁지 않은 듯 혀를 찼다.

하지만 그것이 회사 방침이라는데 뭐라고 할 것인가.

둘은 이야기를 나누면서 신인 연기자가 기다리고 있는 방으로 자리를 옮겼다.

방에 들어가니 아주 자그마한 체구의 귀여운 여학생이 한 명 있었고, 옆에 매니저로 보이는 남자가 있었다.

여학생은 안형진을 보더니 종종걸음으로 쪼르르 달려와서 인사를 했다.

"안녕하세요, 선생님."

"허허허, 그래. 여기는 내가 이야기한 강주혁 군. 주혁 군, 이쪽은 신인 배우 박소영 양이라네."

박소영은 아주 깜찍하고 귀여운 학생이었다. 고등학교 2학년이라고 했는데, 중학생이라고 해도 믿을 듯했다.

애기같이 순수해 보여서 보는 사람이 다 마음이 흐뭇해질 정도였다.

박소영은 주혁에게 꾸벅 인사를 했다.

"잘 부탁드립니다, 선배님."

"나도 잘 부탁해요, 신인 배우 박소영 씨."

간단한 인사를 하고는 주혁은 대본을 받아 읽기 시작했다.

대본에는 오늘 연기를 할 부분이 체크되어 있었다. 그가 대본을 보는 사이에 박소영은 매니저의 팔을 잡고는 '신인 배우래, 꺄아!' 라며 콩콩 뛰었다.

주혁은 처음부터 대본을 보기 시작했다.

표시된 부분만 보고 연기를 할 수는 없다.

전체적인 분위기나 내용을 알아야 제대로 된 연기를 할 것이 아닌가. 그래서 그는 처음부터 대본을 꼼꼼히 살폈다.

1부. 잊어도 될까요?

#1 학교 근처 길가(이른 아침).

이른 아침의 상쾌한 느낌이 든다.

출근하는 사람들 사이로, 학교에 늦었는지 뛰는 아이들.

주혁이 대본을 보는 사이에 안형진이 보충 설명을 해주었다.

자신이 알고 있는 작품의 분위기나 참고가 될 만한 내용을 일러주었다.

"'비밀의 학교'는 개성 있는 아이들의 생활과 사연을 통해서 청소년들의 모습을 보여주려 한다고 들었네. 어른과 사회가 요구하는 개성 없는 아이가 과연 정답인지를 묻는 게지."

주혁은 그 말에 고개를 끄덕였다.

사실 그렇게 기계로 찍어낸 듯한 아이들을 보고 과연 올바르게 자랐다고 할 수 있을까?

그리고 그런 강요를 받은 아이들이 행복할 수 있겠는가.

"EBS에서 할 만한 드라마네요."

주혁은 체크가 된 부분을 보면서 이야기했다.

자신이 해야 할 역할은 총각 선생님이었다.

박소영은 총각 선생님을 짝사랑하고 있었는데, 당돌하게 들이대는 역이었다.

총각 선생님을 맡은 배우는 최경철이라는 배우였는데, 키는 182cm에 마른 편이었다.

다소 코믹한 캐릭터여서 주혁은 그 부분에 신경을 써서 감정을 잡아나갔다.

주혁과 최경철은 아홉 살이나 차이가 났지만, 그것만 제외하면 얼추 비슷한 느낌으로 보이기도 했다.

안형진이 부탁을 받은 건 이 회사의 대표와 상당한 교분이 있었기 때문이다.

그래서 박소영의 연기 지도를 시작했는데, 이번 드라마가 그녀가 데뷔작이었다.

첫 연기라서 그런지 연습인데도 긴장을 많이 했다. 하지만 의욕만큼은 정말 대단했다.

그래서 뭔가 더 도움이 되려면 어떻게 해야 할까 고민하다가 주혁에게 연락한 거였다.

아무래도 자신이 상대역을 하는 것보다는 비슷한 사람이 상대역을 맡는 편이 박소영에게 도움이 될 거라 생각해서였다.

주혁의 연기력이야 이미 알고 있으니 상대역으로는 안성맞춤이었다.

"저는 준비되었습니다."

주혁의 말에 안형진이 박소영을 불러 몇 가지 이야기를 하고는 연습을 시작했다.

박소영은 긴장한 티가 역력했는데, 주혁과 안형진이 가벼운 농담을 건네고는 몇 가지 노하우를 일러주었다.

"자신만의 방법이 생기겠지만, 일반적으로 기지개를 크게 켜거나 고개를 뒤로 약간 젖히고 심호흡을 하는 방법을 많이 사용해."

"이렇게요? 이러어어케에에?"

박소영은 방긋 웃으면서 양손을 쭉 펴면서 기지개를 켰다.

워낙 자그마해서 한껏 기지개를 켜도 손끝이 주혁의 머리와 비슷한 위치였다.

주혁은 소영의 눈가에 장난기가 맺혀 있는 것을 보고는 긴장이 다 풀렸음을 눈치챘다.

둘은 감정을 잡고 연습을 시작했다.

주혁은 대본 속의 캐릭터로 빙의해서 움직이기 시작했고, 그 모습을 본 소영은 깜짝 놀랐다.

갑자기 다른 사람이 되어버린 주혁이 너무 신기해서였다.

그녀는 실제로 촬영은 해본 적도 없는 햇병아리였다.

그래서 모든 배우가 저렇게 역에 몰입하면 확 변하는구나 하는 생각을 가지게 되었다.

소영은 아직 그렇게까지 할 자신은 없었다.

그래서 배우가 되려면 엄청나게 노력해야겠다고 다짐했다.

그러한 마음가짐은 그녀가 연기를 위해서 꾸준히 노력하는 시발점이 되었다.

소영은 마음을 다잡고 집중해서 연기했다.

그런데 본격적인 대사를 말하기도 전에 주혁이 멈추라는 신호를 보냈다.

"잠깐, 거기서는 왜 연기를 안 해?"

"예? 어디서요?"

박소영은 의아하다는 표정으로 고개를 갸웃거렸다.

무슨 말인지, 왜 멈추라고 했는지 도무지 알 수 없어서였다. 주혁은 손에 든 대본을 가리키며 말했다.

"여기. 은호가 제발 동원 좀 시키지 말라고 하는 부분."

"예? 그 부분에서는 제 얼굴이 나오지 않는데요?"

그 부분은 대사는 은호라는 친구가 하고, 소영은 뒷모습만 보이는 장면이었다. 그래서 당연히 소영은 특별한 움직임을 보이지 않았다. 주혁은 그 장면을 지적했다.

"연기는 표정으로만 하는 게 아니야. 뒷모습만 보인다고 가만히 있으면 안 되지. 뒷모습으로도 연기해야 시청자들이 드라마에 빠져들 거 아냐."

그러면서 주혁은 시범을 보였다. 뒷모습만 보인 채 걸어가면서 여러 상황을 연출했다.

박소영은 또다시 깜짝 놀랐다. 표정도 보이지 않고 대사도 없었다. 단지 뒷모습만 보일 뿐이었다. 그런데 감정이 표현되었다.

울고, 슬퍼하고, 환호하고, 쑥스러워하고, 분노를 억누르고 있다는 감정이 분명히 자신에게 전달되었다. 그것도 아주 분명하고 확실하게.

그녀는 입을 떡 벌린 채 말을 하지 못했다. 어떻게 뒷모습만으로 저렇게 강렬한 표현을 할 수 있는지 신기할 따름이었다.

그녀는 오늘 새로운 세계를 보았다. 배우란 저런 것이구나 하는 하나의 기준이 뇌리에 각인되는 순간이었다.

안형진은 인자한 얼굴로 이 광경을 흐뭇하게 지켜보고 있었다. 역시 주혁을 부르길 잘했다는 생각이 들었기 때문이다.

"입에 파리 들어간다."

"헙."

주혁의 농담에 소영이 정신을 차렸다. 농담이 통한 건 아니었다. 청동기 시대에나 쓰였을 법한 농담에 살짝 실망감마저 들었다. 그저 목소리가 들려 정신이 번쩍 들었을 뿐이었다.

소영은 주혁의 시범을 보고 어떻게 하면 자기도 저런 표현을 할 수 있을까 생각했다.

그 뒤로 연습은 대단히 진지한 분위기에서 진행되었다. 소영이 집중하니 주혁도 거기에 맞추어 보조를 해주었다.

안형진도 둘의 연기를 지켜보다가 적절한 조언을 했다. 소영은 지금까지 연기 수업을 많이 받아보았지만, 그동안 받았던 것을 모두 합쳐도 오늘 하루 동안 배운 것에 미치지 못할 거라는 생각이 들었다.

그만큼 오늘의 연기 수업은 그녀에게 큰 의미가 있었다. 그리고 주혁도 소영에 대해서 조금 놀랐다.

알려주는 걸 잘 알아듣고 흡수했다. 그러니 가르치는 맛이 났다. 이야기해 주면 다음 연기에 그 부분이 나아진 게 보였다.

“내일도 오시는 거죠, 선배님?”

약속했던 시간이 지나고 안형진과 주혁이 밖으로 나가려 하자, 박소영은 손을 맞잡고 초롱초롱한 눈을 한 채 물었다.

주혁은 소영이 흡사 새끼 고양이 같다는 생각이 들었다.

“물론이지. 다음 주까지는 매일 와서 상대역을 할 거야. 도움이 좀 되었나 모르겠네?”

“엄청 도움이 되었어요. 아주 어어어엄청이요.”

박소영은 양팔을 한껏 벌리면서 개구쟁이 같은 표정을 지었다.

주혁은 그런 소영을 보면서 ‘참, 사람을 기분 좋게 만드는 힘이 있구나’ 하는 생각을 가졌다.

안형진도 마치 손녀딸의 재롱을 보는 듯한 인자한 미소를 지었다.

“오늘 연기하는 거 보니까 굉장히 빨리 늘던데? 나도 정신 바짝 차려야겠어.”

"정말 다른 애들도 소영이 같으면 자네한테 역이 가지 않을지도 모르겠는데?"

주혁의 농담에 안형진이 능청스럽게 살을 덧붙였다. 소영은 과분한 칭찬이라고 생각하며 어찌할 바를 몰랐다.

주혁과 안형진은 작별 인사를 하고는 함께 건물 밖으로 나왔다.

"괜찮은데요. 배우려는 자세에 재능도 있어 보이고요. 다른 것보다 표정과 감정이 풍부해서 좋네요."

"좋은 아이야. 열심히 하고. 내가 그래서 자네를 부른 게야."

"이런 후배 있으면 언제 부르셔도 가겠습니다. 같이 연습하니까 저도 더 열심히 해야겠다는 생각이 들고, 깨닫는 부분도 있고 그러네요."

안형진은 주혁과 이런저런 이야기를 나누다가 학교 이야기를 하게 되었다.

"그런데 정말 괜찮겠나? 이제 곧 중간고사 기간이라면서."

"걱정하지 않으셔도 됩니다. 미리 준비 다 해놓았으니까요."

물론 이미 준비가 다 되어 있었다, 그것도 아주 오래전에. 주혁은 시험 기간에 오히려 시간이 남았다.

그래서 소영의 연기 지도에 아무런 부담도 없었다. 하지만 안형진은 바쁜 와중에도 시간을 내서 도와주는 거로 생각하고 있었다.

어떤 사람이 중간고사 기간인데 미리 준비해서 시간이 많다는 말을 믿겠는가. 의례적으로 하는 말일 뿐, 사실은 그렇지 않다고 생각하는 사람이 대부분일 것이다.

그래서 안형진은 주혁에게 더 고마움을 느꼈다. 하지만 주혁은 정말 여유가 있었다.

그렇게 약간의 오해를 한 채 둘은 조명으로 환하게 밝혀진 거리를 걸어갔다.

문득 하늘을 본 주혁의 눈에 소영의 얼굴같이 동그란 달이 들어왔다.

*　　*　　*

주혁은 신바람이 났다. 연기를 가르치는 일이 이렇게 즐거울 거라고는 생각하지 못했었다.

사실 반복되는 하루를 살았을 때는 무언가를 배우려고만 했지, 누군가를 가르쳐 본 적은 없었다. 그때는 자신을 채우기도 바빴으니까.

그런데 다른 사람을 가르쳐 보니 이게 배울 때와는 느낌이 완전히 달랐다. 성장하는 과정과 모습을 보는 즐거움도 즐거움이었지만, 자기 자신을 조금 더 객관적으로 볼 수 있는 계기가 되었다.

"잠깐, 스탑. 스탑."

주혁은 소영의 연기를 멈추게 했다. 소영이 총각 선생님과 대화를 하는 부분인데 영 어색했다.

배우는 상황에 맞추어 빨리 몰입해야 하는 경우가 많다. 세상에서 가장 환한 미소를 보이면서 웃고 떠들다가 바로 다음 장면에서는 통곡해야 하는 경우도 있다.

물론 소영 같은 신인 연기자에게 마치 가면을 바꾸어쓰듯 삽시간에 감정을 바꾸라고 하는 건 무리일 터이다. 하지만 어려워도 연기자가 되려면 그렇게 되도록 해야만 한다.

"지금 연기하는 게 누구지?"

"예? 연기는 제가 하는데요?"

소영은 질문의 요지를 알아채지 못한 듯했다. 주혁은 웃으면서 이야기해 주었다.

"지금 말하고 있는 건 드라마 속의 아랑이라는 캐릭터가 아니라 소영이 너 같아서 하는 말이야."

"아~"

소영은 바로 알아차렸다. 그리고 자그마한 주먹으로 머리를 콩 쥐어박았다. 집중한다고 계속 생각은 했는데, 캐릭터에 몰입하지 못하고 평소 자기 모습이 나왔다는 걸 알아차렸기 때문이다.

그녀는 눈을 감고 감정을 잡더니 다시 연기를 시작했다. 주혁은 소영의 연기를 보다가 고개를 끄덕였다. 확실히 아까와는 다르게 말을 하는 인물은 드라마 속의 아랑이라는 캐릭터였다.

그는 소영의 연기를 보면서 자신을 되돌아보게 되었다. 자신은 소영에게 가장 기초가 되고 원론적인 이야기를 해준다. 왜냐하면, 그것이 가장 중요하지만, 가장 지키기 어려운 부분이기도 하기 때문이었다.

'그런데 이렇게 이야기는 하고 있지만, 과연 나는 그런 부분을 잘 표현하고 있는 걸까?'

그래서 주혁은 소영의 상대역을 하면서 자신의 연기도 살피게 되었다. 어린 후배에게 본보기는 되지 못할망정 책이나 잡혀서야 면목이 서겠는가.

그러다 보니 역에 더 집중하고, 모든 부분을 다시 한 번 체크하게 되었다.

발음과 행동뿐 아니라 표정과 호흡까지도 더 신경 써서 정말 드라마 속의 캐릭터가 소영의 눈앞에 있는 듯한 느낌을 주려고 노력했다.

그렇게 집중하고 신경을 쓰니 자연스럽게 깨닫는 바가 있었다.

주혁은 소영을 가르치면서 자신도 성장하고 있다는 사실을 알 수 있었다. 그는 소영에게 연기 지도를 하게 된 일이 정말 행운이라고 여겼다.

그리고 소영도 마찬가지로 주혁에게 배우고 있는 걸 엄청난 행운으로 생각했다.

잠시 쉬는 시간에 소영은 수줍은 얼굴로 주혁에게 이야기했다.

"선배님, 선배님이 상대역을 해주시니까 연기가 어떤 건지 조금은 알 것 같아요."

소영은 상대와 연기를 주고받는다는 게 어떤 느낌인지 이제 알 수 있었다. 그동안은 연기를 머리로 했다는 생각이 들었다. 드라마 속의 캐릭터를 생각하면서 그 캐릭터인 척 연기했다.

물론 잘 알고 있다, 캐릭터에 몰입해서 실제로 그 자체가 되어야 한다는 사실을. 하지만 말처럼 그렇게 쉽다면 세상에 배우 하지 못할 사람이 어디에 있겠는가.

주혁이 상대역을 해주니 확연하게 느낌이 왔다. 상대의 이미지가 확실하니 연기하기가 굉장히 편했다. 상황에 몰입하기가 정말 쉬웠다.

주혁은 소영이 이제 연기라는 세상을 향해 걸음마를 시작했다고 생각했다.

"이제 시작이니 너무 조급하게 생각하지 마. 그리고 좋은 배우가 되려면 실패를 많이 해보는 편이 좋을 수도 있어. 그런 경험 하나하나가 전부 배우의 재산이 되는 거니까."

"그렇긴 하지만 너무 슬프거나 아픈 일은 많지 않았으면 좋겠어요."

소영은 깜찍한 표정으로 말했고, 그 모습에 주혁은 씨익 웃었다.

고등학교 2학년 학생에게 무슨 말을 한 건가 싶었다. 아직 꿈 많고 웃음이 더 어울리는 나이가 아닌가.

이렇게 맑고 순수한 아이이니 고난과 역경 같은 일은 나중에 다 커서나 겪었으면 하는 생각이 들었다.

주혁이 생각을 하다 소영을 보니 피곤한지 눈을 감고 있었는데, 옆에 있는 의자가 형광등을 가로막아 얼굴에 반쯤 그늘이 져 있었다. 불빛이 눈가에 비치지 않고 있어서 편하게 느끼는 듯했다.

주혁은 교학상장이라는 말이 떠올랐다. 교학상장(教學相長)은 가르치고 배우면서 서로 성장한다는 뜻이다.

그는 지금 상황이 사자성어와 정확하게 들어맞는다고 여겼다. 자신은 소영이를 가르치면서 성장하고, 소영은 자신에게 배우면서 성장하고 있었으니까.

그는 앞으로도 이런 기회가 있으면 놓치지 말아야겠다고

다짐했다. 혼자서 연습하거나 누군가에게 배울 때와는 비교도 할 수 없는 즐거움과 깨달음이 있어서였다.

"자, 다 쉬었으면 다시 연습하자."

주혁은 의자를 치우면서 자리에서 벌떡 일어났다. 쉬면 그 순간은 편할지 모르겠지만, 앞으로 나아갈 힘은 점점 빠지게 된다. 불빛이 얼굴을 비추자 소영은 눈을 뜨고 씩씩하게 일어나서는 대본을 손에 들었다.

둘은 다시 감정을 잡고 연기를 시작했다. 주혁은 물론이고, 소영의 표정도 삽시간에 바뀌었다. 이제는 곧잘 몰입하는 소영을 보면서 대견하다는 생각을 했다. 어린아이라서 그런지 아직 미숙했지만 그만큼 흡수력이 좋았다.

연습은 길었지만 둘은 시간의 흐름을 체감하지 못했다. 서로 교감을 나누는 연기를 하느라 다른 상황에 둔감해져 있었기 때문이다. 매니저가 들어오지 않았더라면 시간이 그리 흘렀는지 몰랐을 터였다.

이틀 동안 연습하는 걸 본 안형진이 연기 지도를 아예 주혁에게 맡겨 두 사람은 계속 같이 연습을 했다. 내일도 그럴 예정이었는데, 주혁은 일이 생겨서 조금 늦을 거라는 이야기를 꺼냈다.

"정확하게는 모르겠는데 한 시간 이상 늦지는 않을 거야. 그러니까 호흡, 발음하면서 연습하고 있어. 늦은 만큼 보충은

할 거니까 그렇게 알고.”

“예. 그런데 무슨 일이세요? 중간고사 때문에 그런 거예요?”

주혁은 고개를 저었다. 내일은 봉 감독과 손강호 선배를 만나기로 했다.

영화 괴물의 제작사와 배급사 사람들이 있는 자리라는 걸 보니, 아무래도 소개를 해주려는 듯했다.

두 명이 일부러 부른 자리이니 빠지기도 뭐했다.

게다가 제작사와 배급사의 사람들이라면 알아두어서 나쁠 것 없지 않겠는가.

만약 수업하지 못하는 경우라면 생각을 달리하겠지만, 조금 늦는 정도는 큰 문제는 아니었다.

주혁은 간단하게 내일 무슨 이유로 늦는지 알려주었다. 소영은 반색하면서 질문했다.

“선배님, 영화 괴물에 출연하셨어요? 어떤 역 맡으셨는데요?”

“나야 대사도 없는 단역이지, 뭐. 괴물에 부딪혀서 물에 빠지는 사람, 컨테이너 난간에서 뛰어내리는 사람 같은 역을 했지.”

소영은 깜짝 놀랐다. 그녀가 생각하기에 주혁은 엄청난 연기자였다. 적어도 조연은 했을 줄 알았다. 그런데 대사도 없는 단역이라니, 도저히 믿어지지 않았다.

그렇다면 자신은 아직 아무런 역도 맡지 못하는 것이 정상일 터이다. 그녀는 이번 기회가 자신에게 정말 큰 행운이며, 앞으로 열심히 하지 않으면 낙오될 거라는 생각이 들었다. 그녀는 조막만 한 손을 꼭 쥐고는 정말 열심히 하리라 다짐했다.

주혁은 입을 앙다무는 소영을 보면서 이야기했다.

"세상에 시시한 배역은 없는 거야. 시시한 배우가 있을 뿐이지. 그러니 노력해. 노력은 배신하지 않는다."

"예. 저 열심히 할게요."

소영은 양손을 꽉 쥐고 귀엽게 파이팅을 외쳤다. 주혁도 주먹을 쥐고는 같이 파이팅을 외쳤다.

* * *

봉 감독이나 손강호가 말한 대로 특별하거나 대단한 자리는 아니었다. 그냥 가벼운 미팅이었다.

주혁이 보기에는 영화 괴물이 칸에 진출할 듯하자 제작사나 배급사의 사람들을 봉 감독에게 소개하려고 자리를 만든 듯했다.

봉 감독의 위상이 달라졌다고 보아도 무방할 듯했다. 그런 자리이니 평소에 잘 봐두었던 주혁도 얼굴이나 알리라는 배려에서 부른 거였다.

미팅은 배급사 회의실에서 진행되었다.

분위기는 아주 화기애애했다. 주로 인사를 하지 못했던 사람들을 배급사나 제작사의 고위층이 소개하는 자리가 되었다.

주혁은 처음에 인사하고는 외곽으로 밀려났다. 모임의 주역인 봉 감독에게 사람들이 몰려들었기 때문이다.

사람들의 관심에서 멀어지자 주혁은 주변을 구경하면서 다녔다.

회의실에는 배급사를 통해 히트한 영화들의 포스터가 붙어 있었고, 그 밑에는 그 영화의 관객 기록이나 짧은 설명이 적혀 있었다.

'웰컴 투 동막골'과 '태극기 휘날리며'의 포스터를 구경했다. 그렇게 천천히 움직이며 구경하고 있는데, 곁으로 누군가가 다가왔다.

"그래, 연희대학교에 다닌다고?"

"예. 그렇습니다."

그는 배급사의 임원 중 한 사람이었는데, 봉 감독에게 주혁을 소개받을 때부터 호기심이 있던 차였다.

이런 자리에서도 기가 죽지 않고 태연하게 돌아다니자 옆으로 움직여서 말을 붙였다.

그는 하루에도 수십 명의 배우를 본다. 어지간한 배우가 아니고서는 관심조차 주지 않는다. 그것이 신인 배우일 경우에는 더욱.

그런데 이 녀석은 뭔가 달랐다. 조금 더 알아봐야겠지만 뭔가가 있는 놈이라는 감이 왔다.

"자네는 영화 괴물의 매력이 뭐라고 생각하나?"

"저는 괴물이 나오는 영화 같지 않은 게 매력이라고 생각합니다. 괴물 영화라고 하면 사람들이 생각하는 게 거기서 거기 아니겠습니까. 고질라 같은 게 나오는 상업 영화 생각을 하겠지요."

주혁은 잠시 생각하다 자기 의견을 피력했다. 임원은 고개를 주억거렸다. 사실 영화 괴물의 마케팅 계획을 세우면서 고민이 많았다.

어떻게 해야 제작비가 많이 들어간 이 영화에 최대한 많은 관객이 들게 할 수 있을지 머리를 쥐어짰다.

"그러면 어떻게 해야 사람들이 보러 올 것 같나?"

미처 생각하지 못했던 질문이라 주혁은 정리를 하는 데 시간이 다소 걸렸다. 그는 전에 배우들과 같이 본 편집본을 머리에 떠올렸다.

"괴물은 다른 영화처럼 기사를 많이 내보내거나 일요일 영화 소개 방송에 예고편을 보여주는 마케팅을 하지 않는 편이 좋을 것 같은데요."

"그래? 그건 왜 그렇지?"

임원은 아예 의자에 앉으라고 자리를 권했다. 지금 하고 있는 마케팅 전략과 아주 흡사한 이야기를 주혁이 말하고 있기 때문이었다. 주혁은 괴물의 가치를 극대화하려면 신비주의 전략을 사용하는 편이 좋겠다고 이야기했다.

"사실 괴물은 상업적인 영화라고 보기에는 무리가 있습니다. 오락성보다는 작품성이 뛰어난 영화죠."

주혁의 이야기에 임원은 점점 귀를 기울였다. 그리고 주변에 와서 이야기를 듣는 사람이 하나둘 늘었다. 주혁은 명품 마케팅과 흡사한 방식으로 사람들에게 접근하면 좋겠다고 이야기했다.

"그러니까 명품 가방 같이 만들자는 말이군. 사람들이 다른 영화와는 차별화된 명품 영화라는 이미지를 갖도록 말이야."

"예, 그렇습니다. 요즘 영화처럼 이거저거 다 보여주고 제발 보러 와주세요, 이렇게 나가지 않는 거죠. 명품은 도도해야 하거든요. 궁금해하도록 만들면서 정작 보여주지는 않는 거죠."

주혁은 칸에 진출하게 되면 그런 전략이 더 힘을 받을 수 있을 거로 판단했다.

칸에 진출한다는 건 괴물이 명품이라는 사실을 공인받는 것과 다름없었으니까.

이런 이야기를 할 수 있었던 것은 경영학과에서 배울 전공에 대해서 미리 공부한 상태였기 때문이다.

공부한 과목 중에 마케팅 관련 과목들도 있었으니까.

임원은 지금 회사에서 진행 중인 마케팅 계획과 거의 흡사한 이야기를 하자 조금 놀랐다. 그리고 참고할 만한 내용도 제법 있었다. 특히 여자들의 명품 가방에 빗대어 한 설명은 아주 좋았다.

"재미있는 친구구만. 그런데 너무 숨기면 오히려 역효과가 나지 않겠나?"

"칸에 진출하면 전혀 문제없는 일이겠지요. 칸에서 인정한 작품인데 누가 뭐라고 하겠습니까. 제가 보기에는 진출이 확정되지 않았나 싶어요."

임원의 눈초리가 날카로워졌다.

사실 발표는 하지 않았지만, 영화 괴물이 감독 주간에 초청되었다. 이 자리도 그래서 급히 마련한 것이었다.

발표가 난 후에 이런 자리를 하면 모양새가 좋지 않다. 너무 속 보이는 행동이었으니까.

임원은 조금 더 이야기를 나누다가 자리에서 일어났다. 임원은 자신의 비서에게 넌지시 일렀다.

"저 친구하고 언제 식사 자리라도 한번 잡아보게. 가능하면 며칠 안으로."

비서가 임원이 가리키는 방향을 보니 주혁이 포스터를 구경하고 있었다. 그는 대화를 마치고 일어나서 나머지 포스터를 구경하고 있었다.

비서는 주혁을 향해서 걸어갔다. 주혁이 옆으로 움직이자 그가 가리고 있던 포스터가 보였다.

이 배급사의 첫 히트작이라고 할 수 있는 '색즉시공'의 포스터였다.

비서는 빠른 걸음으로 '색즉시공'의 포스터를 가리고 있던 주혁을 향해서 걸어갔다.

* * *

"저기… 선생님을 난처하게 한 거 같아서 죄송했어요, 정말. 다른 선생님들 눈도 있고……."

박소영은 대사를 말하다가 이내 고개를 흔들었다.

거울에 비치는 자신의 연기가 마음에 들지 않았기 때문이다.

주혁이 상대역을 해줄 때는 감정 잡기가 좋았는데, 상상으로 상대역을 그리면서 하려니 영 어색했다.

"아, 아."

소영은 고개를 이리저리 돌리고 목도 풀면서 긴장을 없앴다.

콩콩 뛰면서 몸을 툭툭 터니 바로 전에 연기했던 감정이 몸에서 떨어져 나가는 느낌이 들었다.

그러면서 주혁이 빨리 왔으면 좋겠다는 생각을 했다.

그녀가 한창 연습에 몰두하고 있을 때, 갑자기 문이 열리면서 사장과 함께 젊은 남자가 한 명 들어왔다.

소영은 들어온 사람을 보고는 깜짝 놀랐다. 그는 스타 배우인 이태영이었다.

"태영 씨, 우리 신인 배우 박소영 양. 이번에 EBS 드라마에 출연해요. 나이는 어려도 연기가 아주 야무져서 기대를 많이 하는 친구지요."

"그런가요? 정말 귀엽네요."

기획사 사장은 언제나 수익을 내는 데 신경이 집중되어 있을 수밖에 없다.

기획사가 수익을 내는 방법은 아주 단순하다.

스타를 키워내든지, 아니면 스타를 영입해서 수익을 내든지.

사장은 이태영의 영입을 어느 정도 생각하고 있었다.

연기력이나 행실 문제가 있다는 사실은 잘 알고 있다.

이 바닥에서 일하면서 그 정도 정보도 모른다면 회사 때려치워야 한다.

하지만 그런 것과 수익은 별개의 문제다.

사장 입장에서는 행실 바르고 연기력 좋은데 돈 못 버는 배우보다는, 이태영과 같이 문제가 좀 있어도 CF도 많이 찍고 수익을 낼 수 있는 배우가 필요했다.

더구나 지금 회사 사정이 그렇게 좋은 편이 아니라서 더욱 그랬다.

“소영아, 인사해야지. 너도 잘 알지? 배우 이태영 씨.”

“안녕하세요, 선배님. 박소영이라고 합니다.”

박소영은 쪼르르 달려가 배꼽 인사를 했다.

이태영은 소영을 훑어보더니 고개를 끄덕였다.

귀여우면서도 묘한 매력이 있는 얼굴이었다.

작은 키에 비해서 비율도 좋아 보였다.

자신의 취향은 아니었지만 호감이 가는 스타일이었다.

“연기를 좀 봐도 될까요? 야무지다고 하시니 기대가 좀 되네요.”

“그럼요. 소영아, 지금 연기 가능하지?”

이태영의 말에 사장은 소영에게 손짓했다.

자신이 입수한 정보에 의하면, 이태영과 현재 소속사는 완전히 틀어졌다고 했다.

계약 기간도 올해 3분기까지이니 어차피 새로운 소속사를 찾아야 할 터.

이태영을 반길 기획사는 그리 많지 않을 것이다.

자신도 자금만 넉넉했다면 이따위 배우를 영입하려고 애쓰지 않았을 것이다.

하지만 언제까지 투자만 할 수는 없는 일 아닌가.

당장 돈이 좀 돌아야 숨통이 트일 판이다. 그래서 이태영을 생각한 것이었다. 그래도 당분간은 돈이 좀 될 녀석이었으니까.

어차피 길게 볼 생각은 없었다. 1년 정도 급한 돈만 막아주면 된다는 심정이었다. 지금 인기로 보아 그 정도는 가지 않겠느냐는 판단이었다.

소영은 둘에게 연기할 부분을 이야기한 다음 감정을 잡으면서 준비를 했다.

이태영과 사장은 대본을 들고 대충 어떤 캐릭터와 장면인지 확인했다. 그래야 소영의 연기가 어떠한지 판단할 수 있기 때문이다.

"저기… 선생님을 너무 난처하게 만든 거 같아서 죄송했어요, 정말. 다른 선생님들 눈도 있고……."

소영은 조금 전에 연습했던 장면을 연기했다. 상대역인 총각 선생님이 있는 것처럼 생각하고 움직였다.

이태영과 사장이 있는 곳이 카메라 위치라고 생각하고 동선을 잡았다. 둘에게 연기를 보여주어야 했으니까.

"자, 잠깐."

사장이 다급하게 이야기했다. 이태영도 표정이 변하면서 손을 내뻗었는데 사장이 선수를 쳐서 말을 내뱉지는 못했다.

이태영은 어정쩡하게 손을 올리고 있다가 사장이 이야기하는 사이에 슬그머니 내렸다.

"저기, 소영아. 처음부터 다시 해볼래?"

"예, 사장님."

말은 야무지다고 했지만 사실은 아직 연기가 여물지 못한 상태라고 기억하고 있었다.

외부인 앞에서 소속사 배우를 낮추어 이야기할 수는 없어서 그리 이야기한 거였다.

그런데 소영의 연기를 보니 며칠 사이에 다른 사람이 되어 있었다.

별로 신경을 쓰지 않아서 처음 부분을 제대로 보지 못했다. 그래서 다시 처음부터 연기하라고 주문한 거였다.

그리고 이번에는 정신을 집중해 소영의 연기를 망막에 고스란히 담았다.

박소영은 사장이 왜 그러는지 잘 몰랐지만, 몸을 살짝 움직여서 긴장을 풀고는 다시 감정을 잡았다. 그리고 처음부터 다시 연기했다.

총각 선생님을 상상하고는 그의 손을 잡고 움직이다가 대사를 했다.

이태영은 박소영의 연기에 많이 놀랐다. 고등학교 2학년 학생의 연기라고는 생각되지 않았다. 연기의 디테일이 놀라울 정도였다.

그 몇 마디를 하는 사이에 표정이며 시선의 움직임, 얼굴의 분위기가 몇 차례나 바뀌었다.

처음에야 우연이라고 할 수 있겠지만, 두 번째도 똑같은 연기를 했다. 정확하게 자기 캐릭터와 상황을 알고 그에 맞는 연기를 한다는 증거였다. 이태영은 갑자기 이 소녀가 탐나기 시작했다.

어린 나이에도 이 정도 실력이라면 장래가 촉망되는 배우다. 지금이라도 당장 자신이 출연하는 영화나 드라마에 출연시켜서 키우고 싶은 생각이 들었다.

"연기 연습 열심히 하더니 많이 늘었구나."

사장은 입이 주욱 찢어졌다. 아주 당연한 말이겠지만 회사는 기대되는 재목을 키운다.

포텐이 언제 터질지는 아무도 모르는 일이다. 그 시기가 1년 후가 될지 10년 후가 될지 누가 알겠는가. 그런데 이 녀석은 벌써 꽃봉오리가 톡톡 터지려고 하고 있었다.

처음, 총각 선생님의 손을 잡고 오다가 뒷걸음질 치는 부분에서부터 탄성이 나왔다. 배우가 뒤돌기는 했지만, 가지고 있는 감정이 그대로 유지되었다. 뒷모습으로도 연기한다는 거였다. 그 이후는 말할 것도 없었다.

또래 중에서는 이 정도로 연기하는 녀석을 보지 못했다. 눈에 확 뜨일 테고, 그러면 인정받고 좋은 역을 받을 확률도 높아진다.

성인이 된 후를 보고 키우는 녀석이었는데, 잘만 하면 대학교에 가기 전에 터질 수도 있어 보였다.

'고등학생이 필요한 CF 시장도 꽤 있지. 교복도 그렇고.'

사장은 안형진에게 연기 수업을 부탁한 게 정말 기가 막힌 묘수였다는 생각을 했다.

안형진의 연기력이 출중하다는 건 알고 있었지만, 가르치는 데도 이런 능력이 있을 줄은 몰랐다. 그는 아예 이참에 회사에 있는 다른 연기자들의 수업도 부탁할까 고민했다.

'아, 맞다. 이제 작품에 들어가서 안 된다고 했지.'

사장은 안형진이 곧 드라마에 들어가서 시간이 없다고 한 말이 기억하고는 혀를 찼다. 너무나 안타까워서였다.

그는 무슨 일이 있어도 안형진을 붙잡으리라 생각했다. 무조건 안형진에게 회사 연기자들 레슨을 붙이리라 결심했다.

그가 그런 생각을 하고 있을 때, 이태영이 슬쩍 이야기를 걸어왔다.

"야무지다고 얘기한 이유가 있으시군요. 저 나이에 제대로 연기한다는 게 쉽지 않은 일이었을 텐데요."

"소영이가 군인인 아버지를 닮아서 그런지 도전 정신이 아주 강하거든요. 중학교 다닐 때 청소년 영화제에서 입상한 걸 보고 데려왔는데, 이렇게 성장한 걸 보니 가슴이 뿌듯해집니다."

사장은 자신의 안목을 자랑하면서 주저리주저리 이야기했다. 이태영은 가만히 듣고 있다가 툭 하니 말을 던졌는데, 사장의 귀가 솔깃해지는 이야기였다.

"너무 아깝네요. 진즉 알았더라면 전에 찍은 영화에도 이야기해서 출연시켰을 텐데요."

"전에 찍은 영화라면?"

"아, 곧 개봉하는 영화인데. '다세포 소녀' 라고 8월에 개봉하기로 되어 있거든요."

박소영도 다세포 소녀는 잘 알고 있었다. 웹툰을 너무 재미있게 보고 있어서 영화화 소식도 아는 것이다. 자신이 그 영화에 출연할 수도 있었다는 생각을 하니 가슴이 마구 뛰기 시작했다.

"이런, 작년에도 기회가 있었는데. 그때 만날 걸 그랬네요."

“뭐, 기회가 한 번만 있겠습니까. 이번에 이야기되고 있는 영화가 있는데 거기도 여고생이 조연으로 나오거든요. 제가 주연으로 확정되면 추천은 할 수 있습니다.”

“아이고, 그래 주시면 정말 감사하죠.”

박소영은 옆에서 이야기를 들으면서 가슴이 콩닥콩닥 뛰었다. 벌써 영화배우가 된 듯한 기분이었다. 가슴이 진정되지 않았다.

대본을 보고는 있었지만 글자가 눈에 들어오지 않았다. 모든 감각은 둘의 이야기를 듣는 귀에 집중되어 있었다.

“늦어서 미안…….”

주혁은 미팅을 마치고 부리나케 연습실로 달려왔다. 생각보다 늦지는 않았다. 대략 30분 정도 늦었으니까.

허겁지겁 달려와서 문을 벌컥 열고는 흠칫했다. 소영이 연습을 하면서 기다리고 있으리라 여겼는데 다른 사람들이 있어서였다.

“아, 자네는 안형진 선생님이 소개한…….”

“예, 강주혁이라고 합니다. 안녕하세요, 선배님.”

이태영의 눈빛이 조금 차가워지고 입매가 매서워졌다. 하지만 이내 평소 표정으로 돌아왔다.

친한 사람들만 있는 자리도 아니고, 미래의 소속사가 될지도 모르는 장소에서 굳이 소란을 피울 필요는 없지 않겠는가.

"그래. 저번에 회식 때 봤었지?"

"예, 선배님."

이태영은 가벼운 인사만 나누고는 계속해서 사장하고만 이야기를 나누었다. 자연스럽게 주혁은 소영과 이야기를 하게 되었다.

소영의 얼굴은 살짝 상기되어 있었다.

"무슨 일이야?"

"아, 이태영 선배님이 제 연기를 보시더니 영화에 추천해 주시겠다고 해서요."

주혁은 썩 내키지 않았다. 소영은 아직 연기가 다져지지 않았다. 이제 기초가 단단해져 가고 있는 상황이었다.

기초가 다 굳기 전에 자꾸 위에 무언가를 쌓으면 결코 좋은 결과를 기대할 수 없다.

사실 지금 EBS 드라마 비밀의 학교에서 맡은 역도 살짝 위험했다. 하지만 대부분 또래가 연기하는 드라마였으니 아무래도 부담은 적을 터였다. 또래들 실력이 어차피 거기서 거기 아니겠는가.

그리고 안형진과 자신이 틈틈이 봐주면 버거운 부분이 있어도 무난하게 넘길 수 있으리라 여겼다.

하지만 영화는 전혀 다르다. 혼자 힘으로 살아남아야 한다. 그리고 또래들과 연기하는 것과 성인들 사이에서 연기하는 건 천양지차이다.

"기회가 되면 영화를 찍고 싶니?"

"예, 찍고 싶어요."

주혁은 환하게 웃으면서 대답하는 소영을 보면서 피식 웃었다.

사실 당연하지 않겠는가. 고등학교 2학년이 영화에 출연할 수 있다고 하는데 어떻게 가슴이 설레지 않을 수 있겠는가. 주혁은 차분하게 이야기했다.

"내가 어제 쉴 때 뭐라고 했는지 기억나니?"

"음… 음… 아! 좋은 배우가 되려면 실패를 많이 해보는 게 좋다고 하셨어요."

주혁은 웃으면서 이야기했다.

"그래. 좋은 배우가 되려면 실패를 많이 하는 편이 좋다고 했지. 왜냐하면 그런 경험 하나하나가 배우의 재산이 되어서 다시 연기로 나오는 거니까."

주혁의 이야기에 소영은 두 눈을 초롱초롱 뜨고는 고개를 까닥거렸다.

그녀에게 주혁은 연기자의 표본이나 다름없었다. 그리고 주혁의 말 중에는 가슴과 머리를 동시에 두드리는 말이 많았다.

"만약에 그런 경험이 없는 사람이 연기하게 되면 어떻게 될 것 같아?"

소영은 고개를 도리도리 저었다. 주혁은 곧바로 대답했다. 소영에게 대답을 바라고 한 질문은 아니었으니까.

"굉장히 아프게 될 거야. 배우가 보여줄 게 없다는 사실만큼 비참한 것도 없으니까. 그래서 준비가 되지 않은 상태에서 연기하는 건 권하고 싶지 않네."

소영은 잠시 생각하더니 고개를 끄덕였다. 마음 한구석에 아쉬움이 남아 있기는 했지만, 무슨 이야기인지는 알아들은 듯했다.

하지만 둘의 이야기와는 다르게 사장과 이태영의 이야기는 술술 진행되었다.

"지금 드라마가 언제 끝나죠?"

"제가 알기로 종영이 7월 27일인가 그런데요."

"아, 좀 애매하네. 지금 영화는 7월 15일에서 20일쯤 시작한다고 하던데."

"그럼 비중을 좀 줄여달라고 하면 되겠네요. 어차피 비중이 그리 크지도 않으니 빨리 빼달라고 하지요, 뭐."

둘은 쿵짝이 맞아서 이야기를 나누었다. 그러다가 사장이 고개를 돌려서 소영에게 물었다.

"소영아, 네 생각은 어때? 너도 영화에 출연하는 게 좋지? 이런 기회 흔하게 오는 거 아니다, 너. 그런데 영화 제목이 뭐라고 하셨죠?"

"아, 제목은 '언니가 간다'. 미래에서 운명을 바꾸기 위해서 10대 시절의 자기를 찾아와서 벌어지는 이야기예요."

"봐봐. 너도 재미있을 것 같지? 이 배역 되면 드라마 비중 줄이자. 어차피 비중도 없는 시시한 역이라 너한테 별로 도움이 되지도 않아."

사장의 말에 소영은 선뜻 말을 꺼내지 못하고 있었다. 아무래도 아직 미련이 남아 있었고, 사장과 이태영이라는 존재가 부담스럽기도 해서였다.

형광등을 등지고 있는 소영의 얼굴에는 그늘이 져 있어 표정이 잘 보이지 않았다.

사장은 태영과 긴히 나눌 말이 있는지 자리에서 일어났다. 나가면서 사장은 소영에게 생각해 보라는 말을 던졌다. 소영은 고개를 끄덕였지만, 여전히 표정은 그늘 속에 숨어 있었다.

주혁은 둘 다 마음에 들지 않았다.

사장은 지금 소영의 상태도 제대로 모르고 당장 돈벌이에만 급급해 있었다.

욕심이 생기니 제대로 된 판단을 내리지 못하고 있는 거였다.

물론 그런 기회를 발판으로 급성장할 가능성이 아예 없지는 않다.

하지만 확률로 따지자면 정말 1퍼센트도 되지 않는 확률일 터이다.

그럼 나머지 99퍼센트 이상의 확률은 무엇이겠는가. 신인 배우가 제대로 적응하지 못한 채 망가지는 거다.

일단 추천을 한다고 해서 그 배역을 맡는다는 보장이 없다.

정말 거물이 아닌 다음에야 배우를 그렇게 마음대로 집어넣을 수는 없다.

오디션을 봐서 더 나은 배우를 쓴다.

영화가 어디 돈이 한두 푼 들어가는 사업이던가.

당연히 손해가 될 만한 일이 있으면 투자자들이 가만히 있지 않는다. 그럼에도 불구하고 연기자를 집어넣을 정도라면 어마어마한 거물이라는 말이다.

투자자들이 손해를 볼 염려가 있어도 쉽사리 말을 꺼내기가 어려울 정도의 거물. 그런데 이태영은 어떠한가. 그냥 조금 뜬 배우다.

'추천을 하면 참고는 하겠지. 그래도 그 정도 발언권은 있으니까.'

하지만 그게 전부다. 그러니 공연히 헛바람만 들었다가 자기 위치만 확인하고는 슬럼프에 빠질 가능성이 높았다.

게다가 그 역을 맡기 위해서 지금 EBS 드라마 배역을 일찍 끝내달라고 한다고?

관계자들한테 찍히는 건 물론이거니와, 본인에게도 큰 상처로 남을 것이다. 그리고 혹시 배역을 맡게 된다 하더라도 문제다.

드라마는 방영 일자가 잡혀 있기 때문에, 시간 내에 무조건 촬영을 끝내야 한다. 그러니 발연기라 하더라도 적당히 넘어가야 할 때가 있다. 촬영을 끝내야 편집을 거쳐서 방송에 내보낼 수 있으니까.

하지만 영화는 다르다. 감독이 원하는 연기가 나올 때까지 찍는다. 최악의 경우 촬영을 하다가 배우를 교체할 수도 있다.

그러니 준비가 되지 않은 배우가 역을 맡았다가는 지옥을 경험하게 된다. 상식적인 판단력을 가지고 있다면 그런 무모한 일을 벌일 필요가 없는 것이다.

그런데 터지기만 하면 대박이니 거기에 눈이 멀어 있는 거였다. 대중은 언제나 새로운 얼굴을 원하니까.

그리고 소영에게 그럴 가능성이 아주 조금이지만 보이니까.

그런 점이 아니더라도 주혁은 소영이 걱정스러웠다. 이렇게 한 번 마음이 흔들리면 쉽게 안정되지 않기 때문이다.

온통 영화 출연에 마음이 가 있는데 무슨 말이 귀에 들어올 것이며 무슨 연습이 되겠는가. 그러니 이런 일이 있었던 그 자체로 소영에게는 마이너스였다.

역시나 소영은 혼란스러운 얼굴이었다.

'하기야 나라도 그런 말을 들었으면 마음이 들떴을 텐데 이 아이야 오죽하려고.'

주혁은 그래도 자신의 이야기를 듣고 침착하려 애쓰고 있는 소영이 대견스러웠다. 하지만 속으로 엄청난 고민을 하고 있다는 게 겉으로 나타났다.

주혁은 이 상태에서 수업을 진행하는 건 의미가 없다고 생각했다.

그는 생각에 잠긴 소영을 두고 밖으로 나갔다. 그리고 잠시 생각을 하다가 여기저기 전화를 걸었다.

"형님, 저 주혁입니다. 잘 지내시죠? 혹시 지금 촬영 중이세요? 아, 끝나셨군요. 그럼요. 술 한잔해야죠. 제가 또 연락드리겠습니다."

"감독님, 안녕하세요. 저 강주혁입니다. 예, 예. 지금 지방에 계시다구요. 아이구, 무슨 말씀을요. 제가 찾아뵈어야 하는 건데요. 조만간 한번 찾아갈 테니 술 한잔 사주십시오. 들어가세요."

"형, 저 주혁이요. 지금 촬영… 아, 곧 들어가야 한다고요? 지금 혹시 거기가. 아, 홍대요. 저기, 제가요……."

연락하다가 갑자기 밝은 얼굴이 된 주혁은 통화를 마치고 연습실로 돌아왔다. 소영은 그때까지 심각한 얼굴로 고민하고 있었다.

"소영아, 수업하자."

"예? 예."

소영은 깜짝 놀란 표정으로 주혁을 쳐다보더니 힘없이 일어나서 대본을 손에 쥐었다. 표정은 여전히 멍한 상태였다.

주혁은 피식 웃으면서 손가락으로 딱 소리를 냈다. 그 소리에 소영은 고개를 돌려 주혁을 바라보았다.

"너 지금 그 상태로 연습할 수 있겠어?"

"예?"

그녀는 수업하자고 해놓고는 무슨 말을 하는 것이냐는 듯 눈을 깜빡이며 주혁을 쳐다보았다.

그는 손짓해서 소영에게 가까이 오라고 했다. 영문도 모른 채 소영은 다가왔고, 주혁은 그녀의 손에 있는 대본을 잡아채서는 구석에 던져 버렸다.

"나가자. 지금 상태로는 수업해 봐야 머릿속에 들어오지도 않아."

"나가요? 어디로요?"

소영이는 당황해서 제자리에서 발을 떼지 못하고 있었다. 수업하자고 하고서는 왜 나가자고 하는지 이해가 되지 않아서였다.

주혁은 소영에게 영화 촬영 현장을 보여주려 하고 있었다.

차라리 그렇게 원하는 현장에 가서 배우들이 직접 어떻게 연기하고 있는지를 보는 편이 나을 거란 생각이 들었기 때문이다.

영화 촬영을 한다는 것이 어떤 의미인지, 현장에서 연기한다는 것이 어떠한지 피부로 느끼면 확실하게 감이 올 것이다.

이런 문제는 누가 옆에서 말을 해준다고 해결되지 않는다. 스스로 판단하고 결정해야 한다. 그러니 말로 주저리주저리 떠드는 것보다는 직접 느끼게 해주려는 거였다.

지금같이 심경이 복잡한 상황에서 경험하면 더욱 많은 게 보일 테니 좋은 경험이 될 것이다.

주혁은 그가 알고 있는 스태프나 배우 인맥을 총동원해서 지금 갈 수 있는 촬영 현장이 있는지 알아본 것이었다.

그 결과 홍대 부근에서 영화를 촬영하고 있다는 걸 알아냈다.

서울 시내에서 촬영하는 경우는 많지 않은데, 마침 좋은 기회였다. 촬영지가 지방이라면 가고 싶어도 갈 수가 없지 않은가. 경기도 부근이라도 다행이라고 생각했는데, 서울이라니. 무척 운이 좋았다.

더구나 들어보니 굉장한 배우들이 모여 있는 현장이었다.

직접 보면 아마도 많은 공부가 되리라 생각되었다.

“너 지금 영화 생각으로 머리가 꽉 차 있지? 그러니까 영화 촬영 현장에 가보자.”

“영화 촬영 현장이요? 그런데 수업하지 않고 나가도 되나요?”

“누가 수업을 하지 않는대? 견학도 엄연히 수업의 일부다, 너.”

주혁은 밖으로 나가 소영의 매니저를 찾았다. 오늘 수업을 현장 견학으로 하겠다고 이야기를 했다. 매니저는 딱히 반대할 이유가 없었다. 안형진에게서 수업은 주혁에게 일임한다는 말을 들었으니까.

그리고 신인 배우에게 영화 촬영 현장을 견학시켜 준다는데 뭐가 문제가 되겠는가.

소영과 주혁, 그리고 매니저는 영화 촬영 현장으로 같이 움직였다. 매니저가 차를 몰았는데 소영은 가는 내내 들떠 있었다.

“무슨 영환데요? 어떤 배우가 나와요?”

주혁은 원래 도착해서 알려 주려다가 하도 질문을 해대서 슬쩍 말해 주었다.

“타짜라고 알아? 고영만 선생님 만화가 원작인데.”

“타짜요? 우와, 저 정말 그 만화 좋아하는데! 4편까지 전부다 봤거든요."

타짜라는 말에 반응한 것은 매니저였다. 그는 매니저는 갑자기 흥분해서 질문을 퍼부었다.

지금 가는 곳이 정말 타짜 촬영장이냐, 가면 어떤 배우를 볼 수 있느냐 등 끝도 없이 물어왔다.

주혁도 지금 촬영을 하고 있다는 사실만 알고 있었지, 자세한 상황은 모르는 상황이었다. 영화 관계자도 아니고 출연하고 있는 것도 아닌데 그런 정보를 어떻게 알고 있겠는가. 그래서 가봐야 알 수 있다고 대답했다.

매니저는 만화를 무척 좋아하는 모양이었다. 만화와 관련된 이야기에 무척 해박했다. 이야기하면서 조금 걱정스럽다는 말도 했다.

"원작이 워낙 인기가 있는 작품이라서 잘 살릴 수 있을지 모르겠네요. 인기 있는 원작을 영화화한 작품치고 성공한 게 드물잖아요."

"다 하기 나름이죠. 만화를 그대로 옮기면 망할 거고, 영화에 맞게 잘 고쳤으면 볼 만할 거구요."

소영은 영화 타짜에 대해서는 잘 몰랐지만 좋아하는 배우들이 많이 출연해서 알고 있다고 했다. 특히나 남자 주연인 주승우를 굉장히 좋아했다.

촬영장은 마포구 서교동에 있는 한 카페였다. 카페 이름이 피아제(Piaget)였는데, 이미 촬영이 한창이었다.

도작하기 직전에 주혁이 미리 전화를 걸어 상대가 마중 나와 있었다.

"주혁아, 여기."

스태프 중 한 명이 주혁에게 다가왔다. 주혁도 손을 흔들어 반가움을 표시했다. 둘은 손을 잡고 두런두런 이야기를 나누었다.

그는 소영을 소개하고 여기에 온 용건을 다시 한 번 이야기했다.

"그러니까 좀 가까이서 봤으면 해서요."

"일단 좀 있어봐. 내가 이야기는 해볼 테니까."

이야기를 마무리하지 못한 채 스태프는 촬영이 진행되어 급히 자리로 돌아가야 했다. 그래서 주혁 일행은 일단 기다렸다.

배우 중에 아는 얼굴이 눈에 들어와서 인사라도 하려 했지만, 촬영 중이라 그러지 못했다.

기왕 견학을 왔으니 배우들의 숨소리까지 들을 수 있는 곳에서 보면 최고라 할 수 있다.

하지만 그러려면 현장에서 승낙을 받아야 하니 어려울 수 있었다.

멀리 떨어지지 않은 곳에서 볼 수만 있으면 된다고 생각했다.

소영은 신기한 듯 현장을 바라보았다.

촬영은 카페 안에서 진행되고 있었는데, 많은 사람이 촬영 현장에 집중하고 있었다.

주혁이 아는 사람은 조명 팀 스태프로, 쉬는 시간이 되자 사람들에게 주혁 일행을 소개했다.

그가 평소에 좋게 이야기를 해서인지 스태프들이 무척 호의적이었다. 감독의 승낙도 받았는데, 별다른 것도 아니고 조금 떨어진 장소에서 조용히 견학하겠다는 거여서 쉽게 허락을 받을 수 있었다.

촬영이 시작되자 소영은 숨소리도 크게 내지 못하고 배우들을 바라보았다.

잔뜩 긴장했는지 한 손으로 주혁의 소매를 꼭 쥐고 있었다.

그녀는 배우의 몸짓, 대사 하나에 같이 호흡하고 감동했다.

'소영이가 운이 좋은 아이인 건 분명하네. 이런 시기에 이런 걸 볼 수 있다니.'

엄청나다는 말밖에는 표현할 말이 없었다.

배우들의 내공이 얼마나 대단한지 촬영이 진행되는 동안 주혁도 현장 속에 빨려 들어가는 듯한 느낌을 받았다.

움직임 하나, 대사 하나에 힘이 있고 느낌이 있었다.

그렇게 연기파 배우들이 만들어내는 하모니는 아주 짙은 향기를 내뿜었다. 그 광경을 보고 있자니 호흡이 가빠지고 정신이 아득해질 지경이었다. 연기를 하는 입장에서 이런 광경을 볼 수 있다는 건 더할 수 없는 사치였다.

소영이도 비슷한 느낌을 받은 듯했다.

미동도 하지 않고 현장을 보고 있다가, 촬영이 중단되자 후우 하고는 가쁜 숨을 내쉬었다.

그만큼 집중해서 보고 있었다는 말이었다.

주인공인 고니와 카리스마 넘치는 곽철용의 만남은 특별한 대사 없이도 카페 안을 긴장감으로 몰아갔다.

코믹한 표정의 고광렬과 철부지 같아 보이는 화란이 묵직한 분위기에 양념을 적절하게 뿌렸고, 다른 조연들도 자신의 자리에서 필요한 역할을 충실하게 했다.

거기에다 그 상황에서 실컷 얻어맞은 얼굴로 노래를 부르는 박무석의 연기를 보고 있자니 저절로 애잔함을 느끼게 되었다.

요리로 치자면, 최고급 호텔의 주방장이 최고급 재료를 사용해서 만든 요리를 음미하는 느낌이었다.

캐릭터 한 명, 한 명이 모두 선명하면서도 서로 조화로웠다.

그렇게 완성된 장면은 사람들에게 묵직한 감정의 덩어리

를 던지고 있었다.

주혁은 엄청난 감동을 느꼈다.

이 장면은 누구의 연기가 빛난 장면이 아니라, 모든 배우의 역량이 하나로 모여서 자연스럽게 완성된 것이었다.

개인의 능력도 놀라웠지만, 그들 간의 호흡도 놀라웠다.

"어떠니?"

"저는 아직 영화 하면 안 될 것 같아요."

소영이는 조금 시무룩해져서 대답했다. 자신의 연기와는 너무나도 격차가 심해서였다.

그녀는 주혁이 한 말이 어떤 것인지 마음에 와 닿았다. 인생의 연륜이 배어 나오는 연기라고 할까?

지금의 자신으로서는 죽었다 깨어나도 할 수 없는 그런 연기였다.

주혁은 웃으면서 그러지 말고 지금 장면에서 언니들이 한 연기를 한번 해보라고 했다.

소영은 쑥스러워하면서 고개를 도리도리 흔들었다. 하지만 주혁이 자꾸 권하자 마지못해 흉내를 냈다.

둘은 다른 사람들에게 방해되지 않게 구석진 곳에서 연기했다. 주혁은 소영에게 맞추어 상대역을 해주었다.

원 배우와는 나이도 다르고 분위기도 다르니 코믹 버전의 연기처럼 보였다.

“저 친구 이름이 뭐라고 했지?”

우연히 그 광경을 보게 된 감독이 웃으면서 곁에 있던 조감독에게 물었다.

조감독도 이름을 기억하고 있지는 않았던 터라 처음에 소개한 조명 팀의 스태프에게 물어보고 나서야 대답을 할 수 있었다.

“강주혁이라고 합니다. 그 옆에 있는 꼬마는 박소영이라고 하고요.”

“재미있지 않아? 저 둘이 연기하는 거 말이야.”

그가 배우의 흉내를 냈다면 계속 보지도 않았을 것이다. 하지만 자신의 감성으로 표현하고 있었다. 그 연기에 눈길이 갔다.

감독은 재미있는 친구라고 생각하면서 이름을 기억해 두었다.

사람의 기억에 남는 방법은 많다. 그런 방법 중 하나가 상대방과 공통점을 공유하는 것이다.

예를 들어, 같은 위치에 있는 점이 있다거나 고향이 같은 사람이라면 인사를 나누었을 때 그렇지 않은 사람보다 더 기억에 남게 된다. 생일이 같은 것도 마찬가지다.

“이히히히.”

소영은 싱글벙글거렸다.

지나가다가 연기하는 걸 지켜보게 된 주승우에게 소영이 쪼르르 달려가서 사인을 요청했다. 여기까지는 별다를 게 없었다. 소영이 정말 팬이며, 생일이 같다고 말하기 전까지는.

주승우는 신기해하면서 이런저런 이야기를 나누었다. 덕분에 주혁도 얘기를 제법 하게 되었다. 주승우는 소영과 주혁이 배우이며, 신인이라는 말을 듣고는 친절하게 조언을 해주었다.

소영은 그 일이 두고두고 생각나는 모양이었다.

"자, 이제 끝이구나. 수고했다."

안형진은 주혁과 소영의 어깨를 두드렸다. 그렇게 마지막 수업을 끝내고 나가려던 참에 갑자기 불청객이 찾아왔다.

사장과 이태영이 불쑥 들어와 안형진과 주혁에게 양해를 구하더니 소영에게 영화 출연 이야기를 했다.

급하게 오는 폼이 소영을 바로 데려가기라도 할 태세였다.

이태영의 출연이 확정되었다면서, 소영의 생각이 확실하면 자신이 출연할 영화의 여고생 역에 한번 추천해 보겠다는 거였다.

"네 생각은 어떠니?"

주혁은 고개를 흔들었다. 추천한다고 다 되는 것도 아니고, 소영은 아직 그런 큰 역을 맡을 깜냥도 되지 않았다. 사장이 공연히 돈에 눈이 멀어서 난리를 피우는 거였다.

하지만 태영과 사장은 소영이 당연히 수락할 것으로 생각한 듯했다. 표정을 보아하니 의례적으로 묻는 것이고, 당연히 승낙은 할 테니 어서 같이 나가자고 생각하는 듯했다.

하지만 소영은 촬영 현장에 다녀온 후로 생각이 굳어졌다. 그녀는 당차게 이야기했다.

"죄송합니다. 말씀은 감사하지만 제가 아직 그럴 실력이 안 돼서요. 그리고 지금 맡은 역에도 충실하지 못하게 될 것 같아서 저를 뽑아주신 분들에게 예의가 아닌 듯해요."

뜻밖의 이야기였는지 둘은 당황한 기색이 역력했다. 둘은 잠시 말을 하지 못하고 있다가 이내 집요하게 소영을 설득하려 했다.

이렇게 좋은 기회는 다시 오지 않을 것이며, 너는 충분히 준비되었다는 이야기로 소영의 마음을 흔들려고 했다.

"나도 소영이의 선택을 존중하는 게 옳다고 보는데."

보다 못한 안형진이 나섰다.

그 역시 지금은 소영이가 기초를 닦을 때라고 생각하고 있었다. 그러면 정말 나중에 좋은 배우가 될 수도 있다고 보았다. 이런 식으로 흔들어대면 아이에게 좋지 않았다.

"자네도 잘 알지 않나. 잘못하다가는 애가 망가져. 많이 봐왔으면서 왜 그러나."

"그거야 연기력이 모자란 애들 이야기죠. 아, 선생님도 소영이 연기 봐서 잘 아시지 않습니까. 얼마나 연기력이 출중합니까. 저는 또래 중에서 이 정도 연기하는 아이는 본 적이 없습니다."

안형진과 사장은 잠시 티격태격하다가 밖으로 나갔다.

사장이 안형진을 끌고 나가다시피 했는데, 나가면서도 계속해서 그러지 말고 좋은 기회이니 설득을 좀 해달라고 하는 듯했다.

둘이 나가자 이태영은 조금은 차가운 시선으로 소영을 노려보았다.

"멍청한 건가, 아니면 생각이 없는 건가? 이런 좋은 기회가 쉽게 오는 줄 알아?"

갑작스러운 독설에 소영은 몸을 움츠리며 주혁의 소매를 잡았다.

이태영은 화가 치밀었다. 이미 영화 관계자들에게 이야기를 다 해놓은 상태였다. 굉장히 쓸 만한 신인 배우라고 자랑까지 한 상태였는데 이런 식으로 나오니 배신감마저 들었다.

그도 배우였다. 연기를 보는 눈은 어느 정도 있다. 최근에 자신의 입지가 계속 약해지는 걸 깨닫고는 연기를 잘하는 신인 배우들을 자신의 사단으로 만드는 작업을 하고 있었다. 일단 자신에게 돈은 있었으니까.

그런 식으로 인맥을 넓히다가 나중에는 회사까지 만들 요량이었다. 아니면 쓸 만한 회사에 투자하고 공동 경영자가 되든가.

소영도 그중 한 명으로 생각하고 있었는데, 이런 식으로 일이 틀어질 줄은 몰랐다.

"그런 비루한 역 때문에 주연급 배역을 거절하다니. 넌 스타가 될 자격이 없다. 스타는 기회가 왔을 때 쟁취해야 하는 거야."

소영은 아니라고 이야기하고 싶었지만, 쉽게 입을 열 수 없었다. 상대는 스타였고, 나이도 자신보다 훨씬 많았으니까.

그녀는 그저 주혁의 소매를 꽉 쥐는 것 외에는 할 수 있는 게 없었다. 그런데 그 순간 그녀의 귓가에 나지막한 소리가 들렸다.

"소영아, 세상에 시시한 배역이 있다? 없다?"

소영은 얼굴을 들어 주혁을 바라보았다. 주혁은 어깨를 펴고 당당한 자세로 이태영을 바라보고 있었다.

그를 보고 있자니 자신도 저절로 당당해지는 느낌이 들었다. 그래서 어깨를 펴고 말했다.

"세상에 시시한 배역은 없다. 시시한 배우가 있을 뿐이다."

이태영은 어이가 없다는 듯 코웃음을 치더니 얼굴을 구기면서 말했다.

“지랄하고 있네. 그런 건 말이야, 단역에서 벗어나지 못하는 놈들이 자기들 자위하면서 쓰는 말이야. 스타는 말이지, 너희가 생각하고 있는 그런 게 아니야. 이 머저리들아.”

눈치 볼 사람이 없으니 평소처럼 막말이 나왔다.

그리고 말을 덧붙이려고 하는데 갑자기 터져 나온 우렁찬 목소리에 깜짝 놀라고 말았다.

“이태영 씨!”

주혁은 강렬한 눈빛으로 이태영을 노려보았다.

“칼에 베인 상처는 아물어도, 말에 베인 상처는 쉽게 아물지 않는 겁니다. 그렇게 함부로 이야기하는 게 아니지요.”

이태영은 여전히 코웃음 쳤다. 어디서 굴러먹던 놈이냐 하는 표정이었다.

“네가 연기를 알아? 아니면 인기나 흥행이 뭔지 아는 놈이야? 너는 무슨 자격으로 그런 말을 하는 건데?”

“적어도 시시한 배역이 없다는 의미는 잘 알고 있지요. 이태영 씨는 그 의미도 모르고 있는 것 같습니다만.”

이태영은 조금 당황스러웠다. 보통 이 정도 하면 알아서 주눅이 들게 마련이다. 그런데 이 녀석은 흥분하지도 않고 아주 또박또박 말을 했다. 그것도 아주 반박하기 어려운 말로만.

“그래서 연기를 아신다? 그러면 그렇게 연기를 잘 아시는 분이 연기하신 건 어떤 건가?"

"영화 괴물에 단역으로 출연했습니다."

"단역? 나 참, 세상 많이 좋아졌다. 단역 배우가 말대꾸나 꼬박꼬박 하고."

"단역이 뭐 어떻다고 그러는 겁니까? 단역이 없으면 영화도 드라마도 없는 겁니다."

이태영은 미칠 지경이었다. 뭔 놈이 숙이지를 않는다. 누가 보면 동급 배우끼리 말다툼을 하는 것으로 알 것 같았다.

그는 주혁이 다시는 자신을 쳐다보지도 못할 정도로 혼내주고 싶어졌다.

"그래? 좋아, 그렇게 연기를 잘 아시면 말이야. 어떤 작품이 좋은지, 흥행할 건지도 잘 알겠네?"

"흥행이야 변수가 워낙 많긴 하지만, 좋은 작품인지 아닌지 정도는 알 수 있습니다."

주혁은 다소 의아한 질문이었지만, 자신이 평소 생각하고 있는 한도 내에서 대답했다. 대답을 들은 이태영의 눈이 뱀의 그것처럼 아주 가늘어졌다.

"그럼 나랑 내기하지. 올해 촬영하는 영화 중에서 개봉했을 때 어떤 영화가 더 흥행할지 맞추는 거야. 한 1억 정도면 되겠지? 이긴 사람이 전부 갖는 걸로. 어때? 남자라면 자기가 한 말이 있는데 승부를 받아들여야 하지 않을까?"

이태영은 통쾌하다는 듯 주혁을 쳐다보았다.

네놈이 그럴 만한 배짱이 있느냐는 표정이었고, 그만한 돈은 당연히 없을 거라는 자신감도 있는 듯했다.

하기야 대학생에 단역 배우라고 알고 있으니 당연한 일이었다.

소영은 주혁의 말에 가슴이 뻥 뚫리는 것 같은 쾌감을 느꼈다. 잘난 척하고 사람을 무시하는 이태영에게 한 방 먹여주고 있었으니까. 그런데 이태영이 치사하게 돈으로 승부하자는 말을 했다. 그것도 남자라면 승부를 해야 한다는 말로 자극하면서.

소영은 걱정스러운 표정으로 주혁을 쳐다보았다. 그런데 주혁의 표정에는 별다른 변화가 없었다. 오히려 아까보다 더 자신감 있고 당당한 자세로 말했다.

"그러니까 지금 남자로서 승부를 하자는 거군요."

"그렇지. 남자라면 자기가 한 말에 책임을 져야 하는 거 아니겠나. 뭐, 자기가 한 말이 실수였다고 인정하면 이 정도에서 그만둬 줄 수도 있지만 말이야."

이태영은 뭐가 그리 신 나는지 킥킥거렸다. 아마도 다른 사람이 없었더라면 박장대소를 했을 법한 표정이었다.

하지만 주혁은 피식 웃었다. 이런 치졸한 방법으로 나오는데 기가 죽을 그가 아니었다.

아마도 상자를 얻기 전 단역 배우를 할 때 같았으면, 이태영 정도의 스타 배우 앞에서 말도 제대로 하지 못했을 것이다. 그러나 지금은 다르다.

주혁은 어떤 상황에서라도 당당하리라 다짐했다. 절대로 교만하지 않으리라 생각했다. 지금은 참을 때가 아니라, 자신의 힘을 드러낼 타이밍이었다.

"남자로서 승부를 하는데 금액이 너무 적군요. 판을 키우죠. 일인당 5억으로."

"뭐?"

이태영은 깜짝 놀랐다. 쉽게 숙이지는 않으리라 생각했지만, 이런 식으로 나올 거라고는 짐작조차 못했다. 물론 5억 원이라는 금액을 마련할 수는 있지만 그만한 금액은 부담스러울 수밖에 없다.

"뭐, 뭐야. 그래, 먼저 그만한 돈이 있는지부터 확인이 되어야 하는 거 아닐까? 나야 뭐, 잘 알다시피 그 정도 금액은 낼 수 있지만."

이태영은 주혁이 허세를 부린다고 생각했다. 판돈을 올려서 상대가 죽기를 바라며 블러핑을 하고 있다고 여겼다. 그래서 자신 있으면 들어오라고 맞받아쳤다. 어딜 봐도 그만한 돈이 있어 보이지는 않았으니까.

게다가 여기서 꼬리를 말면 그게 무슨 개망신인가. 절대로 죽을 수는 없는 상황이었다. 그런데 주혁의 반응은 더욱 놀라웠다.

"아예 공중까지 받죠. 최종 관객 수가 더 많은 영화를 선택한 사람이 모두 갖는 걸로."

이태영은 말을 꺼내지 못했다. 상대방은 포커페이스였다. 아까부터 전혀 표정에 변화가 없었다.

이 녀석이 정말 돈이 있는 것인지, 뻥카를 치고 있는 것인지 헷갈리기 시작했다. 하지만 이미 멈출 수 없는 상황이었다.

둘만 있는 자리였다면 모르겠지만, 소영이 있었다.

게다가 언제 들어왔는지 모르겠지만, 소영의 매니저까지 흥미진진한 표정으로 이야기를 듣고 있었다.

여기서 꼬리를 내렸다가는 장담하건대 내일 안으로 연예계에 이 일을 모르는 사람은 없게 될 것이다.

"좋아. 대신 조건이 하나 더 있다. 자신이 선택한 영화에 어떻게든 출연할 것. 적어도 대사가 있는 역으로."

이태영은 필사적으로 머리를 쥐어짜서 그나마 자신에게 유리한 조건을 내걸었다.

자기야 어떤 영화든 카메오라도 출연할 가능성이 있었고 저 녀석은 대사가 있는 역을 맡을 확률이 아주 낮았다.

하지만 주혁은 거침없었다.

"좋습니다. 내일 바로 공증을 받을까요, 아니면 시간을 더 드릴까요?"

이태영은 나중에는 뭐가 어떻게 되더라도 일단 승낙했다. 그리고 당당한 척하면서 문을 빠져나갔다.

하지만 나가자마자 약간 비틀거리는 걸 방 안에 있던 사람들은 모두 보고 말았다.

이태영은 사람들의 웃음소리를 뒤로하고 후다닥 회사에서 빠져나갔다.

"선배님, 괜찮으세요? 너무 무리하시는 거 아네요?"

소영이 걱정스러운 표정으로 물었고, 촬영장에 같이 가서 친해진 소영의 매니저도 같이 걱정을 해주었다.

"괜찮아. 이기면 되지요, 뭐. 그리고 저 사람 안목 안 좋은 거 잘 알잖아요."

주혁도 승리를 100프로 확신할 수는 없었다. 하지만 적어도 승리할 확률이 더 높다는 생각은 했다. 영화를 보는 안목에서 자신이 훨씬 앞서니까.

그것은 이태영이 출연할 영화를 고르는 것만 봐도 알 수 있었다.

주혁은 올해 이태영이 출연한 영화 두 편 모두 크게 흥행하지 못할 것이라 보고 있었다. 대중의 취향과는 동떨어진 작품이라고 생각했다.

두 작품 다 만화나 소설로 보면 재미있는 작품일 것이다. 하지만 그것이 영화화되었을 때는 완전히 다른 이야기가 된다. 그래서 주혁은 자신이 승리할 가능성이 높다고 보았다.

"그래도 큰돈이 걸린 문제인데 다른 사람들의 자문도 구하고 그러지 않을까요?"

당연히 그럴 것이다.

5억 원이라는 거금을 당연히 자기 느낌만으로 걸지는 않을 것이다.

그런데 그래 봐도 결과는 별반 다르지 않다고 보았다.

그는 다른 사람의 말을 귀담을 성격이 아니었기 때문이다.

저런 개차반이 어디 다른 사람 말을 듣고 따르겠는가.

결국 자기 생각이 옳다고 여기고는 자기 뜻대로 선택할 것이다.

문제는 자신이 영화에 대사가 있는 역으로 출연해야 한다는 거였다.

어찌 보면 아주 쉽게 해결이 될 수도 있고, 몹시 어려울 수도 있다. 아는 인맥을 동원하면 대사 한마디 하는 단역 정도는 어렵지 않을 것 같기는 했다.

주혁은 자신이 노력한 시간을 믿었다. 그는 편안한 얼굴로 사람들에게 이야기했다.

"다들 오늘 일은 이야기하지 않는 편이 좋겠어요. 소영이도 마찬가지. 알았지?"

"네, 아무한테도 말하지 않을게요."

그사이에 사장과 안형진이 다시 돌아왔는데, 사장이 오히려 설득당한 듯했다. 사장은 드라마에 전념하자는 말을 했고, 그에 소영은 활짝 웃으며 기뻐했다.

안형진은 나중에 이 결정을 반드시 뿌듯하게 생각할 날이 올 거라고 웃으며 말했다.

주혁은 집으로 돌아와 어떤 영화가 좋을지 정리했다. 올해 촬영하는 영화 중에서 흥행할 거라고 판단한 영화 리스트를 적었다.

"'괴물'은 1월까지 촬영했지만 내가 대사가 없고. 그걸 제외하면 '타짜', '식객', '우리들의 행복한 시간' 정도인가?"

주혁은 리스트를 놓고 어떤 영화를 최종 선택할지 고민했다.

같은 시각, 이태영은 아는 사람을 총동원해서 정보를 수집하고 있었다.

"어. '싸이보그지만 괜찮아'가 괜찮을 거라고? 아, 감독님도 그렇고 주연도 빵빵한데. 오케이. 그리고 '라디오 스타'.

어, 그것도 괜찮겠네. 그리고 또? 뭐? '미녀는 괴로워' ? 내용이 뭔데? 뭐 그런 게 되겠어? 그래, 암튼 고마워."

이태영은 몇 개의 영화를 적어놓고서 고민했다.

"그냥 내가 출연하는 '언니가 간다' 로 할까? 이런 게 터지면 대박인데 말이지."

CHAPTER **09**

영화 출연

"사인하시지요."

주혁은 이태영에게 이야기했다. 이태영은 완전히 썩은 얼굴로 앉아서 계속 펜만 만지작거리고 있었다.

계속해서 계약서를 읽는 척했지만, 그냥 고민을 하고 있다는 걸 방에 있는 사람 모두가 알고 있었다.

변호사 사무실에 도착한 이태영은 처음에는 큰소리를 쳤다. 하지만 그의 얼굴은 점점 누렇게 떴다.

주혁이 설마 5억 원이라는 거금을 이렇게 빨리 가지고 오리라고 생각하지 못했던 듯했다.

게다가 막상 돈이 걸리니 겁이 더럭 나는 모양이었다.

5억 원이라는 금액은 결코 적은 돈이 아니다.

이태영이 한 해에 수십억 원을 번다고는 하지만, 실제로 그가 손에 쥐는 금액은 그보다 훨씬 적다. 회사에서 일부분을 가져가고, 세금도 내야 한다.

이런저런 비용을 모두 제하면 5억 원은 그가 한 해에 벌어들이는 금액과 맞먹는다고 보아도 무방했다.

잘못하면 그 돈을 한 방에 날릴 수도 있으니 발발 떠는 것도 이해하지 못할 건 아니었다.

반면에 주혁은 아주 평온한 표정이었다. 이제 주혁의 인생에서 돈은 그리 중요하지 않았다. 원하면 언제든지 가질 수 있는 것으로 생각하고 있었으니까.

그에게 중요한 것은 사람이었다. 특히 자신에게 소중한 사람의 일이라면 어떤 피해를 감수하더라도 나설 마음가짐이 되어 있었다.

그가 그렇게 생각하고, 행동하는 까닭이 있었다. 그것은 다름 아닌 가족의 빈자리였다.

가족의 빈자리 때문에 가슴 한구석이 뻥 뚫린 주혁은 그 공간을 소중한 사람들로 조금씩 메우고 있었다.

물론 그들이 가족과 같을 수는 없었고, 그래서 빈자리를 온전하게 채울 수는 없을 것이다.

하지만 그는 자신도 모르게 그 자리를 조금씩 메워 나가고 있었다. 때문에 주혁은 자신이 소중하게 생각하는 사람에 대한 공격에 무척 민감했다.

예전 소민의 일도 그랬고, 이번 소영의 일도 마찬가지였다. 이제는 볼 수 없는 여동생을 떠올리게 하는 아이들이었다. 그렇게 착하고 순수한 아이들에게 허튼짓을 하는 건 용납할 수 없었다.

주혁은 그저 올바른 일을 하는 것으로 생각하고 있었지만, 마음 깊은 곳에서는 그런 생각이 자리 잡고 있었다.

"영화를 선택하는 건 열흘 후인데 굳이 지금 사인을 할 이유가 있을까?"

이태영의 목소리는 애처롭기까지 했다. 바로 모든 절차를 마무리하려고 했는데, 그는 영화를 선택하는 건 조금 미루자고 했다. 아무래도 큰돈이 걸리니 쉽게 결정하지 못하는 듯했다.

주혁은 그 제안을 받아들이는 대신, 그 부분을 제외하고는 지금 사인해서 확정하자고 제안했다. 혹시나 나중에 마음이 바뀔까 해서였다.

돈이 아까워서 그냥 장난으로 해본 말이었다고 하면 골치 아픈 일 아닌가. 그래서 아예 이 자리에서 돈과 관련된 부분은 못을 박아놓을 생각이었다.

"그럼 그냥 없던 일로 할까요? 굉장히 불안해하시는 것 같은데……."

"무슨……! 아니야. 그래, 사인하지. 그래, 한번 붙어보자고!"

주혁의 말에 이태영은 발끈했다. 자존심 빼면 시체인 사람이 이태영 아니던가.

그는 이를 꽉 물고 펜을 움켜쥐었다. 주혁은 팔짱을 끼고 그 모습을 지켜보고 있었다.

주혁이 이렇게 자신만만한 것에는 다 이유가 있었다. 배우가 되려고 작정을 하고 4,000일이 넘는 날 동안 다양한 경험을 했다.

개중에는 연기와 전혀 상관없는 경험도 있었지만, 적어도 절반인 7년 정도는 연기와 직간접적으로 연관된 쪽에서 경험을 쌓았다.

그리고 숱하게 많은 사람으로부터 들은 이야기가 있었다. 좋은 배우가 되기 위해서는 연기력은 물론이고, 작품을 볼 줄 아는 눈도 필요하다는 이야기였다. 그래서 그 부분도 나름대로 준비했다.

하지만 준비는 할 수 있었어도 확인할 수는 없었다. 하루가 계속 반복되니 무슨 수로 확인을 할 수 있었겠는가. 그래서 시간이 제대로 흐르게 된 후 유심히 관찰하고, 여러 테스트를 해보았다.

영화의 흥행은 워낙 변수가 많아서 점친다는 게 어려웠지만, 시나리오와 감독, 배우와 같은 주요 정보를 가지고 예측을 해보았다. 그리고 영화를 보고 나서 흥행이나 최종 관객 수를 예상해 보기도 했다.

과연 그런 것이 가능하겠느냐 하는 생각도 있었지만, 생각보다 예측이 잘 맞았다.

아마도 다양한 경험이 바탕이 되니 사물이나 사건을 보는 시각이 남달라져서 그런 모양이었다. 2005년부터 지금까지 영화에 관해서는 제법 자신감을 갖게 되었다.

그리고 드라마도 비슷했다. 흥행하리라고 생각한 작품은 대부분 흥행했다. 물론 100퍼센트는 아니었고, 열에 일곱 정도는 맞혔다.

시나리오와 감독, 배우 정보만 가지고 예상했을 때 그 정도였고, 직접 본 영화나 드라마에 대한 예측은 거의 틀리지 않았다.

그러니 이태영의 제안이 우스울 수밖에 없었다. 왜냐하면 이태영이 고르는 작품을 보니 그의 안목이 어떤지 뻔히 보였기 때문이다.

변수가 아예 없지는 않았지만, 그렇다고 하더라도 승산은 자신에게 있다고 보았다.

그리고 가능하면 적을 만들지 않을 생각이었지만, 일단 적으로 분류된 사람에게는 너그러울 생각이 없었다.

상대를 잡을 때는 확실하게 잡아야 한다. 어설픈 동정심으로 기회를 주는 일 따위는 하지 않을 생각이었다.

'그렇게 후달리면 사과를 하고 없던 일로 하자고 하든가.'

쉽사리 사인하지 못하는 이태영을 보면서 주혁은 속으로 중얼거렸다. 하지만 이태영은 끝까지 그만두자는 이야기는 꺼내지 않았다. 남자의 자존심을 포기할 수는 없는 모양이었다.

그리고 이미 소문이 나서 그만두기도 어려웠다. 비밀로 하자고는 했지만, 알게 모르게 소문이 제법 난 상태였다.

사실 이런 재미있는 일이 새나가지 않는 것이 더 이상한 일이었다. 뻔하지 않은가. '이건 비밀인데, 너만 알고 있어야 해' 라는 말로 삽시간에 퍼진 거였다.

드디어 이태영이 서류에 사인했다. 이제는 서류가 작성되었으니 빼도 박도 못하게 되었다. 이태영은 얼굴이 썩은 돼지간 같은 색이 되어서는 자리에서 일어섰다. 눈이 퀭한 것이 보기에도 불쌍했다.

주혁은 인사도 나누지 않고 밖으로 나왔다. 그리고 어떤 영화를 선택할지 생각했다.

"식객으로 가야 하나."

얼마 전에 '식객'에 출연할 생각이 있느냐고 연락이 왔다. 짧지만 대사가 있는 배역이었고 기간도 방학 중이라 당연히 승낙했다. 이 영화 역시 히트할 요소가 충분하다고 여겨졌다.

주혁은 이런저런 생각을 하면서 약속 장소로 향했다. 배급사 임원과의 저녁 약속이 있어서였다.

배급사에 간 다음 날, 비서에게서 연락이 와서 이미 한 번 만남을 가졌다. 그런데 저녁이나 하자고 또 연락이 온 거였다.

그래서 약속을 잡았는데, 그게 바로 오늘이었다. 시간이 얼마 남지 않았지만, 약속 장소가 근처라서 급할 이유는 없었다. 주혁은 천천히 걸어서 약속 장소까지 이동했다.

"반갑네. 어서 앉지."

임원은 먼저 와 있었다. 그는 인사를 하고는 권하는 대로 자리에 앉았다.

한정식집이나 일식집을 생각했었는데 뜻밖에도 아주 허름한 막걸리 집이었다.

"김치전에 막걸리 좋아하나?"

"예, 잘 먹습니다. 이사님이 사주신다기에 기대를 하고 있긴 했는데, 생각보다 분위기 있는 곳인 것 같습니다."

"허허, 여기 전하고 술을 맛보면 더욱 마음에 들 걸세."

임원은 '이모, 여기 김치전하고 막걸리요!' 라고 외쳤다.

골목 구석에 있는 작고 허름한 술집이었는데, 유명한 곳인지 사람이 북적댔다.

아직 퇴근 시간도 되지 않았으니 범상한 가게는 아니었다.

"이거 맞지?"

주인아주머니는 임원을 잘 아는 듯 술을 내밀면서 반말을 했다. 주혁은 한 번도 본 적이 없는 막걸리 통이었다. 그 통을 보자마자 느낀 것은 '촌스럽다' 였다. 임원은 빙긋 웃으면서 술을 따랐다.

술은 다른 막걸리와는 조금 달랐다. 일단 색이 무척 하R다. 그리고 뭔가 이상했다. 톡 쏘는 맛도, 감칠맛도 없었다.

"어떤가?"

임원은 주혁이 어떤 대답을 하는지 기대가 된다는 표정이었다.

주혁은 다시 한 모금을 마셨다. 너무 생소한 맛이어서 느낌이 오지 않았기 때문이다. 눈을 살짝 감고 마시니 느낌을 조금 더 확실하게 알 수 있었다.

"처음 마셔보는 막걸리인데요. 깔끔하다면 깔끔하고, 맛이 없다면 맛이 없다고 할 수 있을 것 같습니다. 대중적인 맛은 아닌데요?"

임원은 주혁의 말에 무척이나 즐거워했다. 주혁은 한 잔을 더 마신 후에야 이 정체불명의 막걸리에 관해서 이야기를 들을 수 있었다.

"정명섭 막걸리라고 하지. 무형문화재인 정명섭 선생이 직접 만드는 막걸리야."

임원의 말에 의하면 장인인 정명섭 씨가 직접 농사를 지은 쌀과 우리 밀로 만든 누룩에 물만 넣어서 만든 막걸리라고 했다.

"첨가제가 하나도 들어가지 않으니 처음 마시는 사람들은 밍밍하다고들 많이 하지. 하지만 마시다 보면 목 넘김도 좋고 뒷맛도 일품이야."

술을 두 잔 마셨을 때, 안주인 김치전이 나왔다.

김치전은 굉장히 맛있었는데, 주인 친정에서 보내준 배추로 직접 김치를 담근다고 했다.

잘 익은 김치 맛이 났는데, 이 집은 신 김치로는 전을 부치지 않는다고 했다.

"그래, 이번에 이태영이랑 내기를 한다고?"

"예. 어쩌다 그렇게 되었습니다."

주혁은 과정은 이야기하지 않고, 지는 사람이 이기는 사람의 이름으로 좋은 일에 기부하기로 했다는 이야기만 했다.

임원은 굉장히 흥미로워하는 눈치였다.

"어떤 영화를 선택할 겐가?"

"글쎄요. 마음 같아서는 괴물을 선택하고 싶지만 조건 때문에 안 되고… 식객을 고를까 생각 중입니다. 마침 출연 제의가 들어오기도 했구요."

주혁은 그 외에도 타짜와 우리들의 행복한 시간을 언급했다.

"왜 그 영화들을 골랐는지 물어봐도 되겠나? 특히 타짜하고 우행시가 듣고 싶은데."

배급사에서 일하는 그로서는 지금 벌어지는 일이 아주 흥미로웠다.

둘은 서로의 의견을 이야기했다.

사실 결과가 나오지 않은 상태에서 아무리 이야기해도 결론이 날 리가 있겠는가.

하지만 임원은 주혁의 안목이 평범하지는 않다고 보았다.

결과는 보아야 알겠지만, 확실히 분석력이 뛰어나다고 생각되었다.

"자네는 조금 이상한 것 같아."

이야기하다가 갑자기 임원은 뚱딴지같은 말을 던졌다. 주혁은 무슨 말인지 묻지 않고 조용히 기다렸다.

어차피 상대가 자신에게 이야기하고 싶은 게 있으니 되물을 필요가 없었다. 임원은 목을 한 번 축이고는 입을 열었다.

"나도 이 바닥에서 제법 굴러먹은 사람인데, 참 묘하단 말이야. 자네의 이야기는 이상하게 설득력이 있어. 마치 현장 경험이 아주 많은 스태프 같아."

임원은 저번에 만났을 때 주혁이 한 이야기를 들먹였다. 연기와 연예계 전반에 관한 이야기였다. 그리고 대중의 취향과 트렌드에 관한 대화도 나누었다.

임원은 주혁의 말을 들으면서 이 술이 생각났다고 했다.

"자네 이야기가 꼭 이 술 같아서 하는 말이야."

"정명섭 막걸리요? 제 이야기가 아주 밍밍하다고 느끼셨나 봅니다."

임원은 고개를 저었다.

"이상한 말일지 모르겠지만, 저번에 자네 이야기가 아주 많은 경험과 깊은 생각에서 우러나오는 것처럼 느껴졌어. 이상한 일이지. 이제 겨우 20대 중반에 불과한 자네에게 말이지."

임원은 빈 잔에 남은 막걸리를 부었다. 그사이에 주혁도 얼마 남지 않은 잔을 비웠고, 그의 잔에도 막걸리가 채워졌다.

"그리고 더 이상한 건 말이지. 별거 아닌 것같이 맹숭맹숭한 말 같은데, 가만히 생각해 보면 그 밑바닥에는 뭔가가 있더란 말이야. 꼭 이 막걸리 맛처럼."

주혁은 약간 당황스러웠지만 딱히 뭐라고 할 말이 없었다. 임원이 그리 생각하는 것도 무리는 아니었다. 나이답지 않게 안목이 있었으니까. 갓 담근 겉절이에서 푹 익은 김치 맛이 나는 꼴이라고나 할까.

"제가 겪은 일이 워낙 많아서 생각이 다른 사람과 좀 다른지도 모르겠습니다."

그는 고등학교를 졸업하고 단역 배우로 활동한 것부터, 가족과 헤어지게 된 일, 지인들로부터 배신을 당한 일까지 담담하게 말했다. 임원은 혀를 차면서 이야기를 듣다가 한숨을 내쉬었다. 주혁의 처지가 너무 기구해서였다.

"이거 내가 괜한 이야기를 꺼내서 마음만 상하게 했나 보군. 미안하네."

임원은 '하기야 그런 일을 겪었으니 그렇게 생각이 깊었던 게로군. 그리고 그런 상황을 이겨낸 만큼 심지도 굳어진 것이고' 라고 생각했다.

그런 이야기를 담담하게 풀어놓는 주혁이 안쓰러워 보이기도 했다. 저런 불행을 그 짧은 시간에 경험한 사람이 얼마나 되겠는가.

"자네 계속 배우를 할 생각인가? 혹시 기획이나 마케팅 쪽으로 일할 생각이 있나 해서 물어보는 걸세."

"글쎄요. 지금은 배우만 생각하고 있습니다. 나중에는 어떻게 될지 모르겠지만요."

임원은 주혁의 대답을 듣고는 무척 아쉬워했다.

"솔직히 말해서 자네 재능이 안타까워서 그러네. 배우로서의 능력이야 내가 잘 모르지만, 기획이나 마케팅 쪽 능력은 잘 알거든."

임원은 계속해서 입맛을 다셨다. 주혁이 무척이나 탐나는 모양이었다. 하지만 주혁은 그 방향으로는 생각이 없었다.

"걱정 마, 이 자식아. 내가 그런 애송이보다 보는 눈이 없을 것 같아? 이거 왜 이래. 나 인기 스타 이태영이야, 이태영."

지인과 통화를 하면서 말은 그렇게 했지만, 이태영의 속은 시커멓게 타들어가고 있었다.

그는 연락처를 뒤지다가 영화사에 아는 실무자 번호를 발견하고는 잽싸게 눌렀다. 신호음이 몇 번 울리다가 남자의 목소리가 들렸다.

—이거 달력에 표시해 놔야겠는데요? 이태영 씨가 먼저 전화를 다 주시고 말입니다.

"이거 왜 이러시나, 우리 사이에. 저번에 술도 같이 마셔놓고는. 안 그래도 이번에는 내가 한번 사려고 했지."

물론 같이 마셨다, 술값은 그 사람이 냈지만. 평소 같았으면 연락을 해와도 받을까 말까 한 사람이었으나, 아쉬운 건 자신이니 비위를 맞춰주어야 했다.

몇 마디 이야기하다가 원래 하려고 했던 질문을 던졌다.

"요즘 잘될 것 같다는 영화 뭐가 있어?"

—잘될 것 같은 영화라……. 그런 정보가 있으면 저 좀 알려주시죠. 그런 정보는 저도 좀 알았으면 좋겠네요.

"어허, 이거 자꾸 왜 이래. 돌아다니는 얘기는 전부 알고 있으면서. 그러지 말고 이야기 좀 털어놔 봐."

실무자는 피식 웃더니 아무래도 괴물이 심상치 않다는 말을 했다.

하지만 괴물은 어차피 해당 사항이 없는 작품이다. 이미 다 찍고 개봉만 앞둔 작품이었으니까. 다른 작품 이야기도 나왔지만 특별한 건 없었다.

이태영은 틱틱대는 실무자를 붙잡고 끈질기게 물어보았지만, 결국 별다른 수확 없이 통화를 마무리해야 했다. 그가 한 이야기는 이태영도 다 들은 이야기였다.

그래도 주혁과 자신의 소문이 많이 퍼지지는 않은 모양이었다. 정보를 얻으려고 전화를 해보니 윗선에서는 대부분 알고 있었는데, 실무진들은 아는 사람이 없었다. 이태영은 다른 번호를 찾아 눌렀다.

"아이고! 안녕하십니까, 대표님."

—허허! 이태영 씨, 요즘 아주 재미있는 일 하던데.

역시나 고위층 사이에서는 소문이 돌았다. 아직 밑으로는 내려 보내지 않고 있는 듯했다.

사실 이 바닥에는 영화 흥행은 신도 모른다는 속설이 있다. 지금 통화하고 있는 사람 역시 흥행과 관련해서는 별다른 정보가 없었다.

―그래도 이기나 지나 좋은 일은 하게 되는 거니 사람들 반응은 나쁘지 않아요.

이태영은 순간 울컥한 기분이 들었지만 꾹 참았다. 자신이 큰소리를 낼 수 있는 상대가 아니었다.

당연히 남이야 그렇게 이야기할 수 있다. 자기 돈이 들어가는 게 아니었으니까. 하지만 당사자 입장에서는 속이 바짝바짝 말랐다.

―그런데 그 강주혁이라는 친구, 이번에 영화 식객에 출연한다는 얘기가 있어. 알고 있나 모르겠네?

"식객이요? 식객이면 고영만 선생님 만화를 원작으로 한……."

―맞아요. 내가 들으니까 그 친구가 거기 출연하게 되었다고 하더군요. 태영 씨가 알고 싶어 할 것 같아서 내 얘기해 주는 겁니다.

"아이고, 대표님, 감사합니다. 제가 나중에 꼭 인사드리겠습니다."

상대는 자신과 주혁을 유심히 지켜보고 있는 듯했다. 만약 그러지 않았다면, 주혁 같은 단역 배우가 어떤 영화에 출연하는지 어떻게 알았겠는가.

'또 몇 명이서 내기라도 한 거겠지.'

보나 마나 대표 몇 명이 내기를 했을 거였다.

원래 잘 모이는 멤버가 있고, 내기를 좋아한다는 걸 이태영도 알고 있다.

하지만 어찌 되었든 상당히 유용한 정보였다. 아마도 방금 통화한 사람은 자신에게 배팅한 모양이었다.

10억 원은 이기는 사람 이름으로 기부하기로 되어 있다. 독거노인과 불우 아동을 돕는 자선 단체에 기부하기로 했는데, 사랑 은행이라는 유명한 자선 단체였다.

워낙 활동도 활발하게 하고, 재정도 투명하게 공개하는지라 신뢰할 수 있는 단체였다.

처음에 주혁이 그런 제안을 했을 때, 이태영은 슬쩍 발을 빼려고 했다.

처음 이야기와는 다르니 그냥 없던 것으로 하자고 하려다가 갑자기 생각이 바뀌었다. 자신의 처지가 떠올라서였다.

자신도 잘 알고 있다, 점차 인기가 하락하고 있다는 사실을. 점점 낮아지는 CF 단가가 그런 사실을 증명해 주고 있었다. 그래서 나중을 대비하려고 이런저런 일을 하는 거였다.

신인 배우들을 모으는 거나, 기획사를 차릴 생각을 하는 것도 다 그런 생각의 연장선이었다.

그런데 만약 자신의 인기가 다시 치솟을 수 있다면? 그렇다면 완전히 상황은 달라진다. 다른 거 할 필요 없이 그냥 자신의 인기로 먹고살면 된다. 그런 생각이 드니 머릿속을 강타하는 생각이 있었다.

이미지 세탁을 하는 거였다.

지금은 약간 거만한 이미지가 있었다.

인기가 있을 때야 대중들이 그런 모습도 좋게 봐주었지만, 인기가 시들해지니 완전 꼴불견 취급을 했다. 그런데 좋은 방법이 생각났다.

기부 천사 이태영, 얼마나 좋은 호칭인가. 그리고 그렇게 될 수 있다.

한 방에 기부 10억 원을 기부한 사람은 지금껏 아무도 없었다. 아무도 하지 않은 선행을 하면 빅뉴스가 되는 법이다.

처음에는 그냥 5억 원만 할까 하는 생각도 했었다. 하지만 생각보다 큰 효과가 없을 듯했다.

한류 스타 박용준이 3억 원 정도를 기부한 적이 있었다. 그러니 5억 원은 임팩트가 약했다. 10억 원이라면 엄청난 화제가 될 터이다.

이미 어떻게 인터뷰할지도 생각해 놓았다.

'저에게 돈은 중요하지 않습니다. 제가 번 돈은 여러분의

관심과 사랑 덕분에 얻을 수 있었습니다. 그러니 여러분에게 되돌려 드리는 게 옳은 일이라고 생각합니다.'

"캬, 죽인다."

그 생각을 하니 이태영은 입이 헤벌쭉 벌어졌다. 지금은 그냥 스타라고 불린다. 하지만 이번 일이 제대로 터지면 톱스타가 될 수 있다. 남자는 승부를 걸어야 할 타이밍이 있는 법이다. 그리고 이태영은 바로 지금이 그런 타이밍이라고 생각했다.

물론 사인하기 전에 아쉬운 소리를 하고 조금만 숙였으면, 없었던 일로 할 수도 있었다.

하지만 절대로 단역 배우에게 고개를 숙일 생각은 없었다. 그건 남자 이태영의 자존심을 깡그리 무너뜨리는 일이다.

"나 이태영, 자존심 하나로 연예계에서 버텨온 놈이야. 그리고 이기는 방법은 얼마든지 있지. 승부의 세계는 원래 냉혹한 거잖아?"

이태영은 절대로 질 수 없었다. 만약 지면 5억 원이라는 돈은 날리고 강주혁이 스포트라이트를 받는 모습만 지켜보아야 한다. 결코 그런 일이 일어나게 할 수는 없었다.

"식객이라 이거지."

정보가 고맙기는 했지만, 이런 정보를 아무런 대가 없이 알려주는 게 무슨 이유이겠는가. 당연히 자신보고 알아서 처리

하라는 거였다.

이태영은 손가락을 꺾으면서 생각을 했다. 일단 영화를 고르는 것도 중요하지만, 가장 손쉬운 방법은 상대의 손발을 묶는 거였다.

그는 어떤 방법을 써야 가장 효과적일지 생각했다. 자신의 피해는 줄이고, 상대에게 치명상을 입히는 방법을 찾아야 했다.

"누구를 움직이는 게 효과가 가장 빠를까?"

그는 핸드폰을 들고 여기저기 바쁘게 연락했다. 주혁이 맡은 역할이 어떤 건지 확인하는 건 일도 아니었다. 그리고 그 역에 적당한 배우를 바꿔 넣는 일도 그리 어려운 일은 아니었다.

이태영은 만족스러운 표정으로 전화를 내려놓았다.

다음 날 주혁은 배역이 다른 사람에게 돌아갔다는 이야기를 들었다.

원래는 출연하는 김에 승부를 할 영화도 식객으로 할 생각이었는데, 출연이 무산되면서 주혁의 생각도 바뀌어야 했다. 하지만 이어질 인연은 어떻게든 이어진다고 했던가.

식객의 출연이 무산되었다는 소식을 들은 것이 중간고사를 마치고 밖에서 식사하기 직전이었는데, 식사를 마치고 나오면서 다른 소식을 듣게 되었다.

* * *

"이거, 분위기가 참."

지동훈 감독은 찝찝한 표정으로 혀를 찼다. 생각했던 것처럼 분위기가 살지 않아서였다.

조폭의 느낌이 묻어나지 않고 있었다. 인상이 좋으면 연기가 모자랐고, 연기가 되면 분위기가 어울리지를 않았다.

일단 촬영을 중단하고 잠시 쉬기로 했다. 하지만 대책이 없으니 답답했다. 아무래도 극 중 배우들의 카리스마가 너무 강해서 그런 듯했다. 사실 적당히 넘어가도 되는 일이었지만 감독은 욕심이 났다.

배우들의 연기가 자신이 생각했던 것보다 훨씬 훌륭했다. 최선을 다해서 정말 좋은 작품을 만들고 싶은 생각이 간절했다. 그래서 자그마한 부분까지도 완벽을 추구했다.

주인공인 주승우나 곽철용 역을 맡은 김응우의 연기력이 워낙 돋보이니 단역들의 연기가 조금만 어색해도 분위기가 확 깨져 버렸다. 그렇다고 단역들에게 주연급의 연기력을 요구하는 것도 무리 아닌가.

"이런 배역으로 고민하게 될 줄은 몰랐네. 이거 참."

감독은 머리를 긁으면서 푸념했다. 배우를 바꿔도 보았지만, 영 마음에 차지를 않았다.

사실 지금 배우도 나쁘지는 않았다. 하지만 감독은 그것보다 훨씬 더한 것을 원했다. 그것만 제대로 되면 정말 완벽한 그림이 나올 것 같았다.

하지만 그렇다고 촬영을 차일피일 미룰 수도 없는 일. 감독의 고민은 점점 깊어졌고, 덩달아 그의 머리카락도 점점 더 많이 바닥에 떨어졌다.

주요 배역을 맡은 배우들도 이런 사정을 잘 알고 있었다. 옆에서 감독의 이야기를 들은 박도빈은 아버지에게 다가가 슬쩍 이야기했다. 얼마 전에 본 사람이 생각나서였다. 그 친구라면 감독이 원하는 연기를 할 수 있을 것 같았다.

"강주혁이라는 친구가 있는데, 연기가 좀 되거든요. 키가 있고 몸도 좋으니 조폭 역으로 좋을 것 같은데요."

하지만 박도빈의 아버지인 박윤식은 고개를 저으면서 말했다.

"네가 지금 누구 연기를 이야기하고 추천을 하고 그럴 입장이냐. 항상 말조심해야 하는 법이다."

"제가 연기가 좋다고 한 게 아니라 손강호 선배도 그랬고, 변 선생님이 그러셔서 제가 알게 된 거라니까요. 아, 그리고 안형진 선생님도 그러셨다고 하고요."

박도빈은 아버지의 타박에 억울하다는 듯 항변했다. 그도 괴물을 찍을 때 보았는데, 굉장히 성실하고 좋은 친구였다. 연기력도 수준급으로 보였다.

"그래? 변 선생님이나 안 선생님은 누구 칭찬을 그렇게 하시는 분들이 아닌데."

박윤식은 고개를 갸웃거렸다. 둘 다 칭찬에 인색한 편이어서였다.

박윤식은 아들에게 강주혁이라는 사람에 관해서 이야기해 보라고 했다. 그렇게 사람들이 평을 했다고 하니 관심이 생겼기 때문이다.

박도빈은 자신이 들은 이야기를 했는데, 그러는 사이에 지동훈 감독이 웃으면서 다가왔다.

"부자 두 분이 무슨 이야기를 그렇게 재미나게 하고 계십니까?"

박윤식은 그냥 이런저런 이야기를 하고 있다고 했지만, 박도빈은 냉큼 추천할 만한 배우가 있다고 말을 꺼냈다. 박윤식이 눈치를 주었지만, 감독은 흥미가 생겼는지 물어보았다.

"아, 감독님도 아시겠네요. 강주혁이라고, 저번에 피아제에서 촬영할 때 견학한다고 왔던 친구요."

"아, 그 친구! 가만, 그러고 보니 나쁘지 않을 것 같은데?"

감독은 그때 주혁이 연기하는 모습을 보았다. 확실하지는 않았지만, 어쩐지 잘 어울릴 것 같다는 느낌이 들었다. 어느

새 그 대화에 영화의 주인공인 주승우도 끼어들었다.

"그 친구 저도 봤는데, 꽤 괜찮더라고요. 아주 재미있는 친구예요. 뭐, 워낙 잠깐 봐서 뭐라고 얘기하기 좀 그렇지만 기초는 확실하게 다져진 친구 같던데요."

그 사람의 연기력이 어느 정도인지 오래 본다고 알 수 있는 건 아니다.

선수들은 아주 잠깐 보더라도 대충 감이 온다.

주승우는 그날 박소영과 강주혁 둘 다 인상 깊게 보았다.

박소영은 나이에 비해서 연기력이 좋다고 생각했고, 강주혁은 저런 친구가 왜 아직도 무명일까 하는 생각을 했다.

사람들의 이야기를 들은 감독은 일단 강주혁이라는 친구를 불러봐야겠다고 생각했다. 그래서 조감독이 연락했고, 주혁이 식사를 마치고 나오면서 연락을 받은 거였다.

주혁은 일단 일정을 물어보았다. 아직 학기 중이라 수업이 남아 있어서였다. 일단은 오늘을 포함해서 이틀이나 삼 일 정도라고 했다.

"그래요? 그럼 오늘이 금요일이니까 큰 문제는 없고. 그럼 일단 제가 그리로 가겠습니다."

주혁은 촬영 장소를 물어보고 이동했다. 장소가 부산이어서 시간이 조금 걸릴 듯하자 주혁은 바로 비행기를 타고 이동했다.

사람이 살다 보면 느낌이 좋을 때가 있다. 면접을 보러 가는데 신호등에 한 번도 걸리지 않았다거나 하는 일 말이다.

막연하게 결과가 좋지 않을까 기대를 하게 되고, 실제로 결과가 좋으면 '어쩐지 갈 때부터 조짐이 아주 좋았어' 라고 생각하게 된다.

주혁은 부산 황령산에 있는 촬영장으로 향하면서 그와 비슷한 느낌을 받았다.

김포 공항에 도착하는 것부터 드라마틱했다. 급하니 빨리 가달라고 하자 택시 기사 아저씨가 엄청난 속도로 김포 공항까지 차를 몰았다.

운이 좋았는지 신호도 거의 걸리지 않았고, 가는 길마다 차도 막히지 않았다. 자주 다닌 건 아니었지만, 평소보다 20분 가량은 절약이 된 듯했다. 드라마는 공항 안에서도 계속되었다.

비행기 시간표를 보니 잠시 후에 출발하는 부산행 비행기가 있었다. 재빨리 티켓을 달라고 했는데 직원이 고개를 살짝 갸웃거렸다. 시간이 아주 모호하다고 생각해서였다.

그녀는 티켓을 건네주면서 빠르게 말했다.

"이거 시간이 아슬아슬하니까 지금 빨리 가셔야 할 것 같아요."

"고맙습니다."

주혁은 티켓을 받고는 그녀가 일러준 방향으로 냅다 뛰었다. 공항에서 비행기까지 버스로 이동했는데, 주혁이 조금 늦었는지 버스가 막 출발한 상태였다. 주혁은 달려가면서 크게 손을 흔들었다.

다행스럽게도 기사가 그 광경을 보았는지 버스가 멈추었고, 주혁은 버스에 탈 수 있었다.

사람들에게 죄송하다고 인사를 했는데, 사람들을 오히려 웃으면서 비행기를 놓치지 않아서 다행이라며 따듯한 말을 건넸다.

사실 이런 일이 있으면 꼭 짜증을 내거나 투덜거리는 사람이 있게 마련인데, 버스 안에 있는 사람 중에 그런 사람은 없었다.

주혁은 정말 가슴이 따스해지는 기분이 들었고, 어쩐지 이번 촬영이 자신에게 좋은 일을 가져다줄 것 같은 느낌이 들었다.

부산까지는 정말 금방이었다. 한 시간이 채 걸리지 않고 도착했다.

주혁은 다시 택시를 타고 촬영 장소로 향했다. 컬컬한 부산 사투리를 쓰는 기사 아저씨는 오늘따라 덜 막힌다면서 신 나게 차를 몰았다.

촬영장에 도착해서 인사를 하자 모두 깜짝 놀랐다. 촬영장은 부산 광안리 뒤쪽 황령산 꼭대기에 있었는데, 산꼭대기에 커다란 비닐하우스가 있으니 무척 이상하게 보였다.

"너 서울에 있다고 하지 않았냐?"

주혁과는 안면이 있고, 나이가 한 살 많은 박도빈이 어리둥절한 표정으로 말했다.

조금 전에 서울에 있다고 해서 해가 떨어지고 나서야 도착할 줄 알았는데, 3시간이 채 걸리지 않아서 도착했으니 놀랄 수밖에.

주혁은 먼저 지동훈 감독과 선배 배우들에게 인사를 했다. 그리고 이렇게 빨리 올 수 있었던 이야기를 풀어놓았다.

사람들은 모두 신기하다는 듯 주혁을 바라보았다. 나중에 술자리에서 써먹어도 좋을 법한 이야기였다. '너 이런 얘기 들어봤어?' 라면서.

"정말 드라마를 찍으면서 왔구만. 그래, 이거 시작부터 심상치 않은 느낌이야."

박윤식은 가볍게 농담을 던졌고, 지동훈 감독은 일단 연기를 한번 보자고 했다. 다른 배우들도 마찬가지 눈치였다.

감독이 주혁에게 주문한 것은 누군가가 담배 연기를 내뿜자 기분이 나빠진 조폭의 연기였다.

"그러니까 인상을 찌푸리면서 슬쩍 허리에 차고 있는 칼을 보여주는 겁니다."

"예, 알겠습니다."

주혁은 상대역 없이 그 자리에서 연기했다. 먼저 이미지를 떠올리고 머리를 매만졌다. 학생같이 보여서 맛이 살지 않을 듯해서였다.

거울을 보니 머리가 조금 길었다. 주혁은 가위를 빌려 머리카락을 썩둑썩둑 자른 후에 젤을 발라 뒤로 넘겼다.

간단하게 머리만 바꾸었는데도 느낌이 확 달라졌다.

의상이나 소품까지 고르면 시간이 너무 지체될 듯해서 이 정도만 하고 바로 연기에 들어갔다. 이렇게 준비를 하는 데까지 걸린 시간은 채 3분이 걸리지 않았다.

사람들은 주혁이 머리를 자르자 깜짝 놀랐지만 말릴 틈도 없었다. 감독 주변에 있는 사람들은 그저 주혁의 움직임만 보고 있었다.

그는 준비를 마치자, 감정을 잡고 연기를 시작했다. 마치 허리춤에 칼이 있는 것처럼 여기고서.

주혁은 약간 아니꼬운 듯 눈매를 슬쩍 치켜떴다. 그러고는 자연스럽게 바지 주머니에 손을 넣었다. 허리춤에 있는 칼이 자연스럽게 보이도록.

삭막한 표정으로 시선을 확 잡아당기니 주머니에 손이 들어가는 아무렇지도 않은 행동에도 긴장감이 생겼다.

감독은 아주 만족스러운 표정이 되었고, 박윤식은 팔짱을 끼고 그윽한 눈으로 주혁을 바라보았다. 다른 배우나 스태프도 상당히 인상적으로 본 듯 모두 '저 친구, 제법인데?' 라는 표정이었다.

"배역에 캐스팅되지 않으면 어쩌려고 머리를 잘랐습니까?"

지동훈 감독이 싱긋 웃으면서 질문했다.

"머리야 다시 자라겠지만, 기회는 언제 올지 알 수 없는 거 아니겠습니까. 적어도 후회는 남기기 싫었습니다."

감독은 고개를 끄덕이고는 무척이나 흡족한 표정이 되었다.

"이따 촬영할 테니 준비하고 있어요. 조감독은 알려줄 거 좀 알려주고."

조감독은 주혁과 이야기를 하면서 같이 밖으로 나갔다. 둘이 나가자 박윤식이 아들인 박도빈을 향해 입을 열었다.

"배우란 모름지기 저런 마음가짐을 가지고 있어야 하는 게다. 아주 제대로 된 놈이 왔구나. 뭘 해도 될 놈이야."

"그러니까 제가 괜찮은 친구라고 말씀드렸잖아요, 아버지."

지동훈 감독도 연신 고개를 끄덕이면서 웃음을 감추지 못했다.

"머리를 자를 때 열정을 봐서라도 써야겠다고 생각했는데,

연기도 제법인 것 같습니다. 박 선생님이 보시기에는 어떻습니까?"

"어떻기는, 진국이지. 저 나이에 저 정도 하는 친구 만나기 어려워. 마음 같아서는 이놈하고 배역을 바꿨으면 좋겠어. 이놈은 영 연기가 어설퍼서 말이지."

"아버지, 아무리 그래도 저하고 바꾸는 건 좀 아니죠."

지동훈 감독은 부자간의 이런 모습이 보기 좋았다. 박 선생님이 저러는 것도 다 아들이 좀 더 열심히 하기를 바라기 때문일 터이다.

그가 입가에 살짝 웃음기를 달고 말하는 것만 보아도 진심이 아니라는 걸 알 수 있었다.

그것보다 주혁이라는 친구의 연기는 합격이었다. 아니, 합격 그 이상이었다.

솔직히 이야기하면 이런 역으로 쓰기 조금 아까운 감이 있었다. 조연급 정도는 맡아도 무리 없이 소화할 능력이 되어 보였다.

"진짜 조금 아깝기는 하네요. 그래도 지금은 딱히 들어갈 역이 없긴 한데……."

"없기는 왜 없어. 이놈 역으로 넣으면 되지."

"아버지도 참. 감독님, 그러시면 다음에 영화 하실 때 불러주시면 되잖아요. 어차피 연기 하루 이틀하고 말 녀석도 아닌데요."

지동훈 감독은 아쉽지만 그래야겠다고 마음먹었다. 감독은 머릿속에 있는 주요 배우 리스트에 주혁이라는 이름을 추가했다.

안에서 그런 이야기가 오가는 사이 밖에서는 스태프들은 촬영 준비를 하느라 바쁘게 움직이고 있었다.

주혁은 늘 그랬듯이 스태프가 하는 일을 도왔는데, 물건을 같이 나르다가 돈다발을 묶는 일을 했다.

"어? 안녕하세요?"

주혁은 돈다발을 묶다가 옆을 보고 깜짝 놀랐다.

돈다발을 묶고 있는 사람이 스태프인 줄 알았는데 개성파 배우 김해진이었다.

주혁의 인사에 김해진은 빙긋 웃었다.

주혁은 가짜 돈을 묶는 일을 하면서 김해진과 이런저런 이야기를 나누었는데, 그동안 맡아온 배역과는 무척 다른 모습이었다.

사람들은 주로 촐싹대고 오두방정 떠는 캐릭터로 기억하고 있을 것이다.

실제로 소영과 견학을 간 카페 피아제에서도 코믹하고 쉴 새 없이 떠드는 연기를 보았다. 그런데 실제로는 상당히 진중하고 무척 섬세한 사람이라는 걸 알 수 있었다.

게다가 굉장히 지적이었다. 이야기한 시간은 길지 않았지만, 김해진이 시와 소설에 상당한 조예가 있다는 걸 느낄 수 있었다. 직접 시를 쓰기도 한다는 이야기를 들었을 때는 조금 놀라기도 했다.

주혁은 그가 정말 뼛속까지 배우라고 생각했다.

원래 성격과 비슷하면 연기하기 정말 편하다. 꾸밀 것도 없이 그냥 평소 하는 대로 하면 되니까.

하지만 자신의 성격과 전혀 다른 캐릭터는 완벽하게 이해하고 거기에 빠져들어야 한다.

말이 쉽지, 그런 생소한 배역을 맡아서 관객들이 보기에 어색하지 않게 연기한다는 것은 굉장히 어려운 일이다.

더구나 이렇게 지적인 사람이 정말 무식해 보이고 떠벌리는 역을 그렇게 잘 소화하다니. 주혁은 이런 배우야말로 명품 배우라는 생각을 했다.

* * *

촬영을 시작하고, 감독은 자기 생각이 맞았음을 확인할 수 있었다. 주혁의 연기는 마음에 쏙 들었다. 방금 끝난 촬영에서도 아주 느낌을 잘 살려주었다.

이 영화를 찍으면서 느낀 점은 주연 배우들의 연기가 인상적일수록 단역의 어색한 연기가 더 도드라져 보인다는 것이었다.

황홀할 정도로 뛰어난 오케스트라 연주를 듣고 있는데, 미세하게 음이 나가는 걸 듣는 느낌이랄까?

그런데 그걸 주혁이 메워주었다. 다시 보아도 역시나 명품 연기였다.

화면에서는 조금 전에 찍은 장면이 돌아가고 있었다.

“아니 그게, 오늘은 시간이 좀… 그리고 제가 원체 담이 작아서.”

“애들아! 담이 작으시다는 구나. 밖에 나가서 담 좀 키워드려라.”

“예.”

고니와 고광렬이 돈을 따자, 곽철용이 그들을 안으로 불러들여 박무석과 한판 붙이는 상황이었다.

캐릭터가 확실한 배우들의 연기가 빛을 발하는 장면이었다.

이 얼마나 황홀한 장면인가. 저 장난스러운 고광렬과 야수와 같은 고니, 그리고 카리스마 넘치는 곽철용.

그들이 부딪치면서 만들어내는 연기의 앙상블은 어떤 음악보다도 아름답다는 생각이 들었다. 그리고 그 느낌을 이어받아서 움직이는 조폭들. 가장 화면에 잘 잡히는 건 주혁이었다. 저 조폭스러운 표정과 건들거리면서 다가가는 모습이라니.

"기가 막히네, 기가 막혀."

주혁의 연기가 붙으니 장면 전체가 확 살아났다. 주혁이 정말 무슨 일이라도 저지를 것 같은 느낌을 주면서 고광렬에게 다가가니 다음에 하는 대사가 더욱 맛깔스러워졌다.

"아니, 아니. 저, 저, 아닙니다. 아닙니다. 저 담 아주 큽니다. 정말입니다."

정말로 조폭들이 겁나서 황급하게 말을 바꾸는 모습처럼 보였다. 아주 대사가 쫙쫙 달라붙는 느낌이었다. 감독은 이럴 때 희열을 느낀다. 자신이 원하는 장면이 기대 이상으로 나왔을 때.

그리고 주혁은 연기로만 도움을 주는 게 아니었다. 다음 촬영을 하다가 생각지도 못한 문제가 생겼다.

고니가 탁자 위로 뛰어 올라가서 박무석의 손을 움켜쥐는 장면으로, 박무석이 와이셔츠 주머니에 화투짝 하나를 숨기고 있다고 속이는 부분이었다.

"이거 영 자세가 안 나오는데요?"

주승우가 어색한 표정으로 말했다. 탁자 위로 뛰어 올라가서 박무석의 손을 잡아야 하는데 탁자의 길이가 조금 길었다. 맞은편에 앉아 있는 박무석에게 가려면 탁자 위를 기어가야 했다.

촬영은 중단되고 어떻게 해야 할지 스태프가 의논을 시작했다.

배우들도 이런저런 의견을 나누었는데, 주승우는 주혁과 이야기를 했다.

저번에 이야기를 조금 나누어서 알고 있는 사이였고, 동갑이라 편하기도 했다.

"호주머니에서 화투짝을 꺼내야 하니까 가까이 가기는 해야 하는데, 그 자리에서 올라가는 건 안 되고."

"간단하게 해결할 방법이 있지. 옆으로 돌면서 들어가면 되겠는데, 뭘."

"옆으로?"

주혁의 말에 주승우는 어디 한번 해보라고 했다. 주혁은 탁자로 가서 시범을 보였다.

그는 의자에 앉아 있다가 벌떡 일어섰다. 그리고 옆으로 빙글 돌고는 점프해서 탁자 위로 사뿐하게 올라갔다. 몸이 유연하고 가벼워서 마치 표범이 움직이는 듯했다.

이 광경을 본 사람들이 모두 몰려들었다.

"이거 좋다. 이렇게 하면 되겠네요."

"그러네요. 거리도 딱이네."

감독을 비롯한 사람들이 다시 보여달라고 했고, 주혁은 시범을 보였다.

모두 만족스러운 얼굴이었는데 주승우만 조금 표정이 이상했다.

"너무 오버하는 것처럼 보이지 않을까요? 돌면서까지 하는 건 좀……."

주승우는 무척 쑥스러워했는데, 모두가 좋다고 해서 어쩔 수 없이 똑같이 연기해야 했다.

그는 촬영이 끝나고 감독에게 살짝 이야기했다.

"감독님, 이 장면은 빼고 해주세요. 편집해서요."

하지만 감독은 그냥 웃으면서 대답하지 않았다. 이렇게 좋은 장면을 미쳤다고 빼겠는가.

절대로 그럴 일은 없다고 생각하고 있었지만, 그걸 굳이 이야기할 필요는 없었다.

촬영은 정말 후딱 지나갔다. 주혁은 이틀간의 촬영을 마무리하고, 남은 일정을 확인했다.

6월 중순쯤부터 주혁의 촬영분이 있었다.

그 시기면 기말고사가 거의 끝났을 시점이었다. 역시 일이 잘 풀리려면 이렇게도 풀리는구나 싶었다.

주혁은 사람들과 인사를 나누고는 돌아오면서 결정했다. 승부를 볼 영화는 타짜로 하기로. 현장에서 느껴보니 대작의 향기가 느껴졌다. 시나리오, 배우, 감독 모두가 훌륭했다.

만약 도박이 주가 되는 영화였다면 고민했을 것이다. 하지만 타짜는 도박이 주가 아니었다. 고니라는 주인공을 가지고 싶어 하는 사람들의 이야기였다. 그것도 아주 매력적인 캐릭터들이 넘쳐나는. 그래서 고민할 것도 없이 결정했다.

"좋아, 타짜로 간다."

* * *

시험 성적을 알게 되는 시간처럼 대학생에게 긴장되는 순간은 없을 것이다. 강의실에 있는 사람 모두가 그랬다. 단 한 사람, 주혁을 제외하고는.

그는 당연히 좋은 점수가 나올 것을 알고 있었으니 긴장할 이유가 없었다.

아직까지도 직접 성적을 불러주는 노교수의 목소리에 학생들은 기뻐하기도 했고, 낙담하기도 했다. 웃음과 탄식이 뒤범벅된 강의실. 하지만 수업 종료와 함께 많은 감정이 일제히 정리되었다.

"오빠, 정말 시험 다 풀고 나간 거 맞네? 맨날 일찍 나가서 대충 보나 했는데."

"내가 언제 허튼말 한 적 있냐?"

주혁은 사실대로 말했을 뿐이다. 시험을 잘 봤느냐고 물어

봐서 그렇다고 대답했다.

하지만 아이들은 그다지 신뢰하지 않는 표정이었다.

주혁은 항상 시험을 보면 가장 빨리 나가는 편이었기 때문이다.

물론 받자마자 나가 버리는 건 아니었다.

주혁보다 먼저 나가는 학생도 있었고, 시간상으로는 문제 풀 시간은 충분했다. 하지만 그렇다 하더라도 끝날 때까지 보고 또 보면서 실수한 거라도 없는지 살피는 게 보통 아닌가.

그래서 아무래도 시험공부를 등한시하더니 아는 문제만 풀고 나머지는 포기했나 보다고 생각했다. 다들 그랬다.

그런데 시험 성적은 주혁이 일행 중에서 가장 좋았다. 일행 중에서만이 아니라 학과에서도 상위권이었다.

"이건 너무 불공평하잖아요. 누군 공부 별로 하지도 않는데 거의 만점이고, 누군 도서관에서 사는데도 그거보다 안 나오고."

권중범이 투덜거렸다. 입이 댓 발이나 나온 걸 보니 불만이 아주 많은 듯했다. 그래도 대학교에 와서 보는 첫 시험이라고 도서관에서 살다시피 한 중범이었으니 그럴 법도 했다.

하지만 어쩌겠는가. 현실은 그렇지 않은 것을.

"인마, 세상은 원래 불공평한 거야."

주혁은 웃으면서 이야기했다. 어차피 자신이야 한 번 복습만 하면 준비 끝이었다. 앞으로 볼 모든 시험이 그랬다. 그러니 앞으로도 계속 비슷한 상황이 벌어질 터였다.

'아무래도 다른 데 많은 시간을 쓰는 걸 보여주는 건 좋지 않겠어. 시험 기간에는 공부하는 시늉이라도 보여 주어야겠네.'

주혁이 그런 생각을 할 때, 김수정은 주혁을 선망의 시선으로 바라보고 있었다.

얼마나 멋진 사람인가. 잘생겼지, 운동 잘하지, 거기다가 공부도 잘한다. 수정은 애인만 없었더라면 홀딱 반했을지 모른다고 생각했다.

"알았어요. 대신 오늘 술은 형이 쏘는 거죠?"

"맞아요. 오늘은 삼촌이 사요!"

중범과 정훈이 동시에 외쳤다.

그러고 보니 일행과 같이 술을 마신 지도 꽤 된 듯했다.

연기 지도하고, 영화 찍고 하느라 아이들하고 어울리는 시간이 많이 없었으니까.

하지만 장난기가 동한 주혁은 어림없다는 투로 말했다.

"인마, 내가 왜? 공평하게 똑같이 나눠서 내야지. 나도 같은 학생 아니냐."

중범과 정훈은 펄쩍 뛰었다. 그러는 법이 어디에 있느냐면서.

앞으로 시험을 가장 잘 본 사람이 무조건 술을 사는 거라고 자기들끼리 규칙을 정하기도 했다. 방금 만들어진 규칙을 따르면, 앞으로 술은 계속해서 주혁이 사야 할 판이었다.

그러는 거야 상관없었다. 이 녀석들이라면 고급 양주에 캐비어라도 얼마든지 사줄 수 있다. 하지만 자신에게 무조건 뒤집어씌우려는 심보가 괘씸해서 일단 거절했다.

“글쎄다. 말이 안 되는 거 같은데? 그런 이야기를 누가 받아들이겠냐.”

하지만 얌전하게 있던 김수정이 주혁의 어깨를 잡으면서 한 말에 그는 쓰러지고 말았다.

“오빠, 세상은 원래 불공평한 거예요.”

유라는 배를 잡고 웃었고, 중범과 정훈은 손뼉을 치면서 좋아했다. 주혁은 입맛을 다셨지만, 뭐라고 할 말이 없었다. 스스로 내뱉은 말에 제대로 당했다. 그리고 원래 사려고 마음먹고 있었기 때문에 흔쾌히 승낙했다.

“오케이! 그래, 오늘은 내가 산다.”

“우와~”

일행은 환호성을 질렀고, 주혁의 뒤를 따라 걷기 시작했다. 어미 오리를 따라가는 새끼 오리들같이.

“오빠, 어디로 가는 거예요?”

“카페 잠깐 들렀다가 가려고. 그 근처에서 고기나 먹자.”

여자아이들은 화색이 돌았고, 남자아이들은 떨떠름한 표정이었다. 카페를 가느니 차라리 게임방을 가는 편이 좋았기 때문이다. 하지만 주혁이 그렇게 행동하는 걸 싫어했고, 조금 이따가 양선화까지 올 테니 카페로 가는 건 불가항력이었다.

주혁은 집을 옮겼다. 정원도 있고 해서 마음에 들어서 산 집이었는데, 너무 적막했다. 혼자서 어두운 밤에 있다 보면 외로움에 사무치는 기분이 들 때가 한두 번이 아니었다.

살기에는 너무 크다고 생각해 집을 옮기고, 그 집은 카페로 개조했다. 크게 바꾸지는 않고, 사람들을 고용해서 카페를 시작했다.

매니저로 선택한 사람은 주혁과 동갑이었는데, 외국에서 바리스타 공부를 하고 온 사람이었다. 조금 고집스러운 면이 있기는 했는데, 주혁이 보기에는 그런 면이 오히려 전문가답고 좋다고 여겨졌다.

그래서 그녀에게 카페를 전적으로 일임했다. 대신 부매니저로 똘똘한 녀석 한 명을 붙여놓았다. 농구를 하면서 친해진 녀석이었는데, 강주원 팀에서 포워드를 하던 녀석이었다. 허우대가 멀쩡해서 매니저도 굳이 반대하지는 않았다.

다 같이 두어 번 와본 적이 있는지라 아이들이 먼저 카페에 도착했다. 하지만 카페에서 커피를 마시려던 주혁의 계획은 실행되지 못했다. 때마침 자리가 없었기 때문이다.

남자 둘은 히죽거렸고, 여자아이들은 안타까워서 발을 동동 굴렀다. 양선화가 올 때까지 기다려 보았지만, 결국 자리가 나지 않았다.

주혁은 매니저와 잠시 이야기만 나누고 밖으로 나왔다. 특별한 이야기는 아니었고, 필요한 건 없는지 확인하는 거였다. 장부야 세심하게 체크하고 있으니 신경 쓸 일이 없었고, 매니저도 그런 부분은 굉장히 확실히 하는 사람이라 믿음이 갔다.

양선화는 여전히 야전 상의를 걸치고 건들거리면서 걸어왔다.

"어이, 아저씨."

주혁은 한숨을 내쉬었다. 저 녀석은 언제쯤 되면 아저씨라는 말을 버릴까 생각해 보았다. 저 녀석 성격으로는 어쩌면 평생 아저씨라고 부를지도 몰랐다. 주혁은 양선화를 본체만체하고 음식점으로 발걸음을 돌렸다. 그러자 뒤에서 양선화의 목소리가 들렸다.

"어이, 아저씨. 같이 가자고, 같이!"

주혁의 발걸음이 조금 더 빨라졌다. 양선화는 그 큰 키로 두다다다 달려오더니 주혁과 중범의 어깨에 팔을 올렸다. 그러고는 대뜸 질문했다.

"오늘은 뭐 먹는 거야?"

"형이 고기 쏘기로 했어요."

"그래애? 역시 가끔은 님의 살을 먹어줘야지. 참고로 나는 소고기가 좋던데."

주혁은 피식 웃고는 대답했다.

"소 같은 소리 하고 앉아 있네. 돼지도 감지덕지한 줄 알아라."

한우도 못 사줄 건 없다. 하지만 학생 때는 학생다운 게 제일 좋다고 생각했다.

언제 또 그런 경험을 하겠는가.

이 시간은 지나가면 다시는 돌아오지 않는다. 주혁은 시간의 소중함을 잘 알고 있었다. 그 시간이 어떤 것을 할 수 있는지 누구보다 알고 있었으니까.

한창 나이답게 엄청나게들 먹어댔다. 그렇게 술을 마시다 내일 영화라도 같이 보자는 말이 나왔다. 하지만 주혁은 선약이 있다면서 거절했다.

내일은 박소영의 촬영장에 갈 예정이었다. 첫 촬영이니 가서 응원해 줄 생각이었다.

일행은 아쉬워했지만, 다음에 시간을 맞추자고 약속했다. 일행은 거나하게 술을 마시고는 밖으로 나와서 노래를 부르면서 걸어갔다.

모두 어깨동무를 하고 오월의 밤공기를 마셨다. 앞으로 영원히 그들의 기억에 남을 추억을 함께 들이켰다.

* * *

박소영은 손을 꼭 쥐고 숨을 몰아쉬었다. 아무래도 첫 촬영이다 보니 긴장이 되는 모양이었다. 안형진과 주혁은 웃으면서 긴장을 풀라고 이야기해 주었다. 둘의 얼굴을 보자 소영은 조금 긴장이 풀리는지 방긋 웃었다.

그녀의 첫 촬영이 시작되었다. 아랑이 총각 선생님에게 들이대는 코믹한 장면이었다. 소영은 PD의 소리에 연기를 시작했다.

주혁과 안형진은 아주 흐뭇한 표정으로 소영의 연기를 바라보았다. 제자가 어엿한 배우로서 첫걸음을, 그것도 저렇게 훌륭하게 역할을 소화하고 있으니 정말 뿌듯한 기분이었다. 아주 맛깔스러운 연기였다.

PD는 화면을 보고 있다가 '어?' 하고 작은 소리를 냈다. 박소영의 연기가 기대치를 엄청나게 웃돌았기 때문이다. PD가 가장 걱정스럽게 생각한 것은 이 드라마의 주연 배우들이 전부 10대라는 점이었다.

10대 연기자라 하더라도 중견 배우들이 받쳐주는 속에서는 얼마든지 연기력이 빛날 수 있다.

주변에서 분위기를 잘 만들어주면 아무래도 연기하기가

편하지 않겠는가.

그런데 여기는 그런 연기자가 아예 없다고 보아도 무방했다.

어떻게든 10대끼리 끌고 나가야 하는 드라마였다. 그래서 걱정이 앞섰는데, 뜻밖의 배우가 실력을 발휘하고 있으니 놀라면서도 무척 기뻤다.

가장 놀라운 점은 굉장히 디테일한 부분까지 연기를 한다는 점이었다.

짧은 시간인데도 다양한 부분에서 감정이 표현되었다.

몸의 움직임, 손짓, 표정, 심지어는 목소리까지도 캐릭터와 상황을 표현하고 있었다. 덕분에 소영이 있는 장면은 촬영이 아주 순조로운 편이었다.

그 부분의 촬영이 끝나고 소영은 쪼르륵 주혁과 안형진이 있는 곳으로 달려왔다. 그녀는 호들갑을 떨면서 수다를 떨었다. 첫 촬영의 흥분이 아직 남아 있는 목소리였다.

주혁과 안형진은 이야기를 듣다가 짧게 이야기했다.

"잘했다."

"훌륭했어. 이제 정말 배우라고 할 수 있겠네, 우리 소영이."

그들이 이야기하는 사이에 PD는 스태프, 작가와 대화를 나누었다.

"재가 원래 연기를 저렇게 잘했나?"

"글쎄요. 못한 건 아니었지만 저 정도는 아니었던 걸로 기억하는데요."

다들 박소영의 연기가 좋다고 평했다.

지금까지 박소영이 맡은 아랑의 캐릭터는 중간 중간 코믹한 부분만 담당하는 감초 같은 역할이었다.

그런데 저렇게 연기력을 보이면 분량을 조금 늘리는 것도 생각해 봄 직했다.

"연 작가, 어때?"

"일단 조금 더 보죠. 만약에 저 정도 퀄리티가 안정적으로 나오면 당연히 늘려야 하고요."

작가의 말에 사람들이 동의한다는 듯 고개를 끄덕였다. 일단 몇 번 더 보고 결정을 해야 할 것이다.

하지만 사람들은 어쩐지 이번 연기가 우연이 아닐 거라는 느낌이 들었다.

사람들은 그 후로도 소영의 연기를 주목했고, 소영은 긴장하지 않고 자신의 실력을 그대로 선보였다.

가만히 그 광경을 지켜보던 PD와 작가는 이야기를 나누었고, 작가는 급히 촬영장을 떠났다.

대본을 수정해야겠다는 생각에서였다.

보통 대본을 수정해야 하는 일이 생기면 짜증부터 난다. 이미 만들어놓은 글에 손을 대는 건 그다지 유쾌하지 않은 일이었으니까.

하지만 뛰어가는 작가의 표정에는 웃음기가 묻어 있었다. 더 좋은 장면이 나올 거라는 기대감으로 가득했기 때문이다.

그 모습은 주혁도 보았다. 어떤 상황인지 대충 짐작한 주혁은 더할 나위 없이 기뻤다. 그리고 어쩐지 요즘 들어 일이 잘 풀린다는 느낌이 들었다.

그리고 그런 주혁의 생각은 정확했다. 소영은 촬영장에서 점점 인정받고 있었고, 얼마 후 칸에서는 괴물이 호평을 받았다.

그리고 그 소식이 국내에 전해지면서 기대감이 증폭되고 있었다. 다들 괴물이 도대체 어떤 영화인지 궁금해했다.

주혁 일행도 주혁에게 계속 물어왔지만, 그는 어떤 이야기도 해줄 수가 없었다. 그저 영화가 조금 있으면 개봉하니 그때 보라는 말밖에는.

7월 말에 개봉하는 것으로 예정되어 있는 영화 괴물은 연일 화제의 중심에 서 있었다. 비록 대사도 없는 단역으로 나왔지만, 주혁의 기분은 날아갈 듯했다.

그리고 곧이어 치르게 된 기말고사도 중간고사와 마찬가지로 순조로웠다.

주혁은 여전히 누구보다 빨리 시험장에서 나왔지만, 그를 비웃던 조교나 학생들도 이제는 그러지 못했다. 이미 중간고사에서 실력을 검증받았으니까.

오히려 그가 빨리 나가면 부러운 눈초리로 쳐다보았다.

기말고사가 미처 끝나기도 전에 주혁의 촬영일이 다가왔다.

그나마 다행은 경기도에서의 촬영이라는 점이었다. 만약 군산이나 전주 같았으면, 시험과 촬영 중에서 선택해야 하는 상황이 올 수도 있었다.

"그러고 보니까 올해는 정말 운이 좋은 것 같은데?"

이렇게 뭔가가 딱딱 맞아떨어지기도 어려웠다. 그리고 다시 촬영장을 찾은 첫날, 우연히 그의 첫 대사를 하게 되었다.

주혁이 도착했을 때, 현장은 한창 촬영 준비에 바빴다. 오늘 찍을 장면은 주인공인 주승우와 그의 사부 역을 맡은 박윤식이 처음 만나는 장면이었다.

스태프들은 창고에 각종 비품을 가져다가 놓고, 촬영에 필요한 장비들을 세팅하느라 여념이 없었다.

분주하게 움직이는 스태프와는 달리 단역 배우들은 한쪽에 모여서 촬영을 기다리고 있었고, 다른 한쪽에서는 주연 배우들이 분장을 받고 있었다.

주혁은 사람들과 인사를 나누다가 이내 몸을 움직였다. 소품이 많아서 그걸 나르고 제자리에 가져다 놓는 것도 꽤 일이 많았다.

개중에는 혼자서 들기 어려운 탁자나 소파 같은 것도 있었는데, 주혁은 혼자서도 거뜬히 들어 날랐다.

몸을 움직이니 오히려 개분이 개운해졌고, 덕분에 작업이 일찍 끝났다고 스태프들도 모두 좋아했다.

주혁은 의자에 털썩 주저앉아서 스태프가 건네준 음료수를 마셨다. 어차피 오늘은 자리에 앉아서 도박하는 폼만 잡고 있으면 되니 크게 신경 쓸 일도 없다고 생각했다.

하지만 모든 일이 어디 마음같이 흘러가던가. 그의 생각처럼 되지 않는다는 사실을 아는 데는 그리 오랜 시간이 걸리지 않았다.

사람들이 부산하게 움직이던 촬영장은 사진처럼 모든 사물이 정지해 있었고, 묘한 긴장감이 흘렀다. 준비가 모두 끝나고 촬영이 시작되었다.

"액션!"

감독의 외침에 정지했던 화면에 플레이 버튼을 누른 것같이 소리가 들리고 사람들이 움직이기 시작했다.

후줄근한 양복을 입은 사람이 의자에서 일어나더니 걸어 나와 박윤식이 있는 책상 앞으로 다가왔다.

도박장 안은 사람들이 내는 온갖 소리로 시끄러웠고, 담배 연기가 자욱했다. 넥타이로 안경을 닦으면서 걸어온 그 사람은 조금 어색해하면서 말했다.

"팔백 땡겨주시죠?"

"하는 일이 뭐이가?"

"선생인데요, 고등학교."

"오, 교육 공무원. 그럼 천까지 해주갔어."

양복쟁이는 박윤식에게 최대한 자연스럽게 연기를 하려고 했다. 하지만 연기를 하고 있다는 티가 조금 났다. 감독은 고개를 흔들면서 바로 촬영을 중단시켰다.

"컷, 컷."

감독은 배우에게 다가가서 어떤 느낌으로 연기를 해달라고 주문했다. 배우는 고개를 끄덕이더니 다시 제자리로 돌아갔다.

하지만 어딘가 어색한 느낌은 좀처럼 지워지지 않았다. 그렇게 NG가 몇 차례 생기자 촬영이 잠시 중단되었다.

사실 단역 배우가 가장 까다롭게 생각하는 연기는 대사가 길거나 감정 이입이 어려운 연기가 아니었다.

지금처럼 아주 뛰어난 연기자와 둘이서 해야 하는 연기였다. 연기력 차이가 너무 확실하게 보이기 때문이다.

그래서 보통 때라면 그다지 티도 나지 않고 넘어갈 수도 있는 연기인데도 계속 NG가 나는 거였다.

상대가 너무 자연스러워서 어색한 티가 났다.

감독은 양복쟁이 역을 맡은 자신의 후배에게 다가가서 이런저런 이야기를 했다.

그리고 자리로 돌아와서 화면을 보는데, 박윤식이 다가와서 말을 걸었다.

"많이 안 좋은가?"

"성에 차지는 않네요. 선생님이 보시기에는 어떠십니까."

"커험. 뭐, 베스트는 아니라고 봐야지."

박윤식도 내심 만족스럽지 못한 듯했다. 그냥 넘어갈까도 생각했지만, 지금까지 찍어온 게 너무 아까웠다.

물론 편집으로 어떻게든 커버할 수도 있겠지만, 이 장면은 그러기도 어려웠다.

감독의 고민이 길어지자 박윤식이 슬쩍 말을 던졌다.

"저 친구 써보는 게 어떤가?"

지동훈 감독은 박윤식이 가리키는 방향을 쳐다보았다. 감독은 대번에 누구를 말하는지 알 수 있었다. 거기에는 주혁이 같은 테이블에 앉아 있는 사람들과 웃으면서 대화를 나누고 있었다.

"주혁이요? 키가 너무 큰데요."

"그래도 연기가 좀 되는 사람이 좋지 않겠어?"

감독은 슬며시 고개를 끄덕였다. 그래도 조폭 연기가 너무 강렬하게 남아 있던 터라 망설이게 되었다.

"글쎄요, 이런 역도 잘할는지. 조폭 연기는 인상적이었지만 말이죠. 그리고 대사를 잘 치는지도 모르겠구요."

"그 정도 연기 되는 놈이 대사 못 친다는 게 말이 되나. 일단 테스트라도 한번 해보자고. 지금 하는 친구한테는 좀 미안한 말이지만 말이야."

박윤식은 주혁의 연기를 직접 본 사람이다. 어느 정도 수준의 연기자인지는 금방 알아챘다.

사실 아들과 배역을 바꿨으면 좋겠다는 말은 절반은 농담이었지만, 절반은 진심이었다. 그만큼 연기력이 탄탄하다고 본 것이다.

"아닙니다. 저 녀석이 연기를 하도 잘한다고 벅벅 우겨서 시켜본 겁니다. 영화 아카데미 한 기수 아래인 녀석이니까 제가 잘 이야기하겠습니다."

감독은 주혁을 불러서 지금 연기를 한번 해보라고 시켰다. 일단 느낌만 한번 보자는 거였다.

주혁은 갑작스러운 주문에도 크게 당황하지 않고, 착착 준비를 시작했다.

감독이나 박윤식은 참 신기한 친구라고 생각하면서 그를 쳐다보았다.

주혁은 마치 그런 역을 할 줄 알았다는 듯이 행동했다. 저번에 머리를 자를 때도 그랬고, 지금 이런저런 준비를 하는 것도 그랬다. 그런 적극적인 자세도 좋았고, 또 그렇게 움직인 결과물도 괜찮았다.

약간 후줄근한 양복을 빌려 입고 안경도 촌스러운 금테 안경을 썼다. 그리고 머리는 대충 흐트러트리고 다가왔다.

머리를 고치고 안경을 쓰니 인상이 확 달라 보였다. 그리고 밤새워서 노름을 한 것 같은 지친 표정을 지어 보이니 예전에 그 조폭이라고 볼 사람은 아무도 없을 듯했다.

감독의 고개가 저절로 끄덕였다. 일단 외모로만 보았을 때는 합격점을 주어도 좋다고 보였다.

박윤식도 아주 흡족하다는 표정이었다. 자기 눈이 틀리지 않은 게 기분이 좋은 듯 계속해서 좋다는 말을 중얼거렸다.

"그럼 한번 해보죠."

주혁은 일부러 몸을 약간 구부정하게 했다. 거기다가 양복도 후줄근하니 평소의 주혁과는 완전히 딴판으로 보였다. 그리고 아주 지친 표정으로 터벅터벅 다가왔다.

대사를 하는 템포도 아주 좋았다. 초짜들이 자주 하는 실수가 대사를 전부 같은 템포로 말한다는 거였다.

하지만 주혁은 맺고 끊는 것이 자연스러웠다. 강조할 부분은 강조하고, 잠시 쉴 때는 쉬어주는 여유도 있었다.

박윤식이 같이 연기를 해주었는데, 그냥 모르는 사람이 옆에서 봐도 서로 호흡이 맞는다는 걸 느낄 수 있을 정도였다.

아까 배우와는 큰 차이가 있었다. 감독은 주저하지 않고 주혁에게 배역을 맡겼다.

감독은 원래 이 배역을 하던 후배를 불렀다.

"승현아, 너는 좋은 감독이 될 거야."

돌려서 말했지만 무슨 말인지 어떻게 모르겠는가. 방승현도 상황이 어떻게 돌아간다는 건 알고 있었다. 그래도 못내 아쉬웠다.

"형, 그래도 실전에 들어가면 어떻게 될지 모르는 거죠."

감독은 빙긋 웃었다. 그럼 직접 어떻게 되는지 보라고 했다. 주혁이 제대로 분장을 받는 동안 촬영 준비를 했다.

"액션."

주혁은 의자에서 일어나 터벅터벅 걸어갔다. 걸음걸이에서 피곤하고 지친 기색이 묻어났다. 그는 안경알을 넥타이로 닦고는 힘없는 목소리로 이야기했다.

"팔백 땡겨주시죠?"

"하는 일이 뭐이가?"

"선생인데요, 고등학교."

"오, 교육 공무원. 그럼 천까지 해주갔어."

둘의 호흡이 아주 안정적이었다.

주거니 받거니 하는 연기에 리듬감이 있어서 아주 편안하게 흘러갔다.

"근데 선생이 노름이나 하고 자빠져 있으면 학생들이 뭘 배우갔어?"

주혁은 피식 웃으면서 대답했다.

"어차피 크면 다 알게 될 텐데요, 뭐."

"지랄하고 자빠졌네."

박윤식의 대사가 끝나자 한쪽 구석에서 소란스러운 소리가 들렸다. 주인공이 주승우가 내는 소리였다.

"오케이."

이 컷은 한 번에 마무리되었다. 그냥 너무 자연스러워서 다시 찍을 필요가 없다고 여겨졌다. 박윤식도 수고했다면서 주혁에게 말을 건넸다. 감독의 후배인 방승현은 주뼛거리며 다가와서 이야기했다.

"형, 저는 감독을 하는 게 낫겠네요."

그가 보기에도 연기는 주혁이 훨씬 나았다. 감독은 후배의 어깨를 두드리면서 잠시 이야기를 나누었다.

주혁은 대사는 없었지만, 이후 장면에도 계속 나와서 대기를 하고 있었다. 다음 장면에서는 주연인 주승우가 고생이 많았다. 깽판을 부리다가 건장한 남자 둘에게 끌려 나가는 장면이었다.

이 장면은 좋은 그림을 찾기 위해서 NG가 여러 번 났는데,

주승우는 겨드랑이가 아파서 죽으려고 했다.

끌려 나가지 않으려고 발버둥을 치고, 건장한 남자 둘은 주승우의 겨드랑이에 팔을 끼고 끌고 나갔기 때문이다.

한두 번이야 별거 아니었지만, 계속하다 보니 엄청난 고통이 찾아왔다. 주승우가 인상을 쓰고 있자 주혁이 다가갔다.

"많이 아프지?"

"말도 마라. 아주 죽을 것 같다."

말은 그렇게 했어도 감독의 액션 소리가 나면 고통을 잊고 또 발버둥을 칠 것이다. 주혁은 슬쩍 옆으로 다가갔다.

"등 기대고 팔 들어봐."

"음? 왜?"

"들어봐. 내가 풀어줄 테니까."

주승우는 조금 망설이다가 팔을 들었는데, 주혁은 손바닥과 손가락을 이용해서 아픈 부위 부근을 마사지했다.

처음에는 조금 아픈지 얼굴을 찡그렸는데, 곧 표정이 바뀌었다. 주승우는 양쪽 팔을 움직여 보더니 환한 얼굴로 말했다.

"오, 너 이런 재주가 다 있었어? 진짜 괜찮은데?"

"이번에도 NG 나면 내가 해줄게."

"그래, 부탁 좀 하자. 아주 죽을 맛이었는데 훨씬 낫다, 훨씬 나아."

주승우는 고맙다며 손바닥으로 주혁을 건드렸다. 그러다가 깜짝 놀라더니 몸 여기저기를 툭툭 건드렸다.

그냥 볼 때는 몰랐는데, 몸이 정말 탄탄했다. 그러고 보니 겉으로 드러난 부분만 봐도 군살은 하나도 없고, 자잘한 근육들이 잘 발달해 있었다.

"이야, 너 운동 좀 했나 본데? 몸이 장난 아니야."

"운동은 무슨."

주혁은 말끝을 흐렸지만, 주승우는 분명히 무슨 종목이든 했다고 여기는 듯했다. 일반인의 몸이라고는 생각되지 않아서였다.

"뭐 했어?"

"특별히 한 건 없고, 그냥 보통 남자들처럼 구기 종목 대부분 좋아하지."

주승우는 구기 종목이라는 말에 반색하고는 되물었다.

"그래? 혹시 야구도 좋아해?"

"좋아야 하지. 뭐 잘하는 건 아니지만."

주승우는 더 이야기하려고 했는데, 곧 촬영이 진행되어 뒷말을 하지 못했다. 그는 이따가 이야기하자고 하고는 자리에서 일어섰다.

그리고 두 사람에게 붙잡힌 상태로 제발 이번에는 오케이가 떨어지기를 바랐다.

안타깝게도 오케이 사인은 몇 번의 연기를 더 하고서야 떨어졌다.

주승우는 그나마 주혁이 마사지를 해주어서 견뎠지, 그러지 않았더라면 어떻게 되었을지 끔찍할 뻔했다고 생각했다.

그래도 감독은 그나마 빨리 찍을 수 있었다고 생각했다. 대부분 카메라 두 대로 촬영해서였다. 한 대로 찍으면 무조건 자신이 원하는 그림이 나올 때까지 찍어야 한다.

하지만 두 대로 찍으면, 둘 중 한 대에서만 원하는 그림이 나오면 된다. 그리고 좋은 장면만 편집해서 쓸 수도 있다. 필름은 두 배 가까이 들지만, 그만큼 시간을 절약할 수 있었다.

주혁은 기분이 좋아서인지 다른 때보다 집중력이 좋다고 느껴졌다. 그래서 옥에 티가 될 뻔한 장면도 그가 알아채고 이야기해서 제대로 찍을 수 있었다.

어떤 감독이나 배우도 그런 장면이 들어가는 걸 원하지는 않는다. 당연히 그런 장면이 있으면 다시 촬영을 한다. 그래서 테이블 위에 맥주병이 떨어졌는데, 그다음 장면에 다시 올라와 있는 실수를 막을 수 있었다.

"연희대학교에 다닌다고 하더니 머리가 비상하구먼그래."

"학교하고 무슨 상관이 있나요. 그냥 오늘 이상하게 그런 게 잘 떠오르네요."

박윤식은 주혁과 이야기를 많이 했다. 그의 촬영은 이제 거의 끝나가서 당분간은 주혁을 볼 수 없었기 때문이다. 박윤식은 연기는 어디서 배웠으며, 무슨 역을 해보았는지 등을 자세하게 물었다.

다음 촬영지는 군산이었는데, 물론 주혁도 동행했다. 군산에서의 촬영만 끝나면 박윤식은 촬영이 끝난다. 많이 아쉽다는 생각이 들었다.

그는 기회가 된다면 주혁과 비중 있는 연기를 같이 해보고 싶다는 열망을 느꼈다. 그리고 앞으로 반드시 그럴 기회가 있을 것 같은 기분이 들었다.

설명할 수는 없지만, 햇빛을 등지고 있는 주혁의 모습을 보고 있자니 그런 생각이 머리를 스치고 지나갔다. 그런 생각을 하니 슬그머니 입가에 미소가 지어졌다.

군산에서 첫 촬영은 고니가 평경장을 찾아가는 장면이었다. 참 아이러니한 것은, 고니와 평경장이 헤어지는 장면을 이미 찍었다는 점이다. 그게 다 영화의 특성 때문이다.

영화는 한 장소에서 찍을 분량을 몰아서 찍는다. 영화를 보는 사람이야 편집된 순서대로 보지만, 촬영은 뒤죽박죽이다.

죽은 연인의 시체를 보면서 오열하는 장면을 찍고, 바로 다음 날 처음 만나는 장면을 찍기도 하는 게 영화 촬영이다. 그러니 감정 잡는 게 쉬울 리가 없다.

하지만 역량 있는 배우들은 뭐가 달라도 달랐다. 어쩌면 그렇게 처음 본다는 듯 천연덕스럽게 연기를 하는지, 주혁은 그 모습을 보면서 감탄할 수밖에 없었다.

배우는 감정에 몰입하는 것도 중요하지만, 몰입에서 빨리 벗어나는 것도 중요하다는 걸 다시 한 번 알 수 있었다.

확실히 좋은 배우의 연기를 보고 있으면, 그 자체로도 공부가 되었다. 주혁은 눈앞에 펼쳐지는 배우들의 화려한 연기를 눈에 가득 담았다.

감독의 오케이 사인이 떨어지자, 다음 장면을 촬영하기 위한 준비가 시작되었다. 주혁과 주승우는 준비를 하는 동안 잠시 자리를 비켰다. 주혁이 영화 속 평경장의 집을 보면서 말했다.

“그런데 여기가 전에 장군의 아들도 찍은 데라면서?”

“그렇다고 하더라고. 영화 찍을 때 하야시 집이 바로 여기였다던데?”

영화에서 평경장의 집으로 나오는 장소는 군산에 있는 일본식 가옥이었는데, 전에 영화 장군의 아들도 촬영한 곳이었다. 둘은 부쩍 친해져서 촬영장에서도 붙어 다니는 시간이 많았다.

“그런데 감독님은 정말 천재 같지 않아? 대사가 기가 막힌다니까. 혼이 담긴 구라. 캬, 죽이지 않냐? 국문과 출신이라서 그러신 건가?”

"최고지. 그런 게 어디 한두 개냐. 참, 너는 못 들었겠구나. 전주에서 촬영할 때 죽이는 대사 또 있었다. 뭐냐하면 '나 이대 나온 여자야.'"

승우는 여자 목소리를 흉내 내서 말했고, 대본에서 그 대사를 본 기억을 한 주혁은 킥킥대며 웃었다.

그런 아이디어가 어떻게 생각나는지 정말 신기했다. 자기는 죽었다 깨어나도 그런 대사는 생각해 내지 못할 것 같았다.

그런데 그 궁금증을 대사를 쓴 본인이 해결해 주었다. 지동훈 감독이 바로 뒤에 걸어오고 있었다.

"그거 예전에 술집에서 들은 겁니다. 저런 말을 하면서 싸우는 걸 봤는데, 너무 재미있어서 나중에 꼭 써먹어야겠다고 생각하고 있었어요."

감독은 웃으면서 이야기했다. 그러면서 재미있는 상황이나 대화가 있으면 잘 기억해 놓거나 적어놓는다고 했다.

주혁은 그 말이 이해가 되었다. 배우도 늘 관찰을 했으니까. 연기에 도움이 될 만한 상황이나 캐릭터를 찾기 위해서. 늘 그런 생각을 가지고 있어야 한다. 그래야 보이고 들린다.

그냥 무신경하게 있으면, 좋은 이야깃거리나 기가 막힌 캐릭터가 주변에 있어도 알아차리지 못하는 경우가 많다.

그래서 감독의 이야기를 들으니 이쪽 일을 하는 사람들은 비슷한 게 많구나 하는 생각이 들었다.

주혁은 주로 길 가는 사람이나 가게 손님처럼 화면에 거의 보이지 않는 역을 했다. 그래도 즐거웠다. 엄청난 기운을 가진 배우들의 연기가 강렬하게 부딪혀서 촬영장에 뿌려지는 광경을 바로 옆에서 지켜볼 수 있었으니까.

그렇지만 주혁이 미처 생각지 못한 사실이 있었다. 며칠 후, 그는 정말 충격적인 인물을 만나게 되었다. 바로 아귀였다.

주혁은 평경장, 정 마담, 고니, 곽철용만 해도 엄청난 캐릭터라고 생각했다. 캐릭터 각각의 색이 너무나도 확실하게 구분되었다.

그리고 그 엄청난 카리스마, 선이 굵은 연기. 정말 미칠 듯한 캐릭터였고, 배우들이었다.

그런데 그 배역들과 견주어도 전혀 손색이 없는 캐릭터가 있었다.

물론 주혁도 대본을 보아서 아귀가 중요한 역할이라는 건 알고 있었다. 하지만 대본의 글자를 보는 것과 눈앞에서 연기를 보는 건 하늘과 땅 차이였다.

아귀의 그 강렬한 연기는 촬영장을 압도했다. 워낙 존재감이 확실해서 그가 연기하고 있으면, 시선이 다른 곳으로 움직이지를 않았다.

주혁은 지금까지 자신이 본 영화 중에서 이렇게 강렬한 캐릭터들이 많이 나오는 영화는 없었다고 생각했다.

그런데 그런 천하의 아귀도, 아니 아귀 역을 맡은 배우 김준석도 아주 곤란해하는 연기가 있었다. 바로 정 마담의 팬티를 끌어 내리는 장면이었다.

"컷!"

감독의 중단 사인에 김준석이 한숨을 쉬면서 뒤로 물러났다. 별 희한한 일로 NG가 났다. 팬티가 잘 내려오질 않았던 거였다. 그리고 김준석의 손이 파르르 떨리기도 했다.

"아, 왜 이렇게 손이 떨린다냐."

"오빠, 일부러 그러시는 거 아녜요?"

"야, 무슨 큰일 날 소리를."

유혜수는 짓궂게 김준석을 놀려댔고, 김준석은 아주 기겁을 했다.

주혁이 본 인간 김준석은 수줍음도 있고, 순진한 구석도 있었다. 저런 사람이 어떻게 촬영만 들어가면 돌변할 수 있을까 싶을 정도였다. 그런데 그런 김준석도 이 연기만큼은 너무나도 힘들어했다.

"고무줄이 좀 약하거나 없는 걸로 하면 훨씬 쉬울 텐데."

주혁은 혼자서 중얼거렸다. 그가 보기에는 너무 팽팽한 고무줄이라 잘 안 내려오는 거라 느껴졌다. 잘 내려올 만한 소품으로 교체하면 간단하게 해결될 문제였다.

주혁의 중얼거림에 김준석이 고개를 획 돌렸다. 그리고 주변에 있는 다른 사람들도 전부 입을 벌리거나 손뼉을 쳤다.

촬영에만 집중하다 보니 그런 간단한 것을 아무도 생각하지 못하고 있었던 거였다.

김준석은 감독을 쳐다보았고, 감독은 당연히 소품을 교체하라고 지시했다.

팬티를 끌어 내리는 장면만 벌써 몇 번째이던가. 배우나 스태프나 민망한 건 매한가지였다. 유혜수가 사람들을 편안하게 해주려고 일부러 장난스러운 말을 하고는 있었지만, 그녀도 민망하기는 마찬가지였을 것이다.

잠시 후 촬영이 재개되었다. 소품을 교체한 때문일까, 아니면 심리적으로 안정되어서였을까. 촬영은 아주 순조롭게 진행되었다.

"팔 대 이. 내가 팔인 건 알지? 싫으면 법대로 하자고."

"법? 그런 뜨뜻미지근헌 걸 아직 믿나? 호구한테는 기술자 불렀다고 소개하고, 의자 하나 더 놔. 작업 후딱 끝내자고."

"오케이."

바로 한 번에 오케이가 떨어졌다. 김준석은 문을 닫고 나와서 오케이 소리를 듣자 두 주먹을 꽉 쥐면서 기쁨을 몸으로 표현했다. 이제는 그 난감한 연기를 하지 않아도 된다는 기쁨의 표시였다.

김준석은 주위를 두리번거리더니 주혁에게 성큼성큼 다가왔다.

"네가 내 은인이다. 내가 나중에 밥 한번 꼭 사마."

그는 정말 고맙다고 거듭 말했다. 그 연기에서 어지간히도 벗어나고 싶었던 모양이다.

"아니요, 제가 한 게 뭐가 있다고. 정말 괜찮습니다."

주혁은 거듭 사양했다.

뭘 했다고 밥을 얻어먹겠는가. 그냥 중얼거린 게 다인데. 하지만 김준석은 꼭 자기가 밥을 사겠다고 약속을 하고는 자리를 떠났다.

*　　*　　*

가장 먼저 촬영이 끝난 박윤식이 촬영장을 떠났다. 바로 다른 영화 촬영이 있어서 쉴 틈도 없었다.

주혁은 계속해서 촬영장을 따라다녔다. 이렇게 좋은 캐릭터가, 그리고 배우들의 연기력이 빛을 발하는 장면을 한순간도 놓치기 싫었다.

단역을 하거나 그런 역이 없을 때에는 스태프의 일을 도와주면서 구경했다. 워낙 인사성도 밝고, 일도 나서서 잘 도와

줘서 그런지 사람들은 주혁이 있는 것을 더 좋아했다.

틈틈이 몸을 단련하는 일도 게을리 하지 않았다.

주혁은 원래 오른손잡이였지만, 좌우를 균형 있게 발달시켜서 지금은 양손잡이에 양발잡이라고 봐도 무방했다.

아무래도 지금까지 오른쪽 손발을 많이 사용해서 익숙하니까, 의식적으로 왼쪽 손발을 더 사용하려고 애썼다.

촬영이 진행되던 어느 날, 주승우는 야구 글러브를 가져와서는 캐치볼을 하자고 했다. 알고 보니 주승우는 야구를 무척 좋아했다.

"시간도 남는데 캐치볼 어때? 저쪽 공터에서 하면 좋을 것 같은데."

"좋지."

주혁은 대번에 찬성하고 자리를 옮겼다.

"초등학교 때하고 중학교 때는 야구 참 많이 했거든, 친구들하고. 요즘은 하고 싶어도 시간이 거의 없어서."

주승우는 환한 얼굴로 이야기했다. 캐치볼을 하는 게 굉장히 즐거운 듯했다. 그런데 둘 다 왼손 글러브였다. 주혁은 오른손에 억지로 글러브를 꼈다.

"어? 너 왼손잡이였어?"

"아니. 오른손잡이긴 한데 왼손을 좀 많이 쓰려고."

주혁은 양손을 골고루 발달시키려고 그러는 거라고 했다. 혹시 아는가. 왼손잡이 연기를 해야 할 때가 있을지.

"너도 참 연기에 미친놈이다."

주승우는 고개를 절레절레 흔들었다. 그러면서 공이나 잘 잡히겠느냐고, 그리고 왼손으로 제대로 던질 수 있느냐며 걱정했다. 하지만 걱정과는 달리 주혁은 글러브로 공도 잘 잡았고, 왼손으로 던지기도 잘했다.

처음에 몇 번은 조금 어색했지만 이내 안정되었다. 주승우는 주혁이 오른손잡이라는 말을 믿을 수 없었다. 오른손잡이가 왼손을 사용하면 무척 어색하다. 폼도 그렇고 공도 이렇게 잘 던질 수가 없다.

그런데 폼도 좋았고, 오른손으로 던지는 거나 별반 차이도 없었다. 둘이 캐치볼을 한 시간은 그리 길지 않았다. 30분이 조금 넘는 정도였다. 촬영해야 했기 때문이다.

하지만 주혁은 그 이후로도 자주 왼손으로 공을 던졌다. 왼손을 단련하는 데 아주 좋다고 느껴져서였다. 그리고 아예 축구공도 하나 가져다 놓고 왼발로 드리블하거나 슛을 하는 연습도 했다.

그렇다고 가장 중요한 연기나 다른 사람의 연기를 관찰하는 걸 소홀히 한 건 아니었다.

가장 중요한 건 연기였다. 그 부분에 가장 집중했고, 쉬는 시간에 운동하면서 왼손과 왼발을 단련한 거였다.

시간은 흘러 7월도 막바지를 향해 달려가고 있었다. 이제 촬영은 거의 끝나가는 상황.

오늘 촬영은 도박장 촬영이었다. 정 마담이 호구를 물어서 돈을 뜯어내는 장면이었다. 주혁은 도박장의 손님 중 한 명으로 앉아 있었다.

손님 중에는 원작자인 고영만 선생님도 있었고, 산악인 백영석 대장도 있었다. 특별한 연기가 필요한 촬영은 아니어서 순탄하게 진행되었다.

"나는 뭐가 뭔지 하나도 모르겠더라. 도박을 왜 하는지도 모르겠고."

"혜수 씨는 이런 거 몰라도 돼요. 알아서도 안 되고."

감독은 현장을 잠시 정리하는 사이에 정 마담 역의 유혜수와 이야기를 나누었다. 그녀는 우아하게 다리를 꼬고 앉아서 사람들이 이런 걸 왜 하는지 모르겠다며 고개를 저었다.

"그러니까 호구 돈을 따서 그 돈을 빌려주고, 따서 또 빌려주고 하는 거예요. 결국 호구만 거덜 나는 거지. 이걸 뭐라고 하던데."

"산승일이요?"

"아, 그래 산승일. 어? 그런데 주혁이 네가 그걸 어떻게 알아?"

"그냥저냥 지나가다 들었어요."

감독이 설명하다 생각이 나지 않은 용어를 곁에 있던 주혁이 말해주었다. 13년 동안 뭘 못해 보았겠는가. 다 이런저런 곳에서 굴러먹다가 들은 이야기였다.

"얘, 혹시나 해서 하는 얘긴데 너 도박은 하지 마라. 뭐 학생이라고 하니까 그럴 일도 없겠지만, 도박하면 정말 큰일 난다."

유혜수는 눈을 새침하게 뜨고는 주혁에게 말했다. 촬영장에서 계속 지내다 보니 주혁은 스태프는 물론이고 배우들과도 상당히 친해졌다.

"도박이라니요. 저는 그런 거 몰라요."

말은 그렇게 했지만 주혁의 손안에서는 화투패가 현란하게 움직이고 있었다. 밑장 빼기에 삼봉 터치까지 온갖 기술이 화려하게 펼쳐지고 있었다. 그 모습을 본 유혜수가 어깨를 찰싹 때렸다. 주혁은 헤헤 웃으면서 손에서 패를 놓았다.

유혜수는 무슨 이야기를 더 하려 했지만, 촬영 준비가 끝나서 그냥 눈을 한 번 흘기고 말았다.

주혁은 도박장 손님으로 앉아 있으면서 주승우가 한없이 부럽다는 생각이 들었다. 자신도 이런 영화의 주인공이 되고 싶었다.

이 얼마나 멋진 시나리오와 배우인가. 얼마나 훌륭한 감독과 스태프들인가. 그래서 그는 이 영화가 반드시 대박 나리라고 확신했다. 이태영이 선택한 영화와는 비교도 되지 않으리라는 것도 확신할 수 있었다.

촬영이 더 남긴 했지만, 주혁은 7월 26일까지 촬영하고는 서울로 돌아왔다. 딱히 맡은 역도 없었거니와, 괴물의 개봉이 바로 7월 27일이었기 때문이다.

주혁은 집 근처 극장에 가서 1회 표를 샀다. 이른 시간임에도 영화에 대한 기대감이 높아서 그런지 관객이 제법 있었다.

그는 아직 광고도 나오지 않는 영화관으로 들어가 자리에 앉았다. 그리고 눈을 감았다.

괴물을 찍을 당시 생각이 새록새록 났다. 괴물이 없는데도 있는 척 난리를 치는 장면을 생각했을 때는 피식 웃음이 나기도 했다.

영화가 시작되었다. 아는 얼굴들, 자신이 직접 본 광경이 보이자 신기한 느낌이 들었다. 그리고 자신이 보였다. 그는 소리치고 싶었다.

저게 나다. 저기 저 강에 빠지는 사람이 바로 나다. 반팔에 반바지를 입은 저 사람이 바로 나다.

그 후로 시간이 어떻게 흘렀는지 기억나지도 않았다. 영화 속에 들어갔다 나온 느낌이었다. 정신을 차렸을 때는 엔딩 크레디트가 올라가고 있었다. 멍하니 보고 있는데 한쪽 구석에 자신의 이름이 보였다.

반바지 남 강주혁.

주혁의 망막에는 계속해서, 그 부분이 정지 화면처럼 계속해서 보였다.

반바지 남 강주혁.

그는 다른 관객이 모두 나갈 때까지 자리에서 움직일 수 없었다.

CHAPTER 10
경쟁의 시작

원래는 이렇게까지 큰 모임이 아니었다. 그냥 간단하게 밥 한 끼 먹는 자리였다.

아귀 역을 했던 배우 김준석이 약속했던 밥을 사겠다고 연락해 왔고, 좋아하는 배우인지라 주혁은 얼씨구나 하고 승낙했다.

연기가 워낙 인상적이어서 꼭 다시 만나보고 싶었기에 잘된 일이라 여겼다. 날짜는 8월 20일로 정했다.

개강하기 전 일요일이었고, 특별한 약속이 없어서 저녁을 함께하기로 했다. 그런데 이상하게도 약속한 둘 모두에게 계속해서 일이 생겼다.

주혁은 눈앞에 있는 20여 명의 사람이 만들어낸 시끌벅적한 광경을 보면서 잠시 생각에 잠겼다.

시작은 김준석이었다. 그는 갑자기 전화해서 한 명이 더 참가해도 되겠느냐고 물어왔다.

"그게 사정을 이야기하고 거절하려고 했는데, 같이해도 되느냐고 부탁을 하시네. 뭐, 부담스러우면 거절해도 상관없어."

아마도 말을 저리 하는 걸 보면 김준석보다 나이가 많은 사람인 듯했다. 그냥 다음에 보자고 할까 고민했는데, 김준석은 좋은 분이니 알아둬서 나쁠 건 없을 거라고 했다. 주혁은 그 말에 생각을 정했다.

"그렇게 하시지요. 좋은 분 알아두어서 나쁠 거 있겠습니까."

주혁은 흔쾌히 승낙했다. 김준석이 저렇게까지 보증하는 사람이 어떤 사람일지 호기심도 생겼다.

누구인지 이야기하지 않는 게 좀 이상했지만, 어차피 만나면 알 일이니 무슨 문제가 되겠는가.

그런데 주혁이 전화를 받았을 때가 아주 묘한 타이밍이었다.

그는 주승우와 함께 있었다. 주승우가 출연하는 뮤지컬

'지킬 앤 하이드' 를 보러 왔다 뒤풀이하는 장소까지 함께하고 있었다.

주승우는 주혁의 통화를 듣다가 김준석과 주혁이 만난다는 사실을 알고는 자신도 껴달라고 했다.

주승우는 술을 많이 마시는 편은 아니었지만 술자리는 무척 좋아했다. 게다가 주혁과 김준석이 만나는 날이 8월 20일이라는 점도 한몫했다.

주승우는 딱 좋은 날이라고 생각했다. 지킬 앤 하이드 공연이 8월 15일에 끝나기 때문이었다.

그다음 주부터는 타짜의 홍보 활동에 들어가는 등 이래저래 스케줄이 많았다. 그러니 마음 편하게 한잔하기에 그날보다 좋은 날은 없었다.

"형님, 저 승웁니다. 저도 끼워주시죠!"

주승우는 주혁의 전화기에 대고 소리쳤고, 김준석은 잠시 누구와 이야기를 하는 듯하더니 좋다고 했다. 그런데 문제는 거기서 끝나지 않았다. 셋이 모이는 사실을 알게 되자 박도빈이 연락을 해온 거였다.

그의 첫 마디는 섭섭하다는 거였다. 자기는 왜 부르지 않았느냐면서. 주혁, 주승우와 또래라서 친한 편이었는데, 연락하지 않은 게 말이 되느냐는 거였다.

그리고 하필 그 시각 박도빈은 괴물 팀과 같이 있었다. 그날은 8월 12일이었는데, 제작사에서 조촐한 파티를 하고 있었다.

영화 괴물이 전날 관객 800만 명을 돌파해서 한국 영화 역대 흥행 순위 5위에 오른 것을 자축하는 자리였다. 그전까지 5위는 웰컴 투 동막골이었다.

공식적인 파티는 아니었다. 앞으로도 계속 흥행 순위를 바꾸어 나갈 거였으니까. 그냥 시간 되는 사람들이 모여서 자축하는 조촐한 파티였다. 그런데 주혁의 이름이 나오니 사람들이 오랜만에 보고 싶다고 했다.

"어이, 강주혁이. 형님한테 요즘 연락도 하지 않고 말이야."

"강호 형님, 왜 연락을 안 드려요. 저번에 전화드렸는데 바빠서 못 받으셨잖아요."

"그랬던가? 암튼. 언제 본다고? 20일?"

손강호는 주혁이 대답하기도 전에 누군가에게 큰 소리로 물었다.

"우리 행사가 며칠에 있지? 어? 16일쯤 있을 것 같다고? 늦어도 17일? 오케이, 그럼 시간도 딱이구만. 간만에 우리 주혁이 얼굴이나 좀 봐야겠네."

손강호는 술을 조금 마신 듯했고 그래서인지 무척 기분이 좋아 보였다. 주혁은 상대방에게 물어봐야 한다고 했는데 그 상대가 김준석이라는 말을 듣고는 크게 웃었다.

"준석이 형? 그럼 물어보나 마나야. 잠깐만 있어 봐."

전화가 끊기고, 잠시 후 다시 손강호에게서 연락이 왔다. 손강호는 크게 웃으면서 김준석이 승낙했다고 말했다. 알고 보니 손강호와 김준석은 예전에 연극을 할 때부터 잘 아는 절친한 사이였다.

"야, 우리 둘하고 진모 형하고 셋이서 종종 뭉치는 거 몰랐지?"

손강호는 낄낄대면서 20일 날 보자고 말했다. 손강호와 김준석은 타짜에서 짝귀를 연기한 장진모와 자주 만나는 모양이었다.

괴물 측에서는 1,000만 명 돌파를 16일이나 17일 정도로 생각하고 있었다.

그날 큰 축하 행사를 열 계획이었기 때문에 그 이후로는 스케줄이 좀 여유가 있었다. 그러니 20일은 기분 좋게 한잔하기에 딱 좋은 날이었다.

뭐, 그렇게 어찌어찌 하다 보니 갑자기 인원이 확 불어나 버렸다. 그래서 8월 20일 일요일, 이 음식점에는 20여 명이나 되는 사람이 모였다.

"인마, 무슨 생각을 그렇게 해?"

"예? 아닙니다."

옆에 있던 손강호가 주혁의 어깨를 감싸면서 이야기했다. 괴물의 흥행이 계속되고 있어서 그런지 만면에 미소가 가득했다.

"애인 생각이라도 하는 겐가?"

주혁의 앞에 앉아 있는 이종준 공작이 농담을 건넸다. 김준석이 말한 사람은 바로 이종준 공작이었다.

"아니요. 아직 애인은 없습니다."

"에헤, 그럴 리가 있나. 이렇게 인물이 좋고 능력도 있는데."

손강호가 의심스럽다는 눈초리로 쳐다보았다. 마치 바른대로 털어놓으라는 듯이. 주혁은 정말이라면서 좋은 사람 있으면 소개해 달라고 너스레를 떨었다.

주혁은 배우들과 격의 없이 어울리는 이종준 공작을 보면서 과연 사람들이 왜 서민 공작님이라고 하는지 알 수 있었다.

서민과 공작님. 이 어울릴 것 같지 않은 조합으로 사람들이 이종준을 부르는 데는 다 이유가 있었다.

이종준은 실제로 재산이 별로 없었다. 조 백작가와 같이 재벌이 된 귀족 가문도 있었지만 공작가는 그러지 않았다.

그리고 평소에 서민들과 잘 어울렸다. 시장 상인이나 막일을 하는 사람들과도 허물없이 술 한잔하는 사이였다.

그렇지만 편하기만 했다면 사람들이 이종준을 공작님이라고 부르면서 존경하지는 않았을 것이다.

사회적으로 물의를 일으키거나 문제가 되는 일이 있으면 따끔하게 일침을 가하는 게 바로 이종준이었다.

그래서 사람들은 큰스님이나 추기경과 같은 분들과 함께 이종준을 나라의 큰 어른으로 생각하고 있었다. 그래서 다른 귀족들은 모두 백작, 남작으로 부르면서 이종준만은 공작님이라고 불렀다.

"자네는 참 용한 것 같군그래. 학교를 다니면서 연기까지 하고 말이야. 두 가지 일을 한다는 건 쉽지 않은 일이지. 혹여 학업에 소홀히 하거나 그러는 건 아닌가?"

"아닙니다. 학업도 열심히 하고 있습니다."

"공작님, 이 녀석 1학기에 전 과목 에이 플러스랍니다. 전 과목 에이 플러스요."

주혁은 냅다 끼어든 주승우를 째려보았다.

주승우의 뮤지컬이 끝나고 요 며칠 한강 고수부지에서 같이 캐치볼을 했다. 그런데 주승우가 가방에 있는 성적표를 본 것이다.

주혁은 그렇게 이야기하지 말라고 말을 했는데 주승우는 귓등으로도 들은 척을 하지 않았다. 덕분에 이 자리에 있는 사람 대부분이 그 사실을 알았다.

주혁은 꼭 일부러 자랑하는 것 같아서 쑥스러운 기분이 들었다.

주변 사람들은 놀라워했다. 연희대학교에 다니는 것만 해도 대단한 거였는데, 성적까지 그리 좋다니. 정말 사람이 달라 보였다.

이종준도 주혁에게 큰 관심을 보였다. 그저 젊고 실력 있는 배우, 그것도 늦은 나이에 대학교에 들어간 사람이라는 말에 호기심이 생겨서 보자고 한 거였다.

일단 무언가 사연이 있을 듯하고, 흥미진진한 캐릭터 아닌가.

그런데 생각한 것 이상이었다. 이종준은 오늘 모임에 참석하기를 정말 잘했다는 생각을 했다. 공작은 문화 예술 분야에 지대한 관심이 있었다. 앞으로 나라에 큰 힘이 되리라 생각해서였다.

그리고 국가가 선진국이 된다는 것은 국민이 돈을 많이 버는 것만을 뜻하는 게 아니라고 생각했다. 그만큼 의식도 성장하고 문화적으로도 다양하고 풍성해져야 선진국이 되는 거라고 보았다.

"내가 그때 내 다리 치료하는 거 보고 딱 알았다니까. 이놈은 보통 놈이 아니구나. 아주 거 뭐시냐, 어, 붕대를 감는 것도 벌써 지적이더라니까. 다른 사람하고는 완전히 달라, 완전히."

손강호는 촬영장에서 있었던 일을 무척이나 과장해서 이야기했고 사람들은 흥미진진한 스토리에 푹 빠졌다.

그렇게 왁자지껄한 분위기에서 술잔이 오가다 주변이 조금 조용해지자 이종준은 슬그머니 주혁에게 물었다.

“연기는 왜 하려고 하나? 성적을 들으니 굳이 연기를 할 이유가 있나 싶은데.”

“원래 꿈이 배우입니다.”

주혁은 전부터 배우가 하고 싶었고, 앞으로도 그럴 거라고 대답했다. 큰 의미가 있는 질문이라고는 생각하지 않았다. 그런데 이종준은 점점 깊이 있는 이야기를 했고, 때때로 질문을 해왔다.

공작은 앞으로 문화 쪽 산업이 점차 중요해지리라 생각하고 있었다. 그리고 그 이유를 설명하기 위해서 굉장히 폭넓은 이야기를 했다.

주혁이 다양한 경험과 경영학 공부를 미리 하지 않았더라면 무슨 말인지 이해하기 어려웠을 법한 이야기였다. 예전의 주혁은 연기밖에 모르는 무식한 인물이었으니까.

하지만 지금은 곧잘 자신의 의견도 이야기하고, 다른 의견도 제시할 정도가 되었다.

“아무래도 유럽의 경우 성장 동력이 거의 한계에 이르렀다고 봐야겠지. 앞으로는 제자리걸음 하는 것도 버거울 게야.

그렇지 않나?"

"예. 그리고 저는 브릭스보다는 동남아시아와 남미 국가들을 더 유심히 봐야 한다고 생각하고 있습니다."

이종준은 고개를 끄덕이더니 자신도 비슷한 생각을 하고 있다고 했다. 지금 과감하게 투자를 해서 산업을 육성해야 한다고 주장했다.

"그래서 문화 산업이 중요하다는 말일세. 앞으로는 문화 산업이 우리나라를 먹여 살릴 때가 올 거야. 난 그렇게 생각하네."

공작은 중국과 동남아시아의 성장세가 두드러질 것으로 판단하고 있었다. 지금도 큰 시장이지만, 앞으로는 훨씬 더 중요한 시장이 되리라 보고 있었다.

"지금이야 국민 소득이 그리 높지 않으니 시장으로서 매력이 약하지. 하지만 말이야, 앞으로도 그럴까? 시장이 커지고 나서 준비해서 들어가려면 아주 힘들어. 다른 나라나 기업에서는 손 놓고 있나?"

곰곰이 생각해 보니 중국과 동남아시아 국가들이 지금처럼 성장해서 구매력이 조금만 더 높아진다면, 정말 매력적인 시장이 되는 거였다. 공작은 그래서 문화 산업이 중요하다고 이야기했다.

"할리우드 영화와 로큰롤을 타고 햄버거, 통기타, 콜라, 청바지가 전 세계로 퍼져 나갔지. 이제는 우리나라가 아시아 시장에서 그 역할을 할 수 있단 말이야."

그러면서 '대장금' 이나 '겨울 연가' 같은 드라마가 일본과 중국, 동남아시아에서 큰 인기를 끌고 있지만, 아직 부족하다고 이야기했다.

기반은 조금 다져졌으니 이제부터 본격적으로 작물과 나무를 심어야 한다는 것이다.

공작은 아시아 사람들이 혹할 만한 콘텐츠를 만들어야 한다고 열변을 토했다. 지금 길을 잘 닦아놓으면 향후 수십 년간 자연스럽게 우리나라 물건을 찾을 것인데 그걸 모른다면서 혀를 찼다.

"그런데 그저 눈앞에 있는 돈벌이에만 급급해 있으니 원."

사실 이종준은 이런 이야기를 여기저기 다니면서 설파했었다. 하지만 기업들은 다들 시큰둥한 반응이었다. 지금 수익 내고 있는 상품을 우려먹는 거에만 정신이 팔려 있었다.

"넓고 기름진 땅이 펼쳐져 있는데, 코앞에 있는 나무에 달린 과일만 서로 따겠다고 싸우는 꼴이라니."

"그러면 지금 어떻게 해야 한다고 보시는 겁니까?"

"당연히 아시아 시장을 노리고 준비를 해야지. 드라마, 그리고 음악."

주혁은 솔직하게 놀랐다.

머리가 희끗희끗한 노신사의 입에서 이런 이야기가 나올 것이라고는 생각지도 못했다.

이야기가 너무나도 설득력이 있어서 더욱 놀랐다. 정말 타당성이 있는 이야기라고 생각되었다.

주혁은 한 번도 음악에 대해서는 신경을 써본 적이 없었다. 그런데 이야기를 듣다 보니 음악 산업도 상당히 매력적이었다.

자신은 너무 아는 게 없었다. 그래서 질문을 하려 했는데, 상황이 여의치 않았다.

주혁과 공작의 이야기는 여기서 마무리되었다. 사람들이 다시 우르르 몰려와서 왁자지껄한 분위기가 되었기 때문이다.

자리가 파했지만, 주혁의 머리에는 여러 가지 생각이 스치고 지나갔다. 그는 다음 날, 이종준 공작에게 연락해서 약속을 잡았다. 물어보고 싶은 것도 많았고, 알고 싶은 것도 많았다.

주혁은 공작이 기다리고 있는 공원으로 향했다. 그는 종점이라는 안내 방송을 듣고 버스에서 내렸다.

공작을 만나기로 한 장소는 북한산 국립공원에 있는 백련사 계곡이었는데, 버스 종점에서 그리 멀지 않아서 얼마 걷지도 않았는데 도착했다.

사실 계곡이라는 거창한 이름이 붙을 만한 장소는 아니었다. 물이라고 해봐야 얕은 곳은 발목 정도, 깊어봐야 무릎 정도였다. 장소도 그리 넓지 않았지만 사람들은 다들 편의상 계곡이라고 불렀다.

이제 더위가 한풀 꺾일 시점일 법도 했지만 막바지 무더위가 기승을 부리고 있었다. 계곡으로 걸어가는 내내 강렬한 햇빛이 몸을 가열했고 우렁찬 매미 소리가 귓가를 때렸다.

계곡에는 제법 많은 사람이 있었다. 튜브를 타고 노는 아이들이 어머니와 물장난을 하는 모습도 보였다. 주혁은 이종준을 찾기 위해서 두리번거렸는데 상대가 먼저 발견하고는 손을 흔들었다.

이종준은 30대로 보이는 남자 한 명과 바위에 앉아 있었는데 사람들이 공작을 알아보고 계속 인사를 했다.

"안녕하세요?"

아직 학교도 들어가지 않는 듯 보이는 꼬마가 공작에게 쪼르르 다가오더니 배꼽 인사를 했다.

공작은 허허 웃고는 '그놈 참 똘똘하게 생겼다' 라면서 머리를 쓰다듬어 주었다. 아이 어머니로 보이는 아주머니도 다가와서 인사했다. 그리고 일회용 접시를 건넸는데, 거기에는 수박이 수북하게 담겨 있었다.

"공작님, 이거 좀 드세요."

"허허, 뭐 이런 걸. 주셨으니 잘 먹겠습니다."

아주머니가 아이의 손을 잡고 돌아가자 주혁은 공작에게 꾸벅 인사를 했다.

"자네도 좀 들게."

이종준은 수박을 하나 주혁에게 권했다. 공작은 옆에 앉으라고 하고는 같이 있는 사람 소개를 했다.

"이쪽은 기재원. 내가 아는 한 연예계에서 사람 보는 눈이 가장 좋은 친구지."

"그럴 리가요. 그랬다면 제가 지금 이 처지로 있겠습니까. 반갑습니다. 기재원입니다."

기재원은 장난꾸러기 같은 표정으로 대꾸하더니 주혁에게 손을 내밀었다. 주혁도 손을 잡으면서 자기소개를 했다.

"강주혁이라고 합니다. 주로 단역 배우로 활동하고 있습니다."

"연희대학생이라는 말은 왜 빼나? 그것도 과 수석이면서."

사람은 어쩔 수 없다. 단역 배우라고 했을 때와 명문대 학생이면서 배우라고 했을 때는 반응이 완전히 다를 수밖에 없다.

그것은 기재원도 마찬가지였는데, 공작이 학교를 언급했을 때 표정이 바뀌는 걸 주혁은 보았다. 어떤 사람이라도 마찬가지 아니겠는가. 그리고 그래서 자신도 연희대학교를 고른 것이었고.

인사를 마치자 공작은 주혁도 계곡 물에 발을 담그라고 권했다. 이미 둘은 맨발을 물에 담그고 있었다.

후덥지근한 날씨에 살짝 지쳐 있던 주혁도 바로 동참했는데, 맑고 시원한 계곡 물에 발을 담그니 소름이 돋고 몸이 부르르 떨렸다.

거기에 달고 시원한 수박을 베어 물으니 천국이 따로 없었다.

기재원은 굉장히 유쾌한 사람이었다. 자신이 쫄딱 망한 이야기도 어찌나 재미있게 하는지, 그러면 안 되는데 자꾸 웃음이 나왔다.

"월드컵 때 그렇게 잘할 줄 누가 알았나. 그냥 16강 정도 갈 줄 알았지. 망할 축구팀 같으니라고."

기재원은 2002년 2월에 그룹을 데뷔시켰는데 월드컵 열기 때문에 쫄딱 망했다고 했다. 정말 공들여서 준비한 4인조 혼성 그룹이 처참할 정도로 실패했다는 거였다.

"사실 그전까지는 천재니 뭐니 그런 소리 많이 들었지. 아마 기고만장해서 날뛰고 그랬을 거야. 그러니 정신 차리라고 그런 일이 생긴 걸 테지."

기재원은 크게 웃으면서 말했다. 침을 사방에 튀기면서 마치 남 이야기 하듯 말했다. 공작의 이야기를 들으니, 손대는 가수나 배우마다 성공해서 황금의 손이라고 불리기도 했었단다.

기재원은 꼴 보기 싫을 정도로 오만했었고, 그러니 그 꼴이 된 것도 당연하다고 했다.

“세상일이란 게 억지로 되는 게 아니더라고. 그래서 다 내 탓이거니 하고 차근차근 준비하기로 했지. 이쪽 사업도 게임 산업만큼 커질 수 있어. 충분히 가능성이 있지. 지금이야 규모로는 비교도 되지 않지만.”

“하긴 게임 산업이 크긴 크죠. 인식이 별로 좋지 않아서 그렇지만요.”

사실 연예계 사업이 화려하고 스포트라이트를 많이 받기는 하지만, 금액으로 보자면 게임 산업과는 비교도 되지 않는다. 재벌과 중소기업 정도의 차이다. 하지만 아직도 게임이라고 하면 이상하게 보는 눈이 많았다.

“이상하게 자꾸 규제나 하려고 하고 말이죠. 게임이 벌어들이는 금액이 얼마인데, 그런 건 나서서 반대해야 하지 않나요?”

주혁은 국회의원들이 규제를 이야기할 것이 아니라 오히려 활성화할 방안을 강구해야 하는 것 아니냐고 이야기했다. 그 말을 들은 이종준과 기재원은 슬며시 웃었다. 이종준은 은근한 투로 물었다.

"국회에서 왜 그러지 않는 것 같은가? 게임이 얼마나 많은 돈을 벌어들이는지 몰라서?"

공작의 질문에 주혁은 눈을 껌뻑거렸다. 딱히 생각해 본 적이 없어서였다.

그냥 그렇다는 사실만 들어서 알고 있었지, 왜 그런 일이 벌어지는지에 대해서는 고민해 보지 않았다.

하지만 조금 머리를 굴리니 그 이유를 어렵지 않게 알 수 있었다.

'국회에서 그런 정보를 모를 리는 없지. 그런데 왜 그런 거지?'

인간은 자신의 이익을 위해 행동한다. 당연히 국회의원들도 자신의 이익을 위해서 움직인다. 그런 관점에서 보니 그들의 행동이 이해되었다.

"표 때문이군요."

주혁의 대답에 이종준과 기재원이 마주 보면서 다소 의외라는 표정을 지었다. 너무 빨리 알아챘기 때문이다. 왜 그런지 잘 모르면 힌트를 줄까 했는데, 잠깐 생각하더니 바로 정답을 알아냈다.

"명문대 학생이라 그런지 아주 영민하군. 맞는 말이야. 자기들 자리 때문에 그러는 거지."

게임 산업의 규모나 수출 금액은 그들이 더 잘 안다. 하지만 그런 건 전혀 중요한 게 아니다.

게임을 주로 하는 건 10대와 20대라고 볼 수 있고, 그들의 부모는 아이들이 게임을 하는 걸 싫어한다. 본인이 게임을 할지라도 아이들은 게임보다는 공부하기를 바라는 게 부모다.

그런데 그런 게임을 활성화하자고 떠들어댄다? 그건 바로 다음 선거에서 자기 표 깎아먹는 짓이다. 어떤 부모가 좋아하겠는가.

그러니 아무도 그런 말을 꺼내지 않는 거고, 그래서 다 알면서도 규제를 하자고 자꾸 이야기를 꺼내는 거였다. 규제하자고 하는 건 부모 입장에서야 좋아 보이는 일이고, 그러면 자기 표가 늘어나게 될 테니까.

"그러니 고약한 것들이라는 얘기야. 국익보다는 자기들 몸 사리는 게 먼저니까."

공작은 못마땅하다는 듯 혀를 찼다. 주혁은 입맛이 씁쓸했다. 어디 그런 일이 한둘이겠는가.

분위기가 갑자기 침울한 방향으로 흐르자 기재원이 화제를 바꾸어 주혁이 출연한 영화가 무어냐고 물어보았다. 사실 이미 들어서 알고 있었지만, 분위기를 바꾸기 위해서 그랬다.

"괴물하고 타짜에 출연했습니다."

주혁은 괴물에서는 대사도 없는 역이었다고 설명했고, 타짜에서는 그래도 대사 몇 마디는 있었다고 했다.

기재원은 이야기를 들으면서 주혁을 잘 살폈다. 사실 이 자리는 이종준이 기재원에게 주혁이 어떤지 한번 보라는 뜻으로 만든 자리였다.

주혁이 먼저 전화를 하지 않았더라도 만날 자리를 만들었을 것이다. 그런데 주혁이 바로 연락을 해서 자연스럽게 자리가 만들어진 거였다.

지금 엔터테인먼트 업계는 큰 변화를 맞이하고 있었다. 대기업의 자본이 유입되면서 과감한 투자가 이루어지고 있었는데, 많이 염려스러웠다.

대기업 마인드로 접근하다 보니 가수나 배우를 무슨 공장에서 찍어내는 물건처럼 만들어내려고 했다.

그래서 이종준은 기재원이 크게 성공해서 올바른 방향으로 엔터테인먼트 산업을 이끌어주었으면 하는 바람을 가지고 있었다. 예전에 큰 실패를 맛본 이후로 변한 기재원을 곁에서 오래 지켜보았기 때문이다.

"작품을 보는 눈이 있군그래. 둘 다 굉장한 화제작 아닌가."

"어디 제가 작품 보고 들어갈 그런 처지인가요. 그저 운이 좋았던 거지요."

"그런가? 그런데 말이지, 이런 말이 있다네. 아무리 실력이 좋아도 운 좋은 사람은 못 이긴다는 말."

기재원은 오늘 지인들을 통해서 슬쩍 주혁에 대해서 알아보았다.

평이 모두 좋았다. 성실하고 인간성 좋고, 무엇보다 열정적이고 똑똑한 친구라는 평이었다. 연기력도 상당하다는 말이 있었다. 그 사람은 조연급을 당장 맡아도 소화할 거라는 말도 덧붙였다.

기재원은 지금 자금 사정이 좋지 않았다. 여성 5인조와 남성 7인조 그룹을 준비하고 있는데 준비 기간만 거의 4년 정도 되었다. 매해 들어가는 돈이 5억 원이 넘었다. 지금까지는 겨우겨우 버텼는데, 이제는 실탄이 거의 떨어졌다.

그리고 누가 수작을 부리는 건지 아니면 다른 이유가 있어서인지 모르겠지만, 최근 들어 돈을 구하기가 갑자기 어려워졌다. 그래서 돈을 만들 생각을 하다가 신인 배우까지 생각하게 된 거였다.

자금이 없으니 이미 어느 정도 위치에 있는 가수나 배우는 데려올 수가 없다. 그러니 아직 뜨지 않았지만 스타가 될 가능성이 있는 사람을 발굴해서 띄우는 게 가장 좋은 방법이었다.

그리고 어느 정도 자신 있었다. 기재원은 적어도 그런 안목은 국내 최고라고 자부하고 있었으니까. 그런 관점에서 보면 주혁은 꽤 매력적인 상품이었다.

일단 생김새가 좋았다. 스타가 되려면 외모도 아주 중요했다. 그런 점에서 합격점이었다. 큰 키에 몸도 좋고 이목구비도 시원시원했으니까.

기재원은 슬슬 작업을 시작했다. 재원이 신호를 주자 이종준이 이야기했다.

"자네, 시간이 되면 나랑 같이 기 사장 회사 구경 좀 하지. 나도 오랜만에 들를 생각인데 같이 가면 좋을 것 같아서 말이지."

"예, 좋습니다. 어차피 오늘은 다른 약속도 없으니까요."

주혁도 연예 기획사 구경을 많이는 하지 못했다. 어떤 분위기인지 보는 것도 좋다고 생각했다. 그리고 기재원이 이야기한 두 그룹도 한번 보고 싶었다.

기재원의 차를 타고 논현동에 있는 그의 회사로 향했다. 회사는 지상 2층, 지하 1층짜리 건물을 통째로 빌려서 사용하고 있었다.

첫인상은 무척 아늑하다는 거였다. 회사라는 느낌보다는 집에 있는 느낌이랄까?

그리고 사람들의 표정도 인상적이었다. 괴물이나 타짜 촬영 현장에서 느껴졌는 분위기와 상당히 흡사했다.

모두 바쁘게 움직이지만, 표정은 밝은 면이 두 촬영장을 떠올리게 했다. 직원들의 표정만 보아도 이 회사가 어떤 곳인지 느낌이 왔다.

세 사람은 사장실로 들어가서 커피를 마셨다. 기재원은 커피를 좋아하는지 사장실에 아예 커피 메이커가 있었다.

"얘기하신 두 그룹도 볼 수 있을까요? 아이돌을 직접 본 적은 한 번도 없어서요. 그리고 연습하는 것도 좀 보고 싶고요."

"그거야 뭐 어려울 거 있겠나. 내가 직접 안내하지. 공작님도 같이 가시지요."

"나는 됐네. 나이를 먹으니 다리가 내 맘 같지를 않아. 좀 쉴 테니 둘이 다녀오게나."

이종준은 다리를 툭툭 치면서 말했다. 기재원은 고개를 살짝 숙이고는 주혁을 데리고 밖으로 나갔다. 등산도 다니는 양반이 오늘 정도 움직이고 다리가 아플 리가 있겠는가. 다 둘이 시간을 가지라는 공작의 배려일 터이다.

기재원은 연습실을 보여주었다.

먼저 본 것은 여자 5인조 그룹이었는데, 모두 한국 소녀였다. 그 흔한 교포도 없다고 했다. 여자치고는 상당히 박력 있는 안무를 하고 있었는데, 아주 강렬한 느낌을 받았다.

예술이란 궁극적으로 똑같다. 상대방에게 자신이 원하는

걸 전달하는 것이니까.

화가는 그림으로, 작가는 글로, 배우는 연기로, 아이돌은 춤과 노래로 그걸 전달하는 거다. 주혁은 아주 신선한 경험이라고 생각했다.

다섯 명이 어떤 것을 표현하는지, 무엇을 말하려고 하는지가 느껴졌다. 그만큼 표현력이 좋다는 거였다. 그는 지금까지 방송에 나온 어떤 아이돌도 춤만으로 이런 느낌을 전달하는 걸 보지 못했다.

노래도 마찬가지였다. 주혁은 춤도 노래도 잘 모른다. 전문적으로 배운 적도 없고, 특별히 관심이 있는 것도 아니었다.

그저 배우의 관점에서 아, 저 사람이 무슨 말을 나에게 하려는구나, 이번에는 무슨 감정을 나에게 던지는구나 하는 것만 느낄 뿐이었다.

그런 시각에서 볼 때, 이 아이들은 아주 좋은 배우였다. 전달하려고 하는 바를 제대로 느끼게 해주고 있으니까. 슬픔, 아련함, 즐거움, 허전함. 춤과 노래를 듣고 주혁은 소녀들이 전달하려는 느낌을 확실하게 알 수 있었다.

배우도 그렇다. 소리를 지르고 세게 뺨을 때려야 화나는 연기를 잘하는 게 아니다. 대사 한마디 없이도 그런 감정을 더 잘 표현할 수 있다. 상대를 죽일 것처럼 노려보는 눈빛과 표정이 소리를 지르고 주먹질을 하는 것보다 더 효과적일 수 있다.

주혁이 보기에는 이 아이들이 그랬다. 몸짓에서, 음성에서 그런 감정이 묻어 나왔다. 그건 자신이 뭘 하려고 하는지 잘 알고 있다는 것이었고, 엄청난 노력을 했다는 방증이었다. 주혁은 이 어린 친구들이 어떤 시간을 보냈는지 알 수 있을 것 같았다.

자신은 그 기나긴 시간을 통해서 연기 실력을 조금씩 쌓아 왔기 때문에 노력이 얼마나 위대한 것인지 잘 알고 있었다. 주혁은 감탄을 하면서 말했다.

"제가 이쪽 분야는 잘 모르지만 정말 최고네요. 저같이 춤과 노래를 잘 모르는 사람의 마음도 움직였으니까요. 사람의 마음을 움직일 수 있다면 분야와 나이를 떠나서 찬사를 받을 자격이 있다고 생각합니다."

주혁은 손뼉을 치면서 멋진 모습을 보여준 아이들에게 최고의 찬사를 보냈다.

남자 그룹은 다국적군이었다. 중국, 태국, 미국 교포까지 섞여 있었다. 나이는 여자아이들보다 조금 높았다. 여자아이들이 17세에서 21세인 데 반해서, 남자아이들은 19세에서 23세까지였다.

솔직하게 말하면, 남자 그룹보다는 여자 그룹의 실력이 더 좋아 보였다. 잠깐 보고 실력을 이야기하는 건 무리가 있겠지만, 적어도 오늘 본 것으로만 평가하자면 그랬다. 그렇다고 남자 그룹의 실력이 나쁘다는 건 아니었다.

잘 모르는 주혁이 보는데도 몸이 움찔움찔하고 어깨가 저절로 움직였다. 흥을 같이 내고는 싶었지만 마음에 크게 다가오지는 않았다. 주혁은 그냥 음악이나 노래의 장르적인 특성일지도 모르겠다는 생각을 했다.

기재원은 주혁이 어떤 반응을 보이는지 잘 살폈다. 회사 소개는 이 정도면 충분한 듯했고 슬슬 본론으로 들어갈 차례였다. 예전에 배우들의 매니지먼트도 한 경험이 있으니 그 점을 잘 말할 작정이었다.

"보통 연습은 어느 정도나 하죠?"

"학교 다닐 때는 많이 하지 못하고, 대중이 없기는 한데… 방학 때나 학교 다니지 않는 아이들은 많이 할 때 하루에 15시간?"

"예? 하루에 15시간이요?"

주혁은 깜짝 놀라서 소리를 질렀다. 하루는 24시간이다. 그중에서 15시간을 제하면 9시간이 남는다.

사람이 살아가려면 잠자고 먹고 쉬는 최소한의 시간이 필요하다.

물론 저 15시간 동안 최고의 집중력을 유지한 채 연습을 한 건 아닐 것이다.

주혁이 놀라자 기 대표는 아이들의 시간표를 보여주었다. 시간표를 보니 정말 15시간 연습 시간이 잡혀 있었다.

가장 비중이 높은 것은 당연히 보컬과 댄스 수업이었고 거기에 연기, 예절 수업 같은 다양한 수업을 하고 있었다.

주혁은 언제부터 이런 수업을 받았는지 물었다. 기 대표의 이야기를 들으니 왜 여자아이들이 더 잘한다는 생각이 들었는지 알 수 있었다.

"여자아이들은 평균 3년 정도 되었지. 가장 오래된 아이가 5년이고 막내가 최근에 들어왔는데, 그게 2년 전이니까."

그리고 남자아이들은 평균 2년 정도 되었단다. 물리적으로 연습한 시간의 차이가 나는 거였다. 연습은 거짓말을 하지 않는다는 말을 다시 한 번 확인할 수 있었다. 그렇게 생각하니 아이들이 정말 대단하게 보였다.

"어지간한 아이들도 공부를 저렇게 했으면 명문대에 들어갔을 것 같네요."

"당연하지. 내가 얼마나 심혈을 기울여서 키우는 애들인데. 정말 재능이 있는 아이들만 뽑아서 체계적으로 가르치고 있지."

이야기하는 기재원의 말에는 굉장한 자부심이 들어 있었다. 그의 반짝거리는 눈, 약간 들린 턱, 씰룩거리는 입술이 그런 걸 말해주고 있었다. 주혁은 한 곡만 더 들어보고 싶다고 이야기했다.

기재원은 듀엣곡을 한번 들어보겠느냐고 물었다. 서로 보컬이나 댄스 수업을 같이 듣기도 해서 간혹 콜라보레이션을 하기도 했다. 남자끼리 혹은 여자끼리만 하는 것과는 사뭇 다른 느낌이었다.

그래서 서로의 발전에 도움이 되라는 뜻에서 종종 연습을 시키고는 했다. 물론 나중에 활용할 수 있겠다는 계산이 있기는 했지만. 그리고 개중에는 아주 기가 막힌 작품이 나오기도 했다. 주혁에게 들려줄 것이 바로 그중 하나였다.

기 대표는 여자아이들을 불렀고, 남자 한 명과 여자 한 명이 앞으로 나왔다. 남은 아이들은 연습실 바닥에 편하게 앉아서 그 모습을 보고 있었는데, 초롱초롱한 눈에는 기대감이 가득했다.

어떤 곡인지 물어보니 '사랑보다 깊은 상처' 라는 듀엣 곡이라고 했다. 전주가 흘러나오고 여자아이가 먼저 노래를 시작했다. 깨끗하면서도 가슴에 착 달라붙는 듯한 음색이었다. 아련하고 촉촉한 분위기에 젖어들게 하는 그런 목소리였다.

"오랫동안 기다려 왔어. 내가 원한……."

주혁은 눈을 반쯤 감고 노래를 들었는데, 분위기에 훅 빠져들었다. 과거에 누군가를 사랑했던 시절의 기억 속으로 들어간 느낌이었다. 반면에 남자아이의 파트가 시작되자 조금은 아쉬운 느낌이 들었다.

원래 노래를 부른 김재범의 허스키한 목소리가 너무 강해서 그럴지도 모르겠지만, 여자아이에 비해서 아쉬운 건 사실이었다. 하기야 누가 김재범의 마성의 목소리에 대항할 수 있겠는가.

하지만 남자아이의 솔로 파트가 약간 아쉬울 뿐, 나머진 모두 좋았다. 같이 부르는 파트가 시작되자 다시 기억 속으로 빠져들었다. 주혁은 마치 한 편의 영화를 감상하는 듯한 느낌이 들었다.

음악에도 기승전결이 있다. 노래를 듣고 있었지만 감정의 변화와 이야기의 흐름이 느껴졌다. 물론 모든 가수가 이런 능력을 가지고 있는 건 아닐 것이다. 그리고 나이가 어릴수록 감정을 제대로 살리지 못한다.

예술은 본인이 아는 것, 본 것, 들은 것, 기억한 만큼 표현할 수 있다. 그것이 음악이든 연기든 간에. 그래서 그만한 경험이 없으면 감정을 제대로 표현하기 어렵다.

하지만 간혹 일반인의 범주에서 벗어나는 존재가 있다. 흔히 예술 분야에서 천재라고 불리는 사람들이다.

천재의 종류도 여러 가지인데, 개중에는 감수성이 아주 예민해서 간접 경험도 자기 경험처럼 받아들이는 사람도 있다.

주혁이 보기에 이 여자아이는 그런 능력이 탁월했다.

기 대표에게 물어보니 89년생이란다. 89년생이면 이제 겨우 열여덟 살이다. 어떤 사연이 있는 아이인지는 알지 못하지만, 열여덟 살이 이별과 슬픔, 후회 같은 감정을 알아도 얼마나 알겠는가.

이건 재능이다. 그것도 아주 대단한 재능. 그런데 그런 아이가 연습도 방학 때는 하루에 15시간씩 한단다. 주혁은 순간 소름이 쭉 돋는 걸 느꼈다. 노력하는 천재. 그것보다 무서운 게 있을까?

이 아이가 메인 보컬이기는 했지만, 다른 아이들도 크게 뒤지는 것 같지 않았다. 다들 목소리에 개성이 있었고, 사람의 감정을 끌어내는 힘이 있었다. 주혁은 이 아이들이 정말 무서운 신인이 될 거라는 생각을 했다.

기 대표는 주혁을 데리고 이종준이 기다리고 있는 사장실로 올라갔다. 올라가는 도중에 주혁은 아이들의 칭찬을 늘어놓았다. 정말로 감탄했다고.

"원래 재능이 많은 아이들이었나 보죠?"

"당연하지. 내가 전국을 헤매면서 찾아냈는데. 그리고 아이들이 성장한 건 재능과 노력도 있지만, 경쟁이란 요소도 무시할 수 없지."

주혁은 고개를 끄덕였다. 그럴 법했다. 당연히 자기가 최고라고 생각하던 아이들이었을 것이다. 항상 1등을 독차지했던. 그런 아이들을 한곳에 몰아놨으니 얼마나 불꽃이 튀었겠는가. 보통 저런 아이들은 지고는 못사는 성격 아니던가.

그런 생각을 하니 주혁은 자신도 어서 좋은 배우들과 함께 연기하고 싶다는 생각이 들었다.

단역과 같은 들러리가 아닌 자기 실력을 제대로 보여줄 수 있는 그런 역을. 얼마 전에 타짜에서 박윤식과 연기를 했을 때처럼.

그 강한 기세와 능숙한 연기를 마주하니 저절로 감탄사가 나오지 않았던가.

주혁이 가장 안타깝게 생각한 건 아귀와 연기를 해보지 못했다는 거였다. 정말 그런 캐릭터, 그런 배우와 연기를 할 수 있다면 당장 쓰러져도 여한이 없겠다는 생각이 들었다.

그렇게 예전 생각을 하는 사이 어느새 사장실에 도착하게 되었다. 사장실 안에는 이종준 공작이 편안한 자세로 앉아 책을 보고 있었다. 공작은 알이 두꺼운 돋보기안경을 벗어 주머니에 넣었다.

"그래, 구경은 잘했나? 아이들 실력이 아주 좋지?"

"예, 정말 감탄했습니다. 다들 재능도 재능이지만, 그렇게 열심히 한다는 게 믿기지 않을 정도였습니다. 한창 뛰어놀고 싶을 나이인데요."

"꿈을 위해서 달려가는 아이들이니 우리가 잘 보살펴야지. 그 꿈을 이룰 수 있도록."

주혁은 그 말에 전적으로 공감했다. 자신도 그 많은 시간을 꿈을 위해 견뎌냈다. 그래서 아이들도 꼭 성공했으면 좋겠다는 마음이 들었다. 어찌 보면 자신의 처지가 비슷하다고 느껴졌다.

자신도 아직은 단역 배우이고, 저 아이들도 아직 데뷔하지 못한 연습생이었으니까. 하지만 주혁은 자신이나 저 아이들이나 세상을 놀라게 할 만한 실력을 갖추고 있다고 생각했다.

주혁의 생각은 기 대표의 말로 인해 중단되었다. 기재원은 자리에 앉아서 단도직입적으로 이야기했다. 회사로 들어올 생각이 있느냐고 물었던 거였다.

"글쎄요? 아직 학생이라서 생각해 본 적은 없습니다만."

"그래도 매니저가 있어야 여러모로 편리할 거야. 더구나 학생 신분이니 본인이 직접 움직이는 데도 어려움이 있을 테고."

생각해 보니 아무래도 누군가 관리를 해줄 사람이 필요하기는 했다. 주혁은 어떻게 하는 것이 가장 좋을까 고민했다. 이곳이 마음에 들기는 하지만, 지금 당장 결정을 하는 건 좀 아닌 듯했다.

"생각을 좀 해보겠습니다. 너무 갑작스러워서요."

"그러게. 당장 결정을 하는 건 어렵겠지. 그래도 우리 회사에 가산점 정도는 주어야 해."

기 대표는 껄껄 웃었다. 물론 비슷한 조건이라면 이 회사에 더 높은 점수를 주고 싶었다. 이종준 공작과의 인연도 있었고 아이들이나 직원들, 그리고 대표도 인간적으로 마음에 들었기 때문이다.

주혁은 다른 곳도 좀 알아보고 연예 기획사들 현황에 대해서 파악할 필요가 있다는 생각이 들었다.

그는 미스터 K가 이런 일도 하는지 궁금해졌다. 그래서 밖으로 나오자마자 연락을 했다. 그리고 직접 하지는 않지만, 따로 의뢰를 넣을 수는 있다는 답변을 받았다.

* * *

"아버지, 도대체 왜 이러십니까?"

"뭐가 말이냐?"

창욱의 말에 그의 부친인 조기용은 힘없이 대답했다. 창욱은 아버지인 조기용의 행동이 도무지 이해가 되지 않았다.

할아버지인 만해와 어쩌면 이렇게 다를까 싶었다. 이렇게 무기력하고 나약한 모습이라니.

"기업은 이익을 추구하는 곳입니다."

"나도 안다."

"그걸 아시는 분이 그러십니까. 아버지가 그렇게 고분고분 조건을 들어주시니까 그놈들이 기고만장해서 더 날뛰는 겁니다."

창욱도 아버지로 인해서 기업의 이미지가 조금은 좋아졌다는 걸 모르지는 않았다. 그러나 그걸 참작해도 아버지는 너무 많은 것을 퍼주고 있었다. 마치 말만 하면 언제든지 퍼주겠다고 작정을 한 사람처럼.

"나는 이게 우리에게 더 큰 이익이 되리라고 생각한다."

"아버지!"

창욱의 말에 조기용은 아예 머리를 의자에 기댄 채 눈을 감았다. 더는 대화하고 싶지 않다는 표시였다. 하지만 창욱은 단단히 작정한 듯 이야기를 계속했다.

"정신 차리세요. 사람들이 이런다고 뭐 우리를 칭송이라도 할 것 같습니까? 달라는 대로 주면 감사하다는 플랜카드라도 걸 줄 아세요?"

창욱은 책상을 쾅 내리치고는 말을 이었다.

"사람들은 말이죠. 은혜는 물에 새기고, 원한은 바위에 새기는 동물이에요. 아무리 큰 은혜를 입었어도요. 아주 작은 원한만 생기면 바로 뒤통수 때리는 놈들이라고요."

조기용은 아무런 말도 하지 않았다. 창욱은 잠시 숨을 고르고는 다시 이야기했다.

"하아~ 아버지, 제발 이러지 마세요. 할아버지 신경 건드리면 어떻게 되는지 잘 아시면서 왜 그러세요. 그리고 자금 집행은 왜 결재를 안 해주시는 겁니까? 지금 우리 말고도 먼저 움직이는 그룹이 있다고요. 이러다가 선수 뺏기면 갈수록 힘들어집니다."

창욱은 아버지가 이해되지 않았지만 그래도 걱정스러웠다. 할아버지의 성미를 누구보다 잘 알고 있었으니까. 왜 이렇게 할아버지의 뜻과는 어긋나는 일만 하는지 모를 일이었다. 어떨 때는 가슴이 조마조마했다.

그래도 자신의 어머니를 가장 사랑한 건 아버지였다. 할아버지는 어머니를 사람으로 취급하지도 않았다.

어렸을 때, 창욱은 아버지가 조금만 더 힘이 강했더라면 어머니가 그렇게 불행하지는 않았을 거라 생각했다.

하지만 크면서 알 수 있었다. 아버지의 힘이 아무리 강했더라도, 할아버지의 뜻은 거스를 수가 없었을 거라는 걸. 그때부터 아버지를 이해하려고 했다. 하지만 아직도 모를 것이 아버지의 생각이었다.

"바로 결재해서 내려보내마. 그만 가보거라. 조금 쉬고 싶구나."

"후우~ 예, 나가볼게요. 할아버지께는 제가 잘 얘기해 볼 테니까 더 이상은 하지 마세요. 그리고 약 챙겨 드시고요."

창욱은 잠시 아버지를 바라보다가 밖으로 나갔다. 창욱이 나가자 조기용은 눈을 뜨고 천장을 바라보았다. 천장은 아주 높았다. 어떤 것도 닿지 않을 것같이.

"천장도 저렇게 먼 것 같은데, 당신이 있는 곳은 훨씬 더 멀겠지?"

조기용의 눈에는 물기가 스르륵 모여들었다.

"창욱아, 나라도 이렇게 해야 옳은 거라고 생각한다. 너도 나중에 때가 되면 알 수 있을 게다. 이런 짐을 짊어지고 살아간다는 게 얼마나 힘겨운 것인지를."

조기용이 내뱉은 말은 텅 빈 방 안에 조용히 내려앉았다.

주혁이 미스터 K로부터 자료를 받은 것은 개강하고 정확하게 일주일이 되는 날이었다.

주혁이 막 학교에 가려는데 자료가 도착해서 서류를 가지고 학교로 향했다. 아침이라 그래도 시원한 느낌이 있었고, 하늘에는 구름 한 점 보이지 않았다.

수업에 들어가려면 시간이 조금 남아서 한적한 벤치에 앉아 자료를 훑어보았다. 꽤 두툼한 서류였는데, 목차별로 연예계 전반적인 내용이 잘 정리되어 있었다. 주혁이 특히 신경써서 알아봐 달라고 한 연예 기획사 부분은 다른 부분보다 상세하게 나와 있었다.

지금 연예 기획사 사이에서 핫한 뉴스는 두 거대 기획사의 탄생이었다.

"페가수스하고 엔터하이의 대결 구도라."

페가수스와 엔터하이 모두 재벌 기업과 관련이 있었다. 페가수스는 세현 그룹, 엔터하이는 MH 그룹의 지원을 받고 있었다. 관심을 보인 다른 재벌도 있었지만, 모두 손을 떼고 두 그룹이 경쟁하고 있었다.

그리고 두 회사는 공통점이 아주 많았다. 일단 영화관과 배급 사업을 하고 있다는 점이 비슷했다. 앞으로의 성장 동력으로 엔터테인먼트 산업을 생각해서 과감하게 투자를 늘리고 있다는 점도 흡사했다. 그리고 다수의 케이블 방송사를 소유하고 있다는 점도 마찬가지였다.

둘 다 지금까지 주로 인프라에 투자했다면, 최근에는 연예 기획사를 인수해서 본격적인 사업을 추진하고 있었다. 이 부분까지는 주혁도 대략은 알고 있는 이야기였다. 진짜 정보는 그다음이었다.

"엔터하이는 흡수 합병을 주로 하고 있고, 페가수스는 전략적 제휴를 많이 했네."

두 회사의 방침이 조금 상이했다. 엔터하이는 굉장히 공격적으로 작은 회사들을 집어삼키면서 덩치를 부풀리고 있었다.

아직 언론에 공개하지 않아서 많이 알려지지는 않았지만, 배우든 가수든 톱스타가 소속된 회사를 흡수했다.

반면에 페가수스는 덩치를 불리기보다는 넓은 협력 망을 구축하는 방식을 선택했다.

현재로써는 어느 방식이 더 좋다고 단언할 수는 없었다.

둘 다 자금력도 있고, 인프라도 풍부했으니 싸움은 지금부터라고 볼 수 있었다.

그 외에 여러 제작사나 기획사 및 주요 인물에 대한 정보도 간략하게 정리되어 있었다. 끝으로 여러 연예 기획사에 대한 자잘한 정보들이 적혀 있었는데, 배우들의 사생활이나 연애 이야기, 그리고 사람들은 잘 알지 못하는 비화들이 기록되어 있었다.

주혁은 자기도 모르게 입술을 핥고는 내용을 읽어나갔다. 사실 지금 하고자 하는 일과는 크게 상관없는 자료였지만, 흥미로만 따지면 이 부분이 최고였다.

"아, 진짜 얘하고 얘가 사귀는구나. 호오… 음? 뭐야. 이건 그냥 뜬소문이었나 보네?"

주혁은 작년에 돌았던 연예계 X파일 생각이 났다. 그 당시 정말 연예계가 발칵 뒤집어졌었다.

이 자료는 대부분 확인된 내용만 다루고 있어서인지 분량은 훨씬 적었다.

확인되지 않은 내용은 거의 없었고, 있어도 미확인이라는 표시가 분명히 되어 있었다.

종이가 뚫어져라 한참을 쳐다보던 주혁은 갑자기 머리를 긁적이며 멋쩍게 웃었다. 자기도 모르게 X파일에 있었던 내용이 사실인지 확인하고 있었던 것이다.

"허. 이거 참, 나도 별수 없나 보네."

주혁은 머리를 흔들고는 다시 자료 검토에 집중했다. 그런데 배우들 이야기 말미에 재미있는 이야기가 적혀 있었다. 확인된 사실은 아닌데, X파일이 돈 것이 엔터하이의 작품일 수도 있다는 거였다.

인수 합병에 반대하는 회사에 경고하는 차원에서 이루어진 거라는 소문이 있다고 했다. 그러면서 실제로 X파일 사건 이후에 엔터하이에 인수 합병된 회사 목록과 소속 배우와의 상관관계를 도표로 보여주고 있었다.

"이건 설사 그렇지 않더라도 오해를 할 수 있겠는데?"

X파일에 좋지 않게 적혀 있던 배우들이 있던 회사 중 몇 회사가 엔터하이에게 먹혔다.

하지만 인수 합병되지 않고 오히려 배우가 더 승승장구하는 경우도 있어서 꼭 그렇게 보기도 어렵다는 의견도 적혀 있었다.

"의심은 가지만 확실치는 않다 이거네."

어찌 되었건 엔터하이가 상당히 공격적이라는 사실은 변함없었다. 주혁이 서류를 뒤적이고 있는데 갑자기 뒤에서 아주 익숙한 목소리가 들렸다.

"어이, 아저씨. 수업 안 들어가고 이런 데서 뭐 해?"

주혁은 황급히 자료를 책가방에 넣었다. 학교 내에서 주혁을 이렇게 부르는 사람은 딱 한 명밖에 없었다. 두 학번 위인 양선화였다. 그녀는 여느 때와 마찬가지로 야전 상의를 입고 껄렁껄렁 걸어오고 있었다.

"어. 이제 들어가야지."

주혁은 가방을 둘러메고 자리에서 일어났다. 양선화는 가자미눈을 뜨고 주혁을 쳐다보았다. 하는 행동이 영 수상하다는 얼굴이었다.

"야한 거 봤어?"

"무슨. 그런 거 아니야."

"에이, 맞는 거 같은데? 아니면 어디 줘봐."

그건 안 될 말이다. 아무리 양선화가 털털하고 남자 같은 성격이라지만, 여자에게 이런 정보가 넘어갔다가는 난리가 날 것이다. 아마도 오늘 내로 전 국민이 이 이야기를 알게 되지 않을까 싶었다.

그렇다고 무작정 숨기면 나이 먹고 학교 벤치에서 야한 거나 보는 이상한 남자가 될 것이다. 그건 정말 싫었다.

주혁은 자료를 꺼내서 양선화의 눈앞에서 흔들었다.

“엔터테인먼트 산업 관련 자료야. 내가 배우를 하니까 좀 알아둬야 할 것 같아서 구한 자료.”

주혁은 종이를 넘기면서 안의 내용도 조금 보이게 했다. 물론 뒷부분까지는 넘어가지 않게 주의했다. 그제야 양선화는 고개를 끄덕였다.

“난 또 뭐라고. 좀 봐도 돼?”

“그건 좀 곤란해. 돌리지 않겠다고 약속하고 받은 자료라서.”

다행히도 양선화는 별다른 의심을 하거나 더 조르지 않았다.

“중범이가 오늘 수업 일찍 끝나지?”

“오후에 우리보다 하나 먼저 끝나지. 왜?”

“아니야.”

양선화와 주혁은 잠시 잡담을 하면서 같이 걸어가다가 강의실로 가는 방향이 달라 중간에서 헤어졌다.

수업을 모두 마치고 주혁은 다른 연예 기획사를 돌아다녀 봤다. 아는 인맥을 통하니 구경하는 정도는 어렵지 않았다. 그와 친분이 있는 유명인도 제법 되었으니까.

그런데 돌아다녀 보니 기 대표가 얼마나 안목이 뛰어난 사람인지 알 수 있었다.

"확실히 기 대표의 능력은 인정할 수밖에 없네요."

"기 대표가 눈 좋기로 이 바닥에서 유명하긴 하지. 그런데 거기 애들이 그렇게 잘하나?"

오늘은 안형진과 함께 움직이고 있었다. 비록 소개를 받았다고 해도, 무명의 단역 배우 혼자서 가면 누가 신경이나 써 주겠는가. 그래도 무언가 보고 이야기를 좀 들으려면 안형진 같은 중견 배우 정도는 되는 사람과 움직여야 가능한 일이었다.

그런데 주혁이 하도 기재원 회사의 아이들 칭찬을 하자 안형진은 궁금하다는 듯 물었다.

사실 그래 보였다. 이곳이 오늘 방문한 두 번째 연예 기획사였는데, 기 대표 회사의 연습생 수준과 비교하니 제법 격차가 있었다.

그건 전에 들렀던 회사 연습생도 마찬가지였다. 두 곳의 회사만 들러 보았으니 속단하기는 이르지만, 기 대표네 연습생이 뛰어나다는 건 확실한 듯했다.

그리고 기 대표가 예전에는 정말 굉장했었다는 게 이쪽에서 오래 있었던 사람들의 공통된 평이었다.

"나중에 가서 한번 보시죠. 아마 선생님도 보시면 좋아하시게 될 겁니다."

"연기만 한 중늙은이가 뭘 안다고. 나는 괜찮네."

안형진은 허허 웃으면서 됐다고 했다. 하지만 주혁은 강하게 권유했다. 나중에 크게 될 아이들이니까 한번 봐두시라고. 주혁이 워낙 강하게 이야기하자 안형진도 살짝 마음이 동하는 모양이었다. 그래서 결국 나중에 같이 방문하기로 했다.

그날 이후로도 주혁은 시간이 될 때마다 기획사에 가서 직접 어떤지 살펴보았다. 인맥이 넓은 손강호나 유혜수의 도움을 받기도 했다. 특히 유혜수는 가수들도 아는 사람이 많아서 도움이 되었다.

하지만 영화 홍보 때문에 워낙 바빠서 시간을 낸 건 두 번 정도였다. 그것도 저녁에 잠깐 시간을 내서 들렀다가 곧 이동해야 할 정도였다. 그런데 돌아다니면서 알게 된 건 기재원이 대표로 있는 아토 엔터테인먼트의 시스템이 굉장히 체계적이라는 점이었다.

그리고 어디를 가봐도 아토 엔터테인먼트에서 본 아이들 같은 실력과 감흥은 느낄 수가 없었다. 어찌 보면 당연한 것일 수도 있을 터이다. 재능과 노력, 치열한 경쟁, 거기다가 체계적인 시스템과 지원까지 더해졌으니 오죽하겠는가.

주혁은 천재 기획자 소리를 듣던 기 대표가 실패한 후에 얼마나 이를 갈았는지 알 수 있었다. 그래서 아토 엔터테인먼트

와 계약하기로 마음먹었다. 성장성이 좋을 듯하고 역량도 충분해 보였다. 무엇보다도 사람들이 마음에 들었다.

그렇게 마음을 굳히고 집으로 향하는데 전화벨이 울렸다. 액정을 보니 건물 관리 회사였다.

"여보세요?"

—예, 사장님. 여기 관리 회삽니다.

"예. 무슨 일이시죠?"

—다름이 아니라요. 여기 학원이 이전을 한다고 하네요. 그래서 상의드리려고 연락했습니다.

주혁의 건물에 들어있는 미술 학원은 3층부터 5층까지를 사용하고 있었다. 이야기를 들으니 이번에 다른 곳으로 확장 이전을 한다는 거였다. 나가는 건 5개월 이후지만 덩치가 있으니 미리 준비해야 했다.

—어떻게, 통째로 드는 방향으로 할까요? 아니면 층별로 나눠서 진행할까요?

주혁은 잠시 고민이 되었다. 건물의 세 층이나 사용하는 경우는 그리 많지 않다. 학원이나 병원 정도 말고는 딱히 생각나지 않았다.

일단은 시간도 많이 남았으니 통째로 입주할 곳을 알아보기로 했다.

"일단 통으로 가죠. 학원이나 병원 정도겠죠?"

—아마 그럴 겁니다. 길가에 있으니 수요가 있을 겁니다.

"예. 그럼 그렇게 해주세요. 아, 혹시나 해서 말씀드리는 건데 이상한 거는 절대 사절입니다."

—아이고, 그럴 리가 있겠습니까. 제가 사장님 어떠신지 잘 아는데요. 그 점은 걱정하지 않으셔도 됩니다. 진행하다가 연락드릴 일이 있으면 바로 알려드리겠습니다.

"예. 그럼 수고해 주세요."

주혁은 사행성 게임이나 야릇한 술집 같은 건 절대 사절이었다. 그런 가게가 들어오면 건물 전체 이미지가 나빠진다. 자신이 그런 걸 싫어하는 건 물론이고, 다른 층에 있는 가게에도 피해가 간다.

"아니, 무슨 바다 이야기니 황금성이니 그런 데 사람들이 빠져가지고는……."

규제되고 있는데도 버젓이 영업하는 곳이 아직도 보였다. 워낙 벌이가 좋다 보니 그런 모양이었다. 아무리 돈이 좋아도 그런 식으로 남의 돈을 갈취하는 건 아니라는 생각이 들었다. 사실 사기나 마찬가지 아닌가.

주혁은 전화를 끊고 잠시 자신의 카페에 들러 커피를 한 잔 마셨다. 커피에 대해서는 잘 모르지만, 장사가 제법 잘되는 걸 보면 매니저인 바리스타가 실력이 있는 듯했다.

*   *   *

"가관이다, 가관이야."

주혁은 방에서 나와서 거실을 보고는 한숨을 내쉬며 중얼거렸다.

거실에는 소주병이 몇 병 굴러다니고 있고, 소파와 바닥에 이승효와 권중범이 자빠져 있었다. 권중범은 아주 드르렁드르렁 코까지 골면서 자고 있었다.

어제 이 정도까지 마실 생각은 아니었다. 1차로 삼겹살을 먹고 2차로 주점에 갔다. 애들은 소주만 들입다 부어댔다. 거기서 딱 끝냈으면 좋았을 것을 어떻게 같이 자리하게 된 이승효가 자꾸 한잔 더 하자고 졸라댔다.

이승효 한 명이었으면 잘 달래서 보내거나 가볍게 맥주나 한잔하고 끝냈을 것이다.

똥개는 한 번 필 받으면 계속 달리는 스타일인 듯했다. 하기야 음악 하는 친구이니 그런 스타일인 게 이해되기도 했다.

여자들은 그만하자고 하다가 먼저 돌아갔다. 선화는 중범에게 집이 같은 방향이니 같이 가자고 했는데, 중범은 술 생각에 그러지 않았다.

그렇게 중범이라는 놈과 이승효는 짝짜꿍이 맞아서 3차에서도 끝내지 않고 주혁의 집에서 한잔 더 하자고 졸라댔다.

술이 얼큰하게 취해서 주혁이 안 된다고 해도 듣지를 않았다.

결국 소주 몇 병을 더 사서 주혁의 집에서 술을 마셨다. 주혁은 오늘 아토 엔터테인먼트에 가기로 약속이 되어 있었던 터라 술을 자제하고 있었다. 그런데 이 녀석들이 자꾸 권해서 중간에 먼저 방에 들어와서 잤다.

그렇게 얼마의 시간이 지났을까. 코 고는 소리에 잠에서 깨서 나와 보니 거실이 난장판이 되어 있었다.

프라이팬으로는 안주를 만들어 먹으려고 했는지 정체불명의 음식이 담겨 있었다. 계란에 햄에 고추장까지.

보아하니 이거저거 다 넣고 했다가 맛이 없어서 먹지 않은 듯했다.

"잘한다, 잘해. 야, 이 화상들아! 일어나!"

약속 시각은 아직 많이 남았지만, 술에서 덜 깬 녀석들이니 지금부터 독촉해야 할 것 같았다. 어차피 집에서 뭘 하는 건 그렇고 근처에 있는 닭곰탕 집에 가서 해장이라도 해야겠다고 생각했다.

주혁이 소리를 질렀지만, 둘은 일어날 기미도 보이지 않았다. 거실은 술 냄새가 진동해서 숨만 쉬고 있어도 취하는 느낌이 들었다.

"어우, 이 그지 발싸개 같은 자식들."

주혁은 도저히 안 되겠다는 생각에 창가로 다가갔다. 마음 같아선 창문을 있는 대로 활짝 열고 싶었지만, 비가 제법 많이 오고 있어서 그럴 수가 없었다. 비가 들이치지 않을 정도로만 적당히 열었는데, 서늘한 공기를 접하니 상쾌한 기분이 들었다.

그러나 자고 있었던 녀석들에게는 그저 춥게만 느껴지는 모양이었다. 몸을 웅크리더니 덮을 만한 것을 찾는 듯 손으로 여기저기를 더듬었다. 하지만 소파와 바닥에 무슨 특별한 게 있겠는가.

이승효는 차가운 공기에 몸을 부르르 떨더니 자리에서 일어났다. 아직 정신을 잘 차리지 못하겠는지 거의 감긴 눈으로 좌우를 둘러보았다. 그러다 주혁을 발견하고는 꾸벅 인사를 했다.

"일찍 일어나셨네요? 형님, 먹을 거 좀 없어요? 속 쓰리네요. 허음~"

"일단 가서 씻기나 해라. 그 정신에 잘도 먹을 걸 찾는다."

하여간 뻔뻔하기로는 국가 대표 급인 녀석이었다. 이승효는 머리를 벅벅 긁으면서 일어나서 화장실로 걸어갔다. 주혁은 중범은 왜 일어나지 않나 하고 쳐다보았다가 실소를 금할 수 없었다.

근처에 있던 신문지를 한 장 덮고는 아주 행복한 얼굴로 자고 있었기 때문이다. 화가 나면서도 그냥 피식피식 웃음이 나왔다. 주혁은 천천히 다가가서는 권중범의 엉덩이를 냅다 발로 찼다.

퍼엉!

"으에에엑~!"

풍선 터지는 소리와 함께 게임에서 오크가 비명을 지르는 것 같은 소리가 났다. 중범은 벌떡 일어나더니 사방을 둘러보았다. 그러다 팔짱을 끼고 자신을 노려보는 주혁을 발견하고는 멋쩍은 듯 웃으면서 인사를 했다.

"일어나셨어요?"

"너도 가서 씻어라. 화장실에 승효 있으니까, 넌 방에 들어가서 씻어."

중범은 겸연쩍어하면서 슬그머니 몸을 움직였다. 둘이 씻으러 들어간 사이에 주혁은 거실을 정리했다. 프라이팬을 제외하고는 대부분 버릴 것들이라 치우는 데 그다지 시간이 걸리지는 않았다.

둘이 나왔을 때는 어제 왔을 때처럼 거실은 말끔해져 있었다.

"나가서 닭곰탕이나 먹자."

"비도 오는데 그냥 짬뽕이나 시켜먹죠?"

승효는 나가기가 귀찮은 모양이었다. 그 말에 밖을 보니 진짜 비가 너무 많이 오고 있었다. 바람도 강해서 빗방울이 창을 세차게 때렸는데, 창에 맺힌 물방울이 쉴 새 없이 아래로 흘러내리면서 여러 개의 선을 그리고 있었다.

"그래. 비도 많이 오고 하니 그냥 시켜서 먹자."

일요일이긴 했지만 금방 배달이 왔다. 11시가 조금 넘은 시간이라 바쁘진 않았던 모양이었다.

승효는 절반 정도 먹고 나머지는 남겼고, 중범은 국물에 밥까지 말아서 싹싹 비웠다.

배가 든든하니 표정이 한결 여유로워졌다. 원래 배가 부르면 세상이 긍정적으로 보이는 법 아닌가.

셋은 편한 자세로 TV를 보았다. 그러다 중범이 전화를 받고는 먼저 가보겠다고 나갔고, 주혁도 약속시각이 되어가 슬슬 준비를 시작했다.

그런데 갑자기 전화가 울렸다. 액정을 보니 소민이었다.

"소민아, 어쩐 일이야?"

—아저씨, 그날 왜 먼저 갔어요?

17일에 쇼가 끝나고 왜 보러오지 않았느냐는 말이었다. 그날은 워낙 취재하려는 사람도 많았고, 인사를 하려고 기다리는 사람도 많아서 그냥 돌아왔었다.

"사람들이 너무 많아서. 그래서 문자 남겼잖아."

—그래두요. 그건 그렇고, 아저씨 오늘 뭐 해요?

"오늘? 어디 좀 갈 데가 있는데. 왜 그러는데?"

—그래요? 후웅, 오늘 시간이 나서요. 비가 와서 일정이 취소되었거든요. 그래서 아저씨 볼까 했는데.

주혁은 오늘은 일이 있으니 다른 날 약속을 잡으려고 했다.

그런데 소민의 어머니가 핸드폰을 들고는 사정 이야기를 했다. 곧 대회 준비를 하느라 캐나다로 떠나야 해서 당분간은 볼 수가 없다는 거였다.

—출국하기 전까지 시간을 낼 수가 없어서요.

사정이 그렇다면 오늘 보기는 해야 할 것 같았다. 주혁은 잠시 고민하다 양해를 구했다.

"제가 오늘 연예 기획사에 들를 일이 있거든요. 그게 언제 끝날지 알 수 없어서 그런데, 거기 같이 데리고 가도 될까요?"

—주혁 씨가 잘 챙기겠다고 하면 저는 상관없어요.

어차피 비가 와서 밖에 돌아다니지는 못할 것 같고 가서 연습생을 보여주는 것도 좋을 것 같아 그런 제의를 했다. 소민이 아이돌을 좋아하는지는 모르겠지만, 그 연습생들이라면 분명 좋아할 것 같았다.

지금 출발하면 소민을 데리고 움직여도 시간에 늦지는 않을 듯했다.

주혁은 기 대표에게 연락해서 사정을 이야기했고, 기 대표는 껄껄 웃으면서 염려 말고 같이 오라고 흔쾌히 대답했다.

후딱 준비를 마치고 밖으로 나왔는데 승효가 재빨리 다가왔다.

"가지요, 형님."

"그래. 어서 나가자."

주혁은 당연히 승효가 자기 집으로 돌아가는 건 줄 알았다. 그런데 떡하니 주혁의 차에 올라탔다. 주혁은 어이없다는 표정으로 승효를 쳐다보았다.

"너는 왜 타는데?"

"연예 기획사 간다면서요. 가서 구경 좀 하려구요."

주혁의 표정이 일그러지자 승효는 재빨리 말을 덧붙였다. 그냥 구경만 할 건데 그쪽에서 설마 뭐라고 하겠느냐면서. 그리고 한 명 더 데리고 가니 자기 하나 더 끼어도 상관없지 않으냐면서.

"요즘 기획사는 어떤지 좀 보고 싶어서 그래요. 이 동생이 그래도 나름 작곡과 아니유. 이쪽 돌아가는 것도 좀 알아놓고 그래야 밥은 먹고살 것 같아서 그러는 거라니까요."

그렇게 이야기하니 거절하기 그랬다. 무리한 부탁도 아니었고, 누구는 데리고 가고 누구는 안 된다는 게 좀 이상하지 않은가.

"그런데 누구랑 같이 가는 건 어떻게 알았냐?"

"방문 열어놓고 그렇게 크게 통화를 하는데 누가 몰라요. 오늘 비 와서 차 막혀요. 빨리 출발하슈."

주혁은 피식 웃으면서 또다시 기 대표에게 연락했다. 뻔뻔하기는 해도 밉지는 않은 놈이었다.

연락해서 사정을 설명하자 몇 명이든 상관없으니 신경 쓰지 말라는 답변을 들었다.

주혁은 통화를 마치고 자동차 키를 돌렸다. 주혁의 차는 소형차였다. 대학생에 무명의 단역 배우가 좋은 차를 타고 다니는 것도 이상해서 적당한 것으로 장만해 두고 있었다.

그리고 차가 있어도 주로 걸어 다니거나 대중교통을 이용했다. 사람들을 살필 수 있기 때문이었다. 주혁에게는 사람 살아가는 향기를 느끼는 게 다 공부였고, 즐거움이었으니까.

차로 이동해서 소민을 태웠는데 승효가 있자 처음에는 조금 낯설어했다. 하지만 뻔뻔한 거로는 둘째가라면 서러운 승효 아닌가. 말도 붙이고 노래도 불러주고 하니 10분도 지나지 않아서 오래 알고 지낸 사이처럼 친해졌다.

"공연하는 거 보니까 정말 좋아졌더라. 다른 것보다 웃으면서 하니까 훨씬 예뻐 보여."

"그렇죠? 다 코치님하고 안무가 선생님 덕분이에요. 코치님도 좋고, 안무가 선생님도 정말 좋아요."

소민은 캐나다에서 연습한 이야기를 열심히 설명했다. 우리나라는 코치 한 명이 전부 가르치는데 거기는 아주 체계적으로 지도한다고 했다.

"점프 코치가 따로 있구요, 스핀 코치도 따로 있어요. 스케이팅 코치와 안무 코치도 있구요."

분야를 나누어서 전문가들이 가르치니 훨씬 좋다고 했다.

가만히 생각해 보니 소민과 연습생 아이들이 참 비슷하다는 느낌이 들었다.

천부적인 재능에다가 노력하는 자세, 거기에다가 체계적인 지원까지 받아서 꽃을 피우기 직전이라는 점까지.

아니, 소민은 이미 꽃봉오리가 터진 걸로 보아야 맞을 듯했다. 그렇게 생각하니 그런 재능 있는 아이들을 모으고 교육한 기재원 대표가 참 대단하다는 생각이 들었다.

"소민이가 가서 보면 좋아할 만한 애들이 있어. 동갑인 아이도 있는 것 같던데."

"그래요? 어떤 애들인지 궁금하다. 히히히."

소민은 또래를 만난다는 사실에 기분이 좋은 듯했다.

하긴 계속 연습을 하느라 친구다운 친구를 사귈 시간도 없었을 것이다. 그것은 연습생 아이들도 마찬가지이겠지만.

그러니 비슷한 처지에 있는 아이들끼리 친구를 하면 좋을 것 같기도 했다.

"그런데 아저씨가 메일 보냈다면서요?"

"메일? 무슨 메일?"

"안무가 선생님이 그러시던데. 메일 받고 저 가르치기로 결정했다구요."

소민은 안무가인 데이비슨이 한 말이 기억났다. 처음에는 소민을 맡지 않으려고 했는데 한 통의 메일을 받고서 마음을 바꾸었다는 것이다. 그 메일을 보낸 사람이 바로 주혁이었다.

"아, 그거. 너희 어머니가 얘기하시더라고. 그리고 알아보니까 굉장히 유명한 안무가인 것 같던데?"

"그럼요, 굉장히 유명한 분이세요."

"그래서 그런 사람이 소민이를 담당하면 좋을 것 같아서 메일을 보냈지. 직접 찾아갈 수 없었으니까."

메일 내용은 길지 않았다. 그저 소민이는 재능이 있고, 그 재능을 제대로 뒷받침해 줄 사람이 필요하다는 내용, 그리고 웃으면서 연기하는 행복한 선수가 되었으면 좋겠다는 말이 전부였다.

안무가인 데이비슨은 소민을 행복한 선수로 만들어 달라는 말에 크게 감동받았다. 그래서 결심했다. 이 멋진 재능을 가진 아이를 맡아보기로.

첫 일주일 동안 소민을 웃기기 위해서 별난 짓을 다했다. 그래서 소민은 처음에는 데이비슨을 이상한 사람으로 생각했다. 왜 이렇게 자기를 웃기지 못해서 안달일까 하면서.

그런데 나중에 긴장을 풀어주려고 그랬다는 이야기를 듣고 나서 자신은 정말 행복한 사람이라는 생각이 들었다.

부모님 말고도 자신을 위해서 이렇게 마음 써주는 사람이 있다는 게 얼마나 든든한 일인가.

소민은 그런 사람들을 위해서라도 꼭 좋은 성적을 거두리라 다짐하면서 조막만 한 손을 꼬옥 쥐었다.

이야기하다 보니 어느새 아토 엔터테인먼트에 도착하게 되었다. 안으로 들어가니 기 대표가 마중을 나와 있었다. 그도 김소민 선수에 대해서는 잘 알고 있었다. 그래서인지 평소에도 유쾌한 사람이었지만, 유난히 즐거운 표정이었다.

소민을 안내하면서 기 대표는 무척 홍분한 목소리로 떠들었다. 우리나라에서 소민 같은 선수가 나온 건 하늘의 축복이라느니, 꿈만 같은 일이라느니 하는 이야기를 해서 사람들의 손발을 오그라들게 했다.

소민이 연습생을 보고 싶다고 하자 그는 바로 아이들이 연습하고 있는 곳으로 안내했다. 아이들은 신곡 연습을 하고 있었다.

작곡가의 반주에 맞추어 노래를 부르고 있었는데, 기 대표는 조용히 사람들을 데리고 들어갔다.

소민은 신기한 듯 구경했고 나머지는 조용히 음악을 들었다. 그런데 주혁이 듣기에는 예전 곡보다 많이 못한 듯했다. 전에 부른 곡들이 워낙 유명한 곡이어서 그런지 지금 부르는 곡은 많이 부족한 느낌이었다.

기 대표에게 조용히 물어보니 아직 완성된 곡은 아니고, 스케치에서 조금 더 나간 거라고 보면 된다고 했다. 주혁은 잘은 몰랐지만 덜 다듬어진 곡이라는 정도로 받아들였다.

"마지막은 어그멘티드보다는 서스포가 나을 것 같은데."

똥개가 턱을 쓰다듬으면서 중얼거렸다. 그 이야기를 알아들은 사람은 방 안에 몇 명 되지 않았다. 그런데 건반을 치고 있던 작곡가가 갑자기 무언가를 생각하더니 건반을 쳐보았다. 그러고는 고개를 끄덕이다가 승효를 쳐다보았다.

"자네, 이리로 좀 와보지?"

작곡가가 손짓하자 이승효는 옆으로 가더니 신이 나서 이야기를 했다. 주혁이 듣기에는 전부 외계어였다. 그런데 둘은 다른 사람들은 신경도 쓰지 않고 계속해서 이야기하고 건반을 두드리고를 반복했다.

"그렇게 되면 사비가 좀 약해지지 않아?"

"하긴 그럴 수도 있겠네요. 그럼 여기서 전조를 하고, 이렇게 넣으면……."

기 대표는 둘이 그들만의 이야기에 빠져들자 사람들에게 조용히 밖으로 나오라고 손짓했다. 사람들은 하나둘 슬그머니 자리를 피해주었다.

밖으로 나온 일행은 비어 있는 연습실로 움직였는데, 그러는 동안에도 둘은 계속해서 건반을 두드리고 있었다.

"그런데 갑자기 끼어들어서 저래도 되나 모르겠네요. 작곡하신 분이 기분 나쁠 수도 있는 건데."

"아, 그런 거 신경 안 쓰는 친구니까 걱정하지 않아도 돼. 완성된 곡에 대해서는 굉장히 까다롭지만 그전에는 일부러 다른 사람에게 물어보고 바꿔보기도 하니까."

주혁은 혹시 승효가 실수를 한 게 아닐까 싶었는데 다행히도 그러진 않은 듯했다. 하긴 그랬으면 처음 이야기했을 때 화를 냈을 터였다.

"맞아요. 저희한테 가끔 물어보시기도 해요."

저번에 한 번 봐서인지 아이들도 주혁에게 편하게 말을 붙였다. 다만 소민은 아이들이 몰라서 약간 겉도는 느낌이 들었다.

"애들이라서 그런지 금방 친해지는데요?"

"이럴 때 보면 정말 애들 같다니까. 보기 좋네, 보기 좋아."

주혁과 기재원 대표는 소민과 다섯 아이가 까르르거리면서 이야기하는 모습을 지켜보면서 중얼거렸다. 뭐가 그렇게 재미있는지 몇 마디 하다가는 다들 깔깔대면서 웃었다.

아이들이 이렇게 친해지게 된 건 몇 분 사이에 일어난 일이었다. 이승효와 작곡가가 이야기하도록 연습실에서 나왔는데 연습생 중 한 명이 소민을 알아보았다. 그 아이가 옆에 있는 연습생의 팔을 찰싹찰싹 때리면서 호들갑을 떨었다.

김소민 선수라고 이야기하자 다른 두 명이 소민의 얼굴을 보더니 화들짝 놀랐다. 그리고 나머지도 신기하다는 표정이었다. 얼굴은 몰라도 이름 정도는 들어본 모양이었다. 아마도 며칠 전에 방송에 나온 게 영향이 컸었나 보다.

그때부터는 난리가 났다. 마치 연예인 보듯 아이들이 달라붙어서 소민에게 질문해 댔다. TV에 나오는 사람, 그것도 또래를 보니 오죽 신기하겠는가.

그런데 복도에서 시끄러운 소리가 나자 방문을 열고 한 남자가 고개를 쏙 내밀었다. 남자 그룹 댄스 레슨을 하던 선생님이었는데 기 대표가 얼른 죄송하다고 하고는 아이들을 몰고 빈 연습실로 들어갔다.

덕분에 아이들은 연습실에 모여 신 나게 수다를 떨게 된 것이다.

"그런데 여기는 정말 교육이 체계적인 것 같네요. 다른 데를 몇 군데 다녀봤는데 여기처럼 잘되어 있는 곳은 못 본 것 같아요."

"고생 좀 했지. 우리나라에서는 참고할 만한 시스템이 없으니까 외국도 많이 돌아다녔고. 하이고, 말도 마. 외국에도 참고할 만한 게 별로 없어서, 다른 분야 자료까지 수집하느라고 얼마나 고생을 했는지."

기 대표는 특히 스포츠 분야를 많이 참고했다고 말했다. 그걸 전부 분석해 아이들의 상황에 맞게 적용하는 작업을 했단다. 지금 생각해도 질리는 일이었는지 몸을 부르르 떨면서 고개를 크게 흔들었다.

주혁이 이야기를 듣다가 옆을 보니, 아까 고개를 내밀었던 사람이 댄스 수업을 하고 있었다.

키는 그다지 크지 않은 남자였는데, 그가 추는 춤은 처음 보는 것이었다. 뭔가 굉장히 신 나고 익살스럽게 보이는 춤이었다.

"락킹이라고 하는데, 일반인은 잘 모르는 춤이야."

"재미있어 보이는데요?"

기 대표는 표현력이 풍부해지려면 다양한 방식을 접해봐야 한다면서 최고의 전문가들을 초빙해서 교육하고 있었다. 이 남자도 그중 한 명이었다.

주혁은 자신이 연기를 위해서 온갖 경험을 해본 일이 떠올라서 미소 지었다.

사장실로 올라간 기 대표와 주혁은 매니지먼트에 관해서 잠시 대화를 나누었다. 기 대표는 허심탄회하게 이야기했다.

무조건 회사가 좋으니 오라는 이야기가 아니라, 지금이 어떤 상황인지도 대부분 말해주었다.

자금 사정이 그렇게 좋은 편은 아니라는 점, 하지만 일 년 정도는 문제없다는 사실도 이야기했다. 그리고 여자아이들부터 데뷔를 시키려고 하는데, 곡이 제대로 나오지 않아서 걱정이라는 말도. 그래서 주혁에게 사실 기대를 좀 한다는 이야기도 했다.

"1년 정도면 어느 정도 인지도를 얻을 수 있지 않을까 해서. 그러면 당장 큰돈은 되지 않더라도 투자를 받는 데 아무래도 용이하겠지."

"그런 이야기를 이렇게 다 하셔도 되는 건가요?"

주혁은 웃으면서 되물었다.

"나중에 알면 서로 불편해질 텐데 뭐 하러 숨기겠나. 그럴 거면 아예 시작하지 않는 편이 나아. 내 경험상으로는 그래. 뭐, 그러다가 몇 명 놓치기도 했지만 말이야."

기 대표는 속 쓰린 이야기를 하면서도 유쾌하게 껄껄대며 웃었다. 주혁은 그런 기 대표에게 더욱 믿음이 갔다.

스타가 되는 건 누구도 알 수 없는 일이다. 당장 다음 달에 될 수도 있고, 몇 년이 지나도 그대로일 수 있다.

그런데 그 순간 주혁에게 아주 좋은 생각이 떠올랐다. 가만히 생각해 보니 기 대표가 가장 적임자라는 생각이 들었다.

"대표님, 혹시 스포츠 매니지먼트 해볼 생각 없으세요?"

"스포츠?"

갑작스러운 말에 기 대표는 눈을 껌뻑거렸다. 지금 무슨 말을 하는 거냐는 표정이었다. 주혁은 진지한 표정으로 이야기했다.

"소민이가 아직 소속사가 없거든요. 아무래도 시니어가 되었으니까 매니지먼트 회사가 필요하긴 해서요. 그런데 국내 회사는 아직 없고, 외국계 회사는 어쩐지 믿을 만하지가 않더라고요."

"스포츠 매니지먼트라. 같은 매니지먼트라고 해도 전혀 다른 분야나 마찬가지인데……."

물론 그렇다. 같은 운동이라고 해도 야구와 농구, 축구가 다 다른 것처럼.

국내에는 스포츠 매니지먼트 회사가 없다. 어차피 처음 시작해야 하는 거라면 기 대표가 적임이라는 생각이 들었다. 아토 엔터테인먼트의 시스템을 보니 그런 믿음이 생겼다.

게다가 말은 전혀 다른 분야라고 했지만, 기 대표의 눈빛에는 강한 열망이 이글거리고 있었다. 잠자고 있던 도전 정신과 천재의 승부욕이 발동한 게 느껴졌다.

세상에는 여러 종류의 사람이 존재한다. 일단 평생 안전한 길로만 다니는 사람이 있다. 안전한 점수의 학교에 지원하고,

공무원이 되어서 무난하게 사는 사람. 그런 삶이 결코 나쁜 건 아니다. 하지만 기 대표는 그런 종류의 인간이 아니었다.

그는 도전해서 쟁취하고 이루는 걸 즐기는 사람이었다. 그렇지 않았다면 연예계로 들어오지 않았을 것이고, 실패하고 나서 재기하지도 못했을 것이다. 그런 그의 본성에 불이 붙고 있는 거였다.

그렇지만 대부분의 열망은 현실에게 외면당한다. 나이를 먹을수록, 그리고 하고자 하는 일의 규모가 클수록 더 그렇다. 그래서 기 대표도 타오르던 심장을 식히면서 이야기해야 했다. 그의 말에는 진한 아쉬움이 눅눅하게 배어 있었다.

"솔직하게 말하면 해보고 싶기는 한데 지금은 자금이 부족해서 어렵겠어. 이게 생각만 가지고 시작할 수 있는 일이 아니라서."

기 대표는 김소민 선수라면 계약만 맺으면 투자를 받을 수도 있을 거라고 했다. 하지만 어디까지나 예상에 불과하고, 생각처럼 일이 풀리지 않을 수도 있는 거였다. 그러니 어린 선수의 장래를 담보로 그런 모험을 할 수는 없다고 했다.

"일단 소민이에 대한 부분은 제가 투자하는 걸로 하겠습니다."

주혁의 말에 기 대표가 깜짝 놀랐다. 대학생에 단역 배우로 알고 있던 사람이 별안간 투자하겠다고 하니 어안이 벙벙했다. 금액이 얼마가 들지 자세하게 따져 봐야겠지만, 전담 인력을 배치하고 이런저런 활동도 해야 하니 적은 금액은 아닐 터였다.

"자네에게 그런 돈이 있나? 최소한 5억 원은 들 것 같은데. 그 이상이 될 수도 있고."

사실 그것도 기 대표가 최소한으로 잡은 거였다. 스포츠 파트를 아예 따로 꾸려야 하니 초창기 세팅 비용이 만만치 않을 테니까.

하지만 주혁의 표정은 크게 변하지 않았다. 은행 잔액이 10억 원이 넘었으니까. 그리고 여차하면 가지고 있는 주식을 조금 처분해도 되고.

"그 정도는 충분히 감당할 수 있습니다. 물려받은 재산이 조금 되거든요."

맞는 말이기는 하다. 조상님이 물려준 상자 덕분에 벌게 된 돈이니까. 그리고 소민에게는 빚진 것도 있고 해서 잘 보살펴 주려고 했으니 마침 잘되었다는 생각이 들었다.

그러면서 문득 쌍둥이 여동생이 지금 있으면 정말 잘해주었을 텐데 하는 생각이 떠올랐다. 하지만 기 대표와 이야기를 계속 나누어야 해서 상념에 빠질 여유는 없었다. 그리고 가장 중요한 건 소민과 부모님의 의사였다. 그래서 일단 소민과 부모님에게 이야기를 먼저 하기로 했다.

* * *

이야기를 들은 소민, 특히 어머니는 조금 망설여지는 듯했다. 아무래도 외국계 회사가 규모로 보나 시스템으로 보나 훨씬 좋아 보였기 때문이다. 어머니가 쉽게 거절하지 못하고 있는 건 그동안 주혁에게 신세를 진 게 너무 많아서였다.

하지만 마음은 이미 외국계 회사로 거의 기울어져 가고 있었다. 그동안은 자신이 모든 일정을 챙기고 보살펴 왔지만, 이제는 한계에 이르렀다. 소민이 더 성장하려면 자신의 힘으로는 역부족이었다. 그래서 외국계 회사로 결정하려는데 뜻밖에도 소민이가 강력하게 반대했다.

"왜? 주혁 씨가 있어서 그런 거니?"

"아니야. 아저씨가 있으면 좋긴 하지만, 그것 때문만은 아니야."

어머니는 소민이 워낙 주혁에게 의지를 많이 하니까 그런 모양이라고 지레짐작했다. 하지만 주혁이야 따로 인연을 이어나가도 문제없지 않은가.

그래서 소민을 잘 설득하려고 했다. 장래를 생각하면 아무래도 우리나라의 이름도 없는 회사보다는 경험과 자본이 풍부한 외국계 회사가 나을 거라고.

하지만 소민은 그렇지도 않다고 당당하게 반박했다.

"거기야 세계적으로 유명한 선수가 한둘이 아닌데 나한테 신경이나 쓸 것 같아? 이제 갓 시니어 무대에 데뷔하는 선수한테?"

소민의 어머니는 소민이 그런 이야기를 할 줄을 생각지도 못한 상황이라 무척 당황했다. 그런데 가만히 생각해 보니 아주 틀린 말은 아니었다. 하지만 그런 걸 참작해도 아토인가 하는 회사는 아니었다. 아토피가 생각나서 느낌도 좋지 않았다.

"그래도 경험하고 자본이 풍부한 회사가 좋지 않을까? 그래야 네가 활동하는 걸 체계적으로 지원해 줄 수가 있지."

"그 회사도 경험 많고, 시스템도 체계적이야. 돈은 아저씨가 책임진다고 했고."

소민은 아예 마음을 굳힌 듯했다. 소민은 의지가 굉장히 강한 아이였다. 그러니 지금 말로 해서는 해결이 나지 않을 듯했다. 어머니는 결국 일정을 하나 취소했다. 소민과 함께 아토 엔터테인먼트에 방문하기 위해서.

그렇게 방문하게 된 아토 엔터테인먼트. 소민의 어머니는 생각한 것보다 체계적으로 돌아가는 시스템에 적잖게 놀랐다. 분야가 다르기는 하지만 무척 인상적이었다. 각 분야마다 전담하는 선생님도 따로 있었고, 그 덕인지 아이들 실력도 아주 좋아 보였다.

물론 노래와 춤에 대해서 잘 알지 못한다. 하지만 춤을 추면서 노래하는 아이들을 보고 있으니까 자꾸만 소민과 겹쳐 보였다. 왜 그런지는 잘 모르겠지만 어쩐지 그랬다.

"여기 프로그램 보니까 나 캐나다 갔을 때 생각이 나더라고."

소민이는 여기 시스템이 캐나다에서 연습하는 시스템과 굉장히 흡사하다는 이야기를 했다. 그 이야기를 듣고 보니 이 회사가 조금 달라 보였다. 적어도 자세하게 알아보아야겠다는 생각이 들었다. 그리고 주혁이 끝까지 책임지고 지원하겠다는 말을 하니 조금 더 마음이 쏠렸다.

둘러보는 것을 마치고 기 대표와 주혁, 소민, 그리고 소민의 어머니가 이야기를 나누었는데, 얼마 있다가 소민이 애들하고 얘기하겠다면서 밖으로 나갔다. 아무래도 사업적인 이야기가 계속되다 보니 지겨웠던 모양이다. 이미 의사는 확실하게 들은 상태라서 그러라고 했다.

"이해하시겠지만, 아무래도 규모가 작은 게 부모 입장에서는 가장 걸리네요."

"어머님, 그만큼 유리한 점도 있습니다. 스포츠 부분은 이제 시작이니 저희는 소민이가 전부 아닙니까. 회사의 사활을 걸고 소민이에게 전력을 다할 겁니다. 만약 외국계 회사에 가시면 절대로 저희 회사 같지는 않을 겁니다."

사실 그건 그랬다. 그리고 자금은 주혁이 책임지겠다고 했으니 그 문제는 크게 걱정되지 않았다. 지금까지 주혁이 보여주고 도와준 것만으로도 그 말을 충분히 믿을 수 있었다. 그렇다고 하더라도 이곳이 소민에게 더 좋다는 확신을 할 수 없었다.

"좀 더 생각해 보고 결정하겠습니다. 아무래도 결정하기가 어렵네요."

"그러시지요. 소민이 장래가 걸린 일 아닙니까. 충분히 알아보시고 결정하세요."

주혁의 대답을 듣고는 어머니는 자리에서 일어나려 했다. 그런데 기 대표가 황급하게 어머니를 말렸다.

"잠시만 더 기다리시지요. 오실 분이 한 분 계셔서요. 혹시 지금 당장 나가 보셔야 되나요?"

"아니요. 그런 건 아니지만……."

"그러면 몇 분만 있으시지요. 거의 다 오셨다니까요."

소민의 어머니는 다시 자리에 앉았고, 주혁이 옆에서 새로운 안무에 관해서 이야기를 건넸다. 그리고 시간이 얼마 흐르지 않아 문이 벌컥 열리면서 백발의 신사가 안으로 들어왔다. 어머니는 깜짝 놀라서 벌떡 일어나면서 인사했다.

"어머! 공작님, 안녕하세요."

"처음 뵙겠습니다. 이종준이라고 합니다."

이종준은 중절모를 벗으면서 정중하게 인사했다. 공작은 소민의 이야기를 듣더니 그런 인재는 잘 보살펴야 한다면서 지원 사격을 약속했다. 그런 데는 기 대표에 대한 믿음도 있었고, 외국계 회사에 대한 좋지 않은 정보가 있어서이기도 했다.

"정말 어머님께 감사드립니다. 소민이를 저렇게 훌륭하게 키워주셔서요."

"어머, 무슨 그런 과찬의 말씀을. 제가 뭐 한 게 있나요. 소민이가 열심히 해서 다 잘된 거지요."

소민의 어머니는 굉장히 쑥스러워했다. 공작은 자리에 앉아서 일단 숨 좀 돌리자며 말하고는 따스한 차를 부탁했다. 아마도 소식을 듣고는 급히 달려온 모양이었다. 공작은 김이 모락모락 피어오르는 둥굴레 차를 한 모금 마시고는 입을 열었다.

"저는 소민 양이 세계적인 선수가 되었으면 합니다. 정말 이 나라의 보배 같은 아이 아닙니까. 어른들도 하지 못하는 걸 어린아이가 하고 있으니까요."

공작의 입에서 흘러나오는 중저음 목소리에는 따스하면서 진중한 향기가 있었다. 평생을 올곧게 살아온 어르신의 인생이 목소리로 우러나오고 있었다. 듣는 사람이 저절로 귀를 기울이게 되는 그런 매력이 있는 목소리였다.

"제가 스포츠에 대해서 뭘 알겠습니까. 제가 드릴 수 있는 말은 딱 한 가지입니다. 여기 기재원 대표는 제가 오래 보아 와서 잘 압니다. 제가 자신 있게 믿을 만한 사람이라고 말씀 드릴 수 있습니다."

나라에서 가장 존경받는 사람 중 한 명인 서민 공작님이 그렇게까지 이야기를 하니 마음이 상당히 돌아섰다.

그래서 무게 추가 아토 엔터테인먼트로 많이 기울게 되었다. 아직 도장은 찍지 않았지만, 마음은 거의 결정된 상태였다.

그렇게 페가수스와 엔터하이가 양분하고 있던 시장에 아토 엔터테인먼트라는 새로운 강자가 등장하게 되었다. 물론 아직은 아무도 그 사실을 알지 못하고 있었지만.

그때 소민이 밖에서 들어왔다. 연습생과 이야기를 다 한 모양이었다. 주혁은 배가 출출할 때도 되었으니 무얼 먹으러 나가자고 했다.

주인공이 소민이나 마찬가지였으니 그녀에게 의향을 물었다, 뭘 먹겠느냐고. 그러자 소민이 활짝 웃으면서 말했다.

"빵이요."

CHAPTER **11**

황태자

영화계의 관심사는 '한가위 흥행 대전의 승자는 과연 어떤 영화일까?' 였다. 2006년 추석은 목요일에서 토요일로 그다지 좋은 편이 아니었지만, 화요일이 개천절이라 최대 9일 동안 쉴 수 있는 황금연휴였기 때문이다.

이 황금연휴 기간에 천만 명 이상의 관객이 극장가를 찾을 것으로 예상되었으니, 그 기간의 흥행 성적에 관심이 쏠리는 건 당연한 일이었다. 영화계 관계자들은 일반적으로 3강의 판세를 예상하고 있었다.

3강으로 꼽힌 작품은 타짜, 라디오 스타, 가문의 부활 이렇게 세 작품이었다. 가문의 부활은 전작이 흥행한 데다 추석에는 코미디라는 공식이 있어서 기대치가 높았다. 라디오 스타 역시 톱스타 듀오에, 감동적인 이야기라는 점이 추석에 잘 어울린다는 평을 들었다.

타짜는 감독의 연출과 배우들의 연기가 일품이라는 평을 들었지만 18세 관람가라는 점이 약점으로 꼽혔다. 추석에 온 가족이 함께 볼 수 없는 영화라서 불리하지 않겠냐는 거였다.

게다가 139분이라는 긴 러닝 타임도 약점이었다. 러닝 타임이 길면 상영 횟수가 줄어든다. 110분짜리 다른 영화가 여섯 번 상영할 때, 타짜는 다섯 번밖에 상영하지 못한다. 당연히 불리한 여건이다. 하지만 그럼에도 불구하고 시사회를 갔었던 사람들은 흥행에 성공할 것이라고 입을 모았다.

"예. 예. 아이고, 괜찮다니까 그러시네요. 저도 학교 다니느라 정신없지요. 예, 거기는 당연히 가야죠. 거기서 같이 한잔하면 되겠네요. 예, 들어가세요."

지동훈 감독에게서 걸려온 안부 전화였다. 주혁은 비중이 워낙 작아서 무대 인사를 다니고 할 급이 아니었다. 그런데도 지동훈 감독은 같이 다녔으면 좋았을 것이라며 연락을 해왔다. 아마도 주혁의 연기가 굉장히 마음에 들었던 모양이었다.

실제로 지동훈 감독은 편집하면서 주혁의 연기에 무척 강한 인상을 받았다. 현장에서 엄청나게 보였던 연기가 영상으로는 특별해 보이지 않는 경우도 있다. 그런데 감독이 보기에 주혁은 현장에서보다 편집했을 때 더욱 빛이 났다.

"누구예요, 오빠?"

같이 수업을 듣고 나오던 이유라가 귀를 쫑긋 세우고는 물었다. 유라는 원래 영화나 연예인에 워낙 관심이 많았다. 그래서 주혁이 영화 타짜에 출연했다는 사실을 듣고서는 연예인을 보고 싶다고 졸라댔다.

"지동훈 감독님 전화야. 연휴 끝나고 전부 모일 건데 그때 한번 보자고."

"전부요? 그럼 저도 같이 가면 안 돼요?"

"관계자들하고 출연자들 모이는 자리야. 다음에 내가 자리를 마련해 볼게."

유라는 주혁의 대답에 무척 실망한 표정이었다. 아마도 다음에 자리를 마련한다는 말은 의례적인 이야기일 뿐, 거절하는 말이라고 받아들이는 듯했다. 헤어지면서 다음에 밥이나 먹자는 말처럼.

다른 아이들은 주혁이 배우라는 게 아직은 실감 나지 않는 듯했다. 괴물에서는 말은 들었지만, 그게 주혁인지 아닌지 알아볼 수도 없어서 그런지도 몰랐다. 일행은 같이 걸어갔는데 수정은 움직이지 않았다.

"저는 약속이 있어서 먼저 가볼게요."

"너 또 남친 님 만나러 가는 거지?"

수정은 수줍게 고개를 끄덕였다. 유라는 남친 없는 사람 서러워서 살겠느냐며 툴툴거렸다. 수정이 인사를 하고는 떠나가자 중범이 도대체 어떤 사람인데 보여주지 않는지 모르겠다면서 고개를 갸웃거렸다.

정훈도 동감이라면서 고개를 끄덕였다. 일행은 걸어가면서 이런저런 이야기를 나누었는데, 1학기 때와는 달리 학업에 관련된 주제가 많았다.

"삼촌, 이번에 토익 볼 거죠?"

"봐야지. 그런데 괜찮겠어? 중간고사 기간인데?"

토익 시험을 보는 날이 10월 22일이었으니 딱 중간고사 기간이었다. 그래도 시험을 보려는 학생들로 넘쳐났다. 취업난이 갈수록 심각해지면서 이제는 1학년 때부터 스펙을 생각했다. 주혁은 이런 상황이 마음에 들지는 않았지만 어쩌겠는가, 세상이 그렇게 변한 것을.

"토익이야 기본이잖아요. 자격증도 두세 개는 필수고."

"어학연수나 사회봉사 활동도 해야 한대. 나 아는 형은 이번에 한 학기 쉬고 영국에 다녀온다고 그러더라. 어학연수 겸 봉사 활동 한다고."

주혁이야 취직과는 거리가 먼 사람이니 신경 쓰지 않았지만 같이 다니는 아이들은 워낙 분위기가 그러니 1학년인데도 벌써 취업 준비를 하고 있었다. 주혁은 갑자기 애들이 안쓰러워 그날 저녁을 사주었다.

집에 온 주혁은 갑자기 소민과 연습생 아이들 생각이 났다. 그 아이들을 떠올리면서 더 열심히 살아야겠다는 의지가 솟구쳤다. 하지만 조급해하지는 않으리라 다짐했다. 조급해하면 될 일도 망친다는 걸 잘 알고 있었으니까.

어차피 학교를 졸업할 생각으로 세워둔 계획이 있었다. 제대로 진행될지는 모르겠지만 일단 시간을 많이 빼앗기는 역을 맡을 수 없었다. 지금은 계획한 걸 차곡차곡 진행해야 할 때였다.

일단 수업을 꽉꽉 채워서 듣고 있었다. 2학년까지는 수업을 최대한 많이 들어놔서 3, 4학년 때 본격적인 활동을 하더라도 학점 문제가 생기지 않게 하려는 작전이었다. 그리고 할 수 있는 시험도 미리미리 봐두고 있었다.

외국어 시험이 그중 하나였다. 이미 일본어 시험과 중국어 시험은 보았고, 결과를 기다리고 있었다. 토익도 원래는 9월에 보려고 있는데 아토에 방문하기로 한 날과 겹쳐서 10월로 연기한 거였다.

이제는 단역보다는 조금 더 비중 있는 역할을 해야겠다고 생각했다. 물론 역할 이전에 작품이 좋아야 한다는 점이 우선이기는 했지만.

그렇게 이런저런 생각을 하다 보니 언제 잠이 들었는지도 모르게 그의 의식이 밤의 어둠 속으로 스르르 스며들었다.

그리고 그가 잠들었을 때 상자에서 조금씩 빛이 나왔다. 그 빛은 강해졌다가 약해졌다가를 반복하다가 조금씩 주혁의 몸 안으로 스며들었다.

* * *

타짜는 원래 28일 개봉 예정이었다. 그런데 워낙 평이 좋아서 과감하게 하루 앞당겨 개봉하기로 했다. 그리고 무서운 기세로 관객 몰이를 했다. 개봉 첫날 12만 명을 시작으로 연일 화제를 뿌리고 다녔다.

주혁과 같이 다니는 일행은 모두 타짜를 보았는데, 역시나 돈 빌려달라는 선생님으로만 나온 줄 알고 있었다. 그것도 주혁이 이야기를 해주어서 알았지, 말을 안 했으면 알아보지 못했을 것이다. 평소에 다니는 주혁과는 완전히 달라 보였으니까.

하지만 사실 주혁이 나온 곳은 더 있었다. 조폭으로 몇 장면에 나왔는데, 알고 봐도 믿지 못할 정도였다. 머리 스타일과 옷, 몇 가지 액세서리만 바꾸었는데 사람이 그렇게 달라 보인다는 게 신기했다. 물론 주혁의 표정 연기가 워낙 좋아서 이기도 했지만.

주혁은 캠퍼스를 걸어 다니면서 혹시 자신을 알아보는 사람이 있지 않을까 생각했다. 근처를 지나가는 사람이 고개만 돌려도 혹시나 자기를 알아본 건 아닌지 해서 공연히 신경이 쓰이곤 했다.

이런 건 한 번도 경험하지 못한 일이었다. 스타가 되기 위한 준비만 했지, 이런 건 그저 상상만 했을 뿐이니까. 사실 사람들이 모두 알아보면 무척이나 귀찮을 것 같았다. 하지만 그래도 약간 섭섭한 건 사실이었다.

그렇게 미묘한 감정을 삭이면서 추석 전 마지막 수업을 들으러 가고 있었는데 웬 여자가 슬쩍 다가오더니 목소리를 잔뜩 깔고 질문했다.

"여기서 영어 수업 있는 거 맞죠?"

자그마한 체구의 그녀는 선글라스를 끼고 옷깃을 여민 채 주변을 두리번거렸다. 누군가를 찾거나 기다리고 있는 듯 보였다.

"맞습니다만, 혹시 누구 찾으세요?"

그녀는 잠시 망설이다가 입을 열었다. 그것도 목소리에 잔뜩 힘을 줘서 나름 변형시키기는 했는데, 나이가 어리다는 걸 숨길 수는 없었다.

"혹시 경영학과 1학년에 김수정이라고 아세요?"

"예, 알죠. 같이 수업을 듣는데. 그런데 왜 그러시죠?"

그녀는 반색하면서 무언가를 물어보려다 멈칫거렸다. 그런데 가만히 보니 어디선가 많이 본 것 같았다. 그녀는 주혁이 자꾸만 쳐다보자 슬그머니 고개를 숙였다. 주혁은 이내 그녀가 누구인지 알 수 있었다.

황실의 막내인 이민 공주를 모르는 국민이 어디 있겠는가. 변장을 한다고는 했지만 영 어설펐다. 그냥 지나가던 사람이 보면 잘 모르겠지만, 가까이서 요모조모 뜯어보니 바로 알 수가 있었다.

주혁은 무엇 때문에 공주가 변장하고 김수정을 찾는지 궁금해졌다. 공주는 몰래 이곳에 왔는지 자주 주변을 두리번거리며 경계했다. 그는 웃음을 참으면서 슬쩍 물어보았다.

"어디서 많이 본 것 같은데. 혹시 공주님 아니신가요?"

"아닙니다. 사람 절대로 잘못 보셨습니다. 커흠. 커흠."

이민은 자신은 절대로 공주가 아니라며 자그마한 머리로 도리질을 쳤다. 하지만 주혁이 보기에는 공주가 분명했다. 다른 질문을 할까 했는데, 저 멀리서 수정이 오는 모습이 보였다.

"수정아."

주혁은 수정을 부르면서 손을 흔들었다. 수정도 주혁을 보고는 손을 흔들어주었다. 공주는 수정이 누구인지 고개를 쏙 내밀고 살폈다. 공주가 정신없이 수정을 보는 사이에 주혁이 넌지시 물었다.

"저기, 수정이한테 공주님이 여기 있다고 말해도 되나요?"

"아니요, 절대로 안 됩니다. 헙!"

공주는 당황해서 손으로 입을 막았다. 당황한 공주는 어찌 할 바를 모르고 울상이 되었다. 주혁은 싱긋 웃으면서 말했다.

"다른 사람에게는 이야기하지 않겠습니다, 공주님."

주혁의 말에 공주는 가슴을 쓸어내렸다. 그리고 주혁에게 비밀을 지키라고 말하면서 입에 손가락을 댔다. 주혁이 웃으면서 고개를 끄덕이자 몸을 돌려 수정에게로 걸어갔다.

조금 걸어가던 공주는 수정을 요리조리 살펴보았다. 수정은 이상한 여자가 자신을 자꾸 쳐다보자 왜 이러나 싶어서 조금 물러섰는데, 공주는 가던 길을 가는 척하면서 계속 힐끔힐끔 수정을 살폈다.

그러다가 저 멀리서 양복을 입은 남자가 허겁지겁 오는 모습을 보자 갑자기 몸을 돌리더니 걸어갔다. 그리고 교문을 향해서 냅다 뛰어갔다. 경호원으로 보이는 남자 둘은 손짓을 하더니 한 명은 교문으로 다른 한 명은 밖을 향해서 뛰기 시작했다.

주혁은 코미디 같은 장면을 구경하다가 수정이 가까이 오자 조용히 물었다.

"너 남자 친구가 황실 사람이지?"

"예?"

꼭 대답을 들어야 확인이 되는 건 아니다. 눈을 동그랗게 뜨고 깜짝 놀란 수정의 표정이 어찌 보면 대답보다 더 확실한 증거나 마찬가지였다.

"2황자, 아니면 황태자? 아니다. 나랑 동갑이라고 했으니까 황태자구나."

2황자는 자신보다 세 살 어렸고, 황태자가 자신과 동갑이었다. 그러니 수정의 남자 친구는 황태자가 분명했다. 수정의 눈동자가 불안하게 흔들렸다. 그녀는 주변을 한 번 휙 보고는 주혁의 팔을 잡고 구석으로 몰아붙였다. 평소 그녀답지 않은 행동이었다.

"그걸 어떻게 아신 거예요?"

"조금 전에 널 쳐다보던 사람이 공주였으니까. 이민 공주."

수정은 전혀 몰랐다는 표정이었다. 그저 웬 여자가 이상하게 행동한다고 생각했을 뿐이다. 주혁은 말을 계속했다.

"너를 찾아왔는데, 보아하니 너랑 아는 사이는 아니고. 그렇다면 다른 사람 때문에 너를 보러 왔다는 건데 그럼 뻔한 거지, 뭐. 네가 이야기 못한 걸 떠올리니까 바로 알겠더구먼."

주혁은 수정의 어깨를 토닥이면서 말했다.

"걱정 마. 설마 내가 알았다고 어디다가 얘기하고 다니겠냐."

수정은 그제야 조금 안심이 되는 듯했다. 또래 아이들이라면 이런 말을 해도 불안했겠지만, 주혁은 그래도 좀 믿음이 갔다.

"고마워요, 오빠. 미리 얘기했어야 하는 건데."

"괜찮아. 나라고 해도 얘기하기 어려웠을 거야."

주혁은 사건이 그렇게 일단락되는 것으로 생각했다.

그런데 그날 오후에 수업이 끝나고 수정이 다가오더니 조용히 이야기하자고 했다. 밖으로 나오자마자 수정이 물었다.

"오빠, 오늘 시간 있어요? 가능하면 같이 어디를 좀 갔으면 하는데……."

"어딜? 혹시 오늘 내가 알았다고 부르는 거야?"

주혁은 생각나는 바가 있었다. 수정이 자신에게 이런 얘기를 할 이유는 딱 한 가지밖에 생각나지 않았다. 그의 말에 수정이 고개를 끄덕였다.

수정이 황태자에게 이야기를 하자 그가 걱정스러운 마음에 자신을 부르는 모양이었다. 수정이야 주혁을 잘 알지만, 황태자는 그가 어떤 사람인지 전혀 모르는 상태였으니까. 주혁은 수정과 같이 가기로 했다.

가지 못할 이유도 없거니와, 이런 일은 그때 바로 매듭을 지어주어야 깔끔한 법이다. 공연히 오해 생길 일을 만들 이유는 없었다. 그리고 오후에는 딱히 약속도 없긴 했다.

주혁이 도착한 곳은 한강 둔치 근처에 있는 한 건물이었다. 대충 보기에 10여 미터 정도 되는 높이에 면적이 굉장히 넓어 보였다. 외벽은 전부 유리로 되어 있었는데 밖에서는 내부가 보이지 않았다.

주혁은 수정이 안내한 대로 셔터가 내려져 있는 지하 주차장을 향해 핸들을 꺾었다. 안에서 누군가가 보고 있는 것인지, 잠시 기다리니 주차장의 셔터가 올라갔다. 제법 넓은 주차장에는 차 두 대만이 보였다. 차에서 내리니 어느새 건장한 중년 남자가 기다리고 있었다.

"저를 따라오시지요. 전하께옵서 기다리고 계십니다."

주혁이 보니 그 나이에 어울리지 않는 굉장히 다부진 몸을 가진 남자였다. 그 남자가 안내하는 대로 따라갔는데 문 두 개를 통과하고 나서야 건물 내부로 올라갈 수 있었다. 그런데 건물 내부는 생각했던 것과는 완전히 딴판이었다.

건물이라고 생각했었는데 실제로는 철제 구조물과 유리로 덮여 있었고 내부는 거의 텅 비어 있었다. 그래서 건물처럼 보였지만, 오히려 운동장이라고 하는 편이 더 어울릴 듯했다.

그리고 밖에서는 내부가 보이지 않았는데, 안에서는 밖이 훤히 보였다.

왼쪽 구석에 3층 정도 되는 건물이 서 있었는데 차지하는 면적은 전체의 5퍼센트도 되지 않는 듯했다. 거기를 제외하고 나머지는 대부분이 파릇파릇한 잔디가 깔린 운동장이었다. 그리고 마치 골프 연습장처럼 사방이 그물로 쌓여 있었다. 유리가 깨지는 걸 방지하기 위함인 듯했다.

"죄송합니다. 갑자기 이렇게 오시라고 해서요."

약간 가냘프게 보이는 남자가 밝게 웃으면서 인사를 해왔다. 국민이라면 누구나 다 아는 얼굴. 바로 황태자였다. 황태자는 운동장 사이드에 있는 테이블로 주혁을 안내했다. 일행이 자리에 앉자 중년 남자가 차를 가지고 왔다.

처음에는 주혁도 전하라고 불렀는데, 황태자가 말렸다. 젊은 사람들끼리 편하게 이야기하자는 거였다. 이런 자리에서까지 그런 호칭으로 불리기는 싫다면서. 주혁은 황태자의 의중에 따랐다.

"막내가 그렇게 철없이 행동할 줄은 몰랐습니다. 혹여 결례된 행동을 한 건 아닌지 모르겠습니다."

"아닙니다. 별다른 일도 아니었는데요. 무척 활기차신 분 같았습니다."

"하아, 장난이 너무 심해서 걱정이지요. 그래도 이렇게 양해를 해주시니 감사할 따름입니다."

황태자는 공주를 생각하니 골치가 아픈 듯했다. 사실 공주가 황태자의 핸드폰 문자를 몰래 훔쳐보았던 거였다. 그래서 수정의 존재를 알았고, 오늘 어떤 수업이 몇 시에 있다는 것까지 알게 된 것이다.

황실의 막내로 모든 사람의 예쁨만 받고 자란 공주는 호기심 대장에 장난꾸러기였다. 그녀가 이런 사실을 알고도 가만히 있을 리가 없었다. 몰래 김수정이 어떤 여자인지 보기 위해서 친히 연희대학교로 납시었던 거였다.

벌써 해가 뉘엿뉘엿 지고 있어서 하늘이 주황색으로 물들고 있었다. 건물 안에서 바라본 풍경은 눈이 시릴 정도로 아름다웠다. 건물을 중간에 놓고 강과 하늘이 서로의 매력을 자랑이라도 하는 듯했다.

넘실거리면서 도도하게 흐르는 강은 묵직하면서도 차분한 느낌을 주었고, 온통 붉은 계열의 빛깔로 색칠한 듯한 하늘은 강렬하면서도 애잔한 여운을 남기고 있었다.

잠시 이야기를 나누다가 황태자는 수정에게 양해를 구하고는 주혁과 일어섰다. 그리고 운동장을 슬슬 걸으면서 이야기를 나누었다.

"잘 아시겠지만, 대외적으로 알려지면 여러모로 곤란한 일이 생깁니다. 수정이가 믿을 만한 분이라고 했으니 입이 무거

우신 분이시겠지만, 각별히 신경을 써주시면 감사하겠습니다.”

“걱정하지 않으셔도 됩니다. 누구에게도 이야기하지 않겠습니다. 그런데…….”

주혁은 잠시 뜸을 들였다. 황태자는 편안한 표정으로 어서 이야기하라고 재촉했다.

“무슨 이야기인지 모르겠지만 편하게 했으면 합니다. 아까도 말했지만, 우리끼리 편하게 이야기하려고 이런 자리도 마련한 거니까요”

주혁은 한 번 숨을 고르고는 다시 이야기를 이었다.

“이런 이야기를 해도 될지 모르겠지만, 황실 직계의 혼례는 귀족 가문과 이루어진다고 알고 있어서요.”

“압니다. 그래서 지금 더 조심하고 있는 게지요.”

주혁은 너무 앞서 가는 게 아닌가 했지만, 둘이 사귀는 사이라는 걸 안 이상 물어보지 않을 수 없었다.

황실 직계는 귀족 가문의 자손과 혼례를 해왔다. 몇 차례 되지도 않았으니 전통이라고까지 부를 건 아니었지만 사람들은 그것을 당연한 것으로 생각하고 있었다.

그런데 수정은 평범한 집안 사람이었다. 당연히 황태자와 수정이 만나는 사이라는 걸 알면 문제 삼는 사람들이 있을 것이다. 아직은 깊은 관계가 아니라고 할지라도 황태자가 어떤 생각인지는 듣고 싶었다.

"사실 귀족 가문과의 결혼을 전통이라고 할 수도 없지 않습니까. 해방되고 100년도 되지 않았으니 말입니다. 그리고 사랑하는 사람과 결혼하는데 귀족이고 아니고를 따지는 건 중세 시대에나 있을 법한 이야기라고 생각합니다."

황태자의 이야기를 들어보니 결혼까지 염두에 두고 있는 모양이었다. 둘 다 결혼하기에는 이른 나이이고, 더구나 수정은 아직 학생이니 앞으로 어찌 될지는 모르는 일이다. 하지만 적어도 황태자의 표정을 보면 진심이란 게 느껴졌다.

그렇지만 쉽지는 않을 것이다. 왜냐하면 처음이기 때문이다. 지금까지 황실 직계는 모두 귀족 가문과 결혼했다. 그러니 당연히 반발도 있을 터였다. 처음이란 걸 잘 받아들이지 못하는 사람도 있는 법이니까. 하지만 적어도 주혁만큼은 황태자의 생각에 찬성이었다.

"그리고 사랑하는 사람도 제대로 건사하지 못하는 사람이 뭔들 할 수 있겠습니까. 소중한 사람을 지킬 수 있는 사람이 더 큰일도 할 수 있는 거라고 생각합니다."

순간 주혁은 걸음을 멈추었다. 황태자의 말이 비수처럼 날아와 평생 사라지지 않을 상처에 꽂혔다. 그리고 그 상처 여기저기를 헤집었다. 마음이 너덜너덜해진 주혁은 크게 숨을 몰아쉬었다.

주혁이 걸음을 멈추자 황태자도 멈춰 서서 뒤를 돌아보았다. 주혁은 바로 표정 관리를 하고 애써 태연한 척 이야기했다.

“쉽지는 않을 겁니다. 변화를 꺼리는 사람도 많으니까요. 하지만 황태자님 의견에 저는 동의합니다. 소중한 사람을 지키는 것보다 중요한 게 뭐가 있겠습니까?”

황태자는 주혁의 말에 표정이 조금 밝아졌다. 황태자는 근처에 있는 테니스 코트를 가리키면서 물었다.

“혹시 테니스 치십니까?”

“아니요. 접해볼 기회가 없어서요. 농구라면 좋아합니다만.”

하지만 아무리 둘러보아도 농구 코트는 보이지 않았다.

“그럼 야구는 어떻습니까?”

“야구나 축구는 좋아합니다.”

황태자는 웃으면서 주혁을 데리고 어디론가 움직였다. 황태자는 수정에게 다가가서는 귀에다 대고 무언가 이야기했다. 수정은 방긋 웃으면서 고개를 끄덕였다. 그리고 수정과 같이 움직였는데, 그들이 도착한 곳에는 야구 장비들이 가지런히 놓여 있었다.

“일단 몸이나 풀지요.”

황태자는 만면에 미소를 지으며 글러브와 공을 손에 들었다. 수정이 다가와서 주혁에게 속삭였는데, 황태자가 야구를 무척 좋아한다는 거였다. 그런데 자신은 운동을 잘 못해서 늘 심심해했으니 잘 좀 부탁한다고 했다.

마침 오른손 글러브도 있어서 주혁은 장비를 하고 나가서 가볍게 캐치볼을 시작했다. 잠시 후에 중년 남자가 포수 장비를 하고 나왔고, 황태자는 주혁을 마운드로 부르더니 투구 연습을 하자고 했다.

마운드에 가니 커다란 박스에 야구공이 하나 가득 들어 있었다. 적어도 300개는 넘지 않을까 싶었다. 주혁은 이상한 생각이 들어서 질문했다.

"저분하고 운동하면 되지 않습니까?"

"아, 배 집사님이요. 저분은 어깨를 다치셔서요. 일상생활은 무리가 없지만 공을 던지는 건 좀 어렵습니다."

주혁은 조용히 고개를 끄덕였다. 역시나 배 집사는 공을 받기만 할 뿐, 다시 던져주지는 못했다. 주혁은 왜 커다란 박스에 공이 하나 가득 있었는지 이해가 되었다. 먼저 황태자가 연습했는데 폼도 좋고 제구나 구속도 제법 나오는 듯했다.

"수정이가 그대 이야기를 무척 많이 했다는 거 아십니까?"

"예?"

공을 던지다가 황태자가 갑자기 이야기를 꺼냈다.

"대단한 사람이라고 하더군요. 운동도 잘하고, 공부도 잘

하고, 거기다가 연기까지 하신다면서요."

"아, 예. 지금은 비록 단역이긴 하지만 연기가 제 꿈입니다."

황태자는 한숨을 내쉬었다. 그러면서 주혁에게 공을 던지라고 손짓했다. 주혁은 왼손으로 투구했다. 타짜를 찍으면서 계속 연습해서인지 제법 안정된 투구를 할 수 있었다.

"나는 그대가 부럽습니다. 자유롭게 하고 싶은 걸 하면서 살아가는 모습이 너무 부럽습니다."

황태자의 음성에는 아쉬움이 절절하게 묻어 있었다. 사실 황태자라는 위치에서 살아간다는 게 그리 편할 리는 없을 것이다.

주혁은 톱스타보다도 더 힘든 자리일 거라는 생각이 들었다. 때문에 무어라 이야기를 할 수가 없었다. 그저 이야기를 들어주는 것만이 지금 할 수 있는 최선이었다.

"이곳이 남들이 보기에는 크고 화려해 보일 수도 있지만, 나에게 자유로울 수 있는 공간은 여기밖에는 없습니다."

이 장소는 사람들이 모르는 곳이었고, 설사 안다더라도 밖에서는 안이 보이지 않아서 이곳에 오면 족쇄에서 풀려난 기분이라고 했다.

황태자는 그래서 수정에게 미안하다는 이야기를 했다. 밖에서 데이트하고 싶어도 다른 사람들의 이목을 피해야 해서 만날 장소가 여기밖에 없었으니까.

사실 이곳에 외부인이 들어온 것은 정말 오랜만의 일이었다. 만약 둘 사이의 관계를 들키지 않았다면, 그리고 수정이 주혁에 대해 강한 믿음을 보이지 않았더라면 결코 주혁을 이 장소로 부르지 않았을 것이다.

그런 말을 들으니 주혁은 자신이 누리고 있는 것이 얼마나 대단한 것인지 다시 한 번 느낄 수 있었다. 자유롭게 자신이 하고 싶은 일을 하면서 살아간다. 아마도 대부분의 사람은 평생 하지 못하는 일일 것이다.

성적 때문에, 돈 때문에, 취직 때문에, 아이 때문에… 수많은 이유로 하고 싶은 일을 하지 못하면서 살아간다. 그런 문제 없이 하고 싶은 걸 하나씩 이루면서 살아가는 자신은 얼마나 큰 행운을 누리고 있는 것인가.

그런 생각을 하는 사이 황태자가 투구 연습을 마치고 주혁에게 제안했다.

"자, 내가 던질 테니 가서 한번 쳐보세요. 배 집사와 있을 때는 투구 연습밖에 하지 못했는데, 드디어 던지고 때리는 걸 해볼 수 있게 되었군요."

이야기하는 황태자는 무척 흥분해 있었다. 2황자가 야구를 좋아했더라면 같이 했을 것인데, 그렇지 않아서 한 번도 해보지 못한 일이었기 때문이다.

주혁은 방망이를 잡고 타석에 들어섰다. 몇 번 휘둘러 보았는데, 타격 연습은 해본 적이 없었던 터라 영 어색했다. 역시나 거의 공을 맞히지 못한 채 헛스윙을 남발했다. 그러자 어쩐지 황태자는 뺨이 살짝 상기되면서 무척 의기양양해하는 것 같았다.

주혁은 살짝 승부욕이 동했다. 그래서 주혁이 던질 차례가 되었을 때 전력을 다해서 투구했다. 황태자도 타격 연습은 많이 하지는 못했던 듯 공을 잘 맞히지 못했다. 하지만 주혁보다는 나았다.

어쩌다가 잘 맞은 타구를 날리기도 했는데, 그럴 때면 수정이 소리를 지르면서 손뼉을 쳤다. 주혁은 그런 모습이 참 보기 좋았지만 한편으로는 허전한 마음이 들기도 했다.

그렇게 황태자가 타격하다가 다시 순서를 바꾸려고 할 때였다. 주혁이 타석으로 다가가니 황태자와 배 집사가 이야기를 나누고 있었다.

"주혁 군의 투구가 위력적인가요? 생각보다 배트에 맞히기가 어렵네요?"

"아무래도 좌 투수라 어색한 게 있겠고, 투구 자체도 꽤 좋은 편입니다, 전하."

황태자는 다른 곳에서 야구 코치를 받은 적이 있었고, 아마추어 동호인들과 잠깐이지만 경기를 해본 적도 있었다. 그것이 일 년에 손에 꼽을 정도라는 게 문제였지만. 그런데 주혁의 공은 어쩐지 치기가 까다로웠다.

그래서 한때 야구를 한 적도 있었던 배 집사에게 물어본 거였다. 공을 던지지는 못하지만 적어도 안목은 뛰어난 사람이었으니까. 집사의 말을 들은 황태자는 재미있다는 듯 웃으면서 물었다.

"그래요? 그럼 구속은 누가 더 빠른가요?"

집사는 난감한 표정이 되었다. 사실 주혁의 공이 조금 더 빨라 보였지만, 황태자의 승부욕을 아는지라 쉽게 대답하지 못한 거였다. 그러자 황태자가 대충 눈치를 챘다. 그래서 사실대로 얘기하라고 은근히 압력을 주었다.

"정확하게는 모르겠지만, 아마도 주혁 군이 조금 더 빠른 것 같습니다, 전하."

그 말을 들은 황태자는 스피드 건을 가져와서 구속을 측정해 보자고 했다. 집사는 안에서 장비를 가져왔고 바로 둘의 구속 측정이 시작되었다. 황태자는 이긴 사람이 상대방에게 선물을 하나 해주자고 제안했다.

"선물이요? 생각이 참 재미있으시네요. 진 사람이 아니라 이긴 사람이 선물을 한다니."

"진 것도 억울한데 선물까지 해야 한다면 좀 그렇지 않습니까. 이긴 사람이 즐거운 마음으로 상대방에게 꼭 필요한 선물 한 가지를 하는 겁니다. 그럼 서로 좋겠지요?"

무척 유쾌한 승부가 될 것 같았다. 주혁은 긴 시간은 아니었지만 황태자와 지내면서 그가 꽤 마음에 들었다. 생각하는 것도 행동하는 것도 참 좋아 보였다.

하지만 한편으로는 굉장히 외롭고 지쳐 있는 것 같기도 했다. 그래서 기왕이면 이겨서 좋은 선물을 해주어야겠다고 마음먹었다. 그리고 어떤 선물을 하면 좋을지 그려지는 게 하나 있기도 했다.

승부는 열 개의 공을 던져서 가장 빠른 공의 속도를 가지고 결정하기로 했다. 황태자가 먼저 공을 던졌다. 배 집사가 스피드 건으로 속도를 측정해야 했으므로, 포수 대신 근처에 있던 낡은 가죽 매트를 놓고 거기에다 공을 던졌다.

황태자는 공을 던지기 전에 주혁을 힐끗 쳐다보았다.

처음부터 있는 힘껏 공을 던졌는데 절대로 질 수 없다는 결의가 느껴졌다.

하기야 여자 친구가 보는 앞인데 승부에서 지고 싶은 남자가 있겠는가.

황태자의 공은 무시할 수 있는 수준은 아니었다.

캐치볼도 어느 정도 해봤고, 근력도 제법 있다는 남자가 던져도 보통 70~80㎞ 정도의 속도가 나온다.

그런데 황태자의 공은 그보다 훨씬 빠르게 느껴졌다.

잔뜩 신경을 쓰면서 던졌는데 갈수록 공이 빨라졌다.

퍼엉!

97㎞.

황태자의 가장 빠른 공은 마지막에 던진 공이었고, 속도는 97㎞, 일반인치고는 빠른 편이었다. 황태자는 기록을 확인하고는 조금 실망스러운 표정이 되었는데, 아마도 최고 기록은 그보다 더 나왔었던 모양이었다.

주혁은 준비하고 몸의 긴장을 풀었다. 가볍게 제자리에서 뛰면서 몸을 움직이니 근육이 꿈틀거리면서 준비되었다고 아우성을 쳤다. 속도를 재본 적은 없었지만 황태자의 공만큼은 던질 수 있을 듯했다.

타짜를 찍으면서 틈날 때마다 공 던지는 연습을 한 터라 충분히 승산이 있다고 여겨졌다. 처음 두 개는 70퍼센트 정도로 던졌고 이후로는 거의 전력을 다했다. 그러자 속도가 빨라지는 게 확연하게 보였다.

퍼엉.

퍼엉.

뻐엉.

뻐엉.

쒸이이이익~ 뻐어엉!

여덟 번째 공을 던지는데 느낌이 굉장히 좋았다. 몸의 움직임도 아주 깔끔하다고 느껴졌고 마지막에 공을 채는 손끝에서 감이 딱 왔다. 공은 확실히 빠르게 날아갔고 공기를 가르는 소리가 들렸다.

"지금 얼마 나왔죠?"

주혁은 고개를 돌려 배 집사에게 물었다. 황태자도 스피드건에 찍힌 숫자를 확인하기 위해서 고개를 내밀었다. 순간 황태자의 얼굴에 아쉬움이 스쳐 지나갔다.

"105㎞ 나왔네요. 더 던질 필요가 없을 것 같습니다."

집사가 무표정한 얼굴로 이야기했다. 황태자 이서는 가볍게 웃으면서 박수를 쳤다. 그러고는 가벼운 농담을 던졌다.

"100㎞를 넘기는 게 쉽지 않은데, 정말 야구 해본 적이 없는 거 맞습니까?"

하지만 이내 황태자는 눈웃음을 지으면서 주혁에게 다가갔다. 그리고 하이파이브를 하고는 같이 장비가 있던 곳으로 걸어갔다.

"덕분에 예정에 없던 선물을 받게 생겼습니다. 이거 어떤 선물을 받을지 기대가 되는데요?"

그 말을 하는 황태자의 표정은 정말 즐거워 보였다. 그는 이 자리 자체가 즐거운 듯했다. 그렇게 이야기를 하다가 곧 표정에 아쉬움이 드러났다. 이렇게 끝내야 하는 게 못내 아쉬웠던 모양이었다. 그건 주혁이 그만큼 마음에 들었다는 뜻이기도 했다.

"가끔 이렇게 운동도 같이 하고 술도 한잔했으면 합니다. 우리 나이도 같으니 친구처럼 지낼 수도 있지 않겠습니까."

"저야 영광이지요. 야구 좋아하는 동갑내기 친구가 한 명 더 있는데 괜찮으시다면 제가 나중에 소개하겠습니다. 아마 황태자님도 무척 좋아하실 겁니다."

좋은 사람과 인연을 맺는 것처럼 즐거운 일이 또 있으랴. 주혁은 아주 흔쾌히 응답했다. 주혁의 말에 황태자는 굉장히 기뻐했다.

주혁의 말에 배 집사가 옆에서 무슨 이야기를 했는데, 황태자는 웃으면서 알았다는 듯 고개를 끄덕였다. 아마도 소개하는 사람이 어떤 사람인지 잘 알아봐야 한다는 말이었을 것 같은데 그 정도를 모를 황태자는 아니지 않은가.

"그건 그렇고 괜찮으시다면 선물은 지금 바로 준비하죠."

"지금 바로요?"

주혁의 말에 황태자가 깜짝 놀랐다. 아니, 지금 무슨 선물을 준단 말인가? 그러면서도 도대체 어떤 선물을 준다는 것인지 궁금하기도 했다. 황태자는 고개를 끄덕여 괜찮다는 표시를 했다.

주혁은 바로 핸드폰을 꺼내 어딘가에 연락했다. 그러고는 사람들에게 테이블에 앉아 잠시 쉬자고 이야기했다. 준비되려면 약간의 시간이 필요했기 때문이다.

운동하는 사이에 시간이 꽤 흘러 밖은 완전히 어두컴컴해져 있었다. 문득 강을 보니 건물의 불빛이 강물에 반사되어 반짝거리고 있었다. 반딧불을 보는 것 같기도 했고, 하늘의 별을 보는 것 같기도 했다.

주혁은 집사가 준비한 차를 마시면서 다시 한 번 확인했다.

"오늘 이 시간 이후로 특별한 일이 없으시죠?"

"그렇습니다. 그렇긴 합니다만 갑자기 무슨 일인지."

황태자의 대답을 들은 주혁은 수정에게도 똑같은 질문을 했다. 마찬가지로 수정도 특별한 약속은 없다고 했다. 주혁은 두 사람에게 깜짝 선물을 주겠다고 말했다.

"우리 둘에게 말입니까?"

"예. 기대를 하셔도 좋을 겁니다."

주혁은 둘을 바라보면서 흐뭇한 미소를 지었다. 잠시 이야기를 하고 있는데, 주혁의 핸드폰이 울렸다.

"그래, 준비는 다 되었습니까?"

ㅡ예. 이야기하신 대로 전부 준비해 놓았습니다.

핸드폰 너머에서는 여자의 목소리가 들렸다.

"그럼 가시지요. 제가 모시겠습니다."

건물에서 빠져나오는 주혁의 소형차에는 배 집사까지 네 명이 타고 있었다. 그는 차를 서교동으로 몰았다. 한강 둔치에서 서교동까지는 거리가 그리 멀지 않았다. 별다른 이야기를 나누지도 않았는데, 금방 준비된 장소에 도착했다.

주혁은 차에서 내려 닫힌 문을 열었다. 그곳은 주혁의 카페였다. 안에는 손님이 한 명도 없었지만, 불은 켜져 있었다. 그는 차를 몰고 카페 마당으로 들어갔고, 다시 내려서 문을 닫았다. 문에는 내부 사정으로 영업을 일찍 마친다는 문구가 적혀 있었다.

주혁은 황태자와 수정을 안쪽 구석에 있는 자리로 안내했다. 가을 공기가 약간 서늘했지만, 주혁이 테이블 앞에 있는 아담한 전기난로를 켜니 한기가 가시는 게 느껴졌다. 주혁은 초에 불을 붙이고는 안에 들어가서 메뉴판을 가지고 왔다.

황태자와 수정이 있는 자리는 대낮이라고 하더라도 나무 그늘에 가려 잘 보이지 않을 그런 자리였는데, 밤의 어둠이 더해지니 거의 완벽하게 위장이 되었다. 밖에서 볼 때는 작은 촛불만 아롱거릴 뿐이었다.

"주문받겠습니다, 손님."

주혁은 둘에게 메뉴판을 내밀었고, 둘은 메뉴판을 받고는 이리저리 뒤적였다. 황태자가 메뉴판을 보고 있는 사이에 수정이 장난스러운 표정으로 물었다.

"식사도 되나요?"

"물론입니다. 메뉴에 있는 음식 전부 가능합니다. 그렇지만 맛은 보장할 수 없습니다, 손님."

주혁의 대꾸에 둘은 작은 소리로 웃었다. 한참을 고르다가 결국 둘은 아메리카노 두 잔과 케이크 하나를 주문했다. 주혁의 솜씨를 알 수 없으니 가장 안전하다고 생각해서 선택한 거였다. 주혁은 주문을 받고는 배 집사와 같이 안으로 들어갔다.

카페가 바쁠 때는 가끔 도와주기도 하는지라 커피는 주혁이 만들 수 있었다. 그리고 둘이 아무래도 출출할 것 같아서 배 집사에게 음식을 부탁했다. 고개를 끄덕인 배 집사는 주방의 재료를 살피더니 요리를 시작했다.

주혁이 가져다준 커피를 마시면서 황태자와 수정은 이야기를 나누었다. 이런 분위기에서 데이트하는 건 처음이라 계속 주변을 돌아보면서 안절부절못했다. 언제나 사람들의 이목이 두려워서 건물 안에서만 만났는데, 이렇게 사람들이 훤히 보이는 곳에 있으니 살짝 떨리면서도 기분이 좋았다.

밖에서는 안이 보이지 않았지만, 황태자와 수정의 눈에는 밖의 풍경이 모두 보였다. 화려한 불빛 사이로 바삐 움직이는 차들과 사람들은 이곳이 번화가라는 걸 보여주고 있었다. 하지만 아무도 자신들에게는 신경 쓰지 않았다. 그래도 누군가가 이쪽을 보는 것 같으면 가슴이 두근두근했다.

그리고 고개를 들면 나뭇가지와 잎 사이로 하늘이 보였다.

아득하게 반짝이는 별들이 마치 나뭇가지 위쪽 아주 높은 천정에 작은 전구를 박아놓은 것 같았다. 정말 아늑하고 포근하면서도 환상적인 장소였다.

"수정 씨, 밖에서 데이트하는 게 이런 기분이군요. 가슴이 참 설렙니다."

황태자 이서의 말에 수정이 입을 가리고 조용히 웃었다.

"저는 황태자님의 그런 어색한 말투가 너무 재미있어요."

둘은 도란도란 이야기를 나누었는데, 건물 지붕에 동그란 달이 걸려 있었다. 알싸한 커피 향과 사방에서 들리는 자잘한 사람들의 소음, 그리고 손에 느껴지는 상대방의 체온이 너무나도 소중하게 느껴졌다.

생각을 해보지 않은 건 아니었다. 매일 똑같은 장소에서만 보는 게 뭐 그리 즐겁겠는가. 하지만 위험 부담이 너무 컸다. 어떻게든 알아보면 이 장소와 비슷한 곳을 찾을 수는 있을 것이다.

그래도 문제는 있었다. 거기서 일하는 사람들의 이목도 있었고, 알아보는 동안 누군가가 눈치를 챌 수도 있는 일이었다.

오늘처럼 다른 사람의 눈치를 보지 않는 편안한 만남은 거의 포기하고 있었다. 그래서 지금 이 시간이 너무나도 소중하게 느껴졌다.

농담 삼아 선물 이야기를 했는데 너무나도 큰 선물을 받은 듯했다. 이건 아무리 많은 돈을 주어도 받을 수 없는 것이었다.

밖을 보니 자신들과 비슷한 또래들이 걸어가는 모습이 보였다. 황태자와 수정은 서로의 체온과 입김을 느끼면서 행복에 젖어들었다.

한참 이야기를 하다가 황태자는 약간의 한기를 느끼고는 주혁을 불렀다. 담요가 한 장 있었는데 그걸 수정에게 주고 나니 자신이 덮을 게 없어서였다.

"수정 씨가 덮고 있는 것과 같은 담요를 한 장 가져다주면 좋겠습니다."

그 이야기를 들은 주혁은 입가를 씰룩거리면서 무언가 이야기를 하려다가 묘한 웃음을 남기고는 그냥 안으로 들어갔다. 황태자는 주혁이 들어가자 황당하다는 표정으로 자리에서 일어서려 했다.

하지만 그를 잡는 따스한 손이 있었다. 수정은 살짝 눈을 흘기더니 자리에 앉으라고 했다. 그러고는 담요를 펴서 황태자와 같이 덮었다.

안에서는 주혁이 그 모습을 지켜보고 있었는데, 배 집사는 그 옆에서 음식 두 접시를 들고 지금 나가야 하는지 말아야 하는지 고민스러운 표정을 하고 있었다.

*　*　*

"원래 선물하기로 했으니 한 것뿐인데요."

―아닙니다. 너무 큰 선물을 받았습니다. 정말 뭐라고 감사의 말을 해야 할지 모르겠군요.

황태자는 그날 데이트를 평생 잊지 못할 거라면서 굳이 보답하겠다고 했다. 하지만 주혁은 가볍게 웃으면서 거절했다.

주혁은 그냥 둘이 행복해하는 모습을 보는 것만으로도 가슴이 따스해지는 걸 느낄 수 있었다. 보상은 그것이면 충분하다고 생각했다.

―그래도 이건 그냥 넘어갈 수 없습니다. 돈으로 받은 선물은 그냥 넘길 수 있지만, 마음으로 받은 선물을 어찌 모른 척할 수 있겠습니까.

"정 그러시다면 나중에 비슷한 선물을 주시면 되겠네요. 그러면 공평하지 않겠습니까."

―알겠습니다. 내가 반드시 이 보답은 하겠습니다.

주혁은 통화를 마치고 아토 엔터테인먼트에서 보내온 자료를 검토했다. 드라마와 영화 하나씩이었는데 둘 다 대사가 제법 있는 조연이었다. 그는 일단 대본과 시나리오를 자세하게 살폈다.

일단 드라마는 거절하기로 했다. '사랑하는 사람아'라는 제목의 드라마였는데, 방학 때 촬영을 한다는 점에서 시기적으로는 적당했다. 하지만 내용이 별로 와 닿지를 않았다. 무언가 확 끌리는 게 있어야 하는데 그런 게 없었다.

영화는 조금 고민이 되었다. 주연으로 캐스팅된 사람 중에 아는 얼굴이 많이 보였기 때문이다. 타짜에서 아귀 역을 맡은 김준석과 박무석 역을 맡은 김장호가 주연급으로 캐스팅되어 있었다.

하지만 역시나 시나리오에 임팩트가 느껴지지 않았다. 잔잔하고 따스한 감성은 좋았지만, 관객을 확 잡아당기는 한 방이 없어 보였다. 게다가 제목도 영 마음에 들지 않았다.

"'즐거운 인생'이 뭐야. 임팩트도 없고, 확 잡아끄는 것도 없고. 나 같으면 이런 제목은 절대로 사용하지 않겠네."

주혁은 둘 다 거절하기로 했다. 결정을 하고 나서 그는 인터넷에서 타짜의 흥행 기록을 찾아보았다. 저절로 흐뭇한 미소가 지어졌다.

그리고 멀리 떨어진 곳에서 타짜의 흥행 기록을 살피는 사람이 한 명 더 있었다.

바로 이태영이었는데, 타짜가 기록적인 흥행 돌풍을 일으

키자 하루하루가 불안하고 초조했다. 하지만 애써 위로했다.

"아니야. 내가 출연한 언니가 간다도 충분히 홍행할 수 있어. 그래, 이길 수 있어. 그런데 왜 이렇게 불안한 거지?"

『즐거운 인생』 3권에 계속…

현대백수 장편 소설

FUSION FANTASTIC STORY

간웅

뇌성벽력이 치는 어느 날!

고려 황제의 강인번을 들고 있던
어린 병사가 낙뢰를 맞고 쓰러졌다.

하지만… 다시 눈을 뜬 이는
현대 대한민국에서 쓸쓸히 죽은
드라마 작가 지망생.

**고려 무신 시대의 격변기 속에서 눈을 뜬 회생[回生].
살아남기 위해! 죽지 않기 위해!
그의 행보로 인해 고려는 서서히
변하기 시작하는데…….**

치세능신 난세간웅(治世能臣 亂世奸雄)!

격동의 무신 시대!
회생, 간웅의 길을 걷다!

Book Publishing CHUNGEORAM

유행이 아닌 자유추구 -
WWW.chungeoram.com

절정고수들이 하늘 높은 줄 모르고 질주하는 현 세상.
서른여덟 개의 세력이 서로를 견제하는 혼돈의 시대.

그 일촉즉발의 무림 속에
첫 발을 디딘 어린 소년.

"나는 네가 점창의 별이 되기를 원한다."

사부와의 약속을 지키고
난세로 빠져드는 천하를 구하기 위해
작은 손이 검을 들었다!

박선우 新무협 판타지 소설 FANTASTIC ORIENTAL HE

풍운사일

Book Publishing CHUNGEORAM

유행이 아닌 자유추구 -
WWW.chungeoram.com

내일을 향해 쏴라

김형석 장편 소설

FUSION FANTASTIC STORY

1만 시간의 법칙!
'성공은 1만 시간의 노력이 만든다'는 뜻이다.

그러나…
사회복지학과 복학생 수.
전공 실습으로 나간 호스피스 병동에서
미지와 조우하다.

1만 시간의 법칙?
아니, 1분의 법칙!

전무후무한 능력이 수에게 강림하다!
맨주먹 하나로 시작한 수의
인생역전이 시작된다!

Book Publishing CHUNGEORAM

www.chungeoram.com

한량 아버지를 뒷바라지하며
호시탐탐 가출을 꿈꾸던 궁외수.

어린 시절 이어진 인연은
그를 세상 밖으로 이끄는데…….

"내가 정혼녀 하나 못 지킬 것처럼 보여?"

글자조차 모르는 까막눈이지만,
하늘이 내린 재능과 악마의 심장은
전 무림이 그를 주목하게 한다.

"이 시간 이후 당신에겐 위협 따윈 없는 거요."

무림에 무서운 놈이 나타났다!

Book Publishing CHUNGEORAM

유행이 아닌 자유추구 -
WWW.chungeoram.com